知音动漫图书·漫客小说绘
ZHI YIN COMIC BOOK 以梦想之名 点燃阅读

小说绘

回收师

睡懒觉的喵 著

中国致公出版社　知音动漫

知音动漫图书·漫客小说绘出品

如果某天你手机里出现了怎么也卸载不了的奇葩App，恭喜你，你可能被回收师组织盯上了……

睡懒觉的喵

125　第　十　章　气氛播放器
139　第十一章　百宝箱
153　第十二章　驱「蚊」器
167　第十三章　梦境人
183　第十四章　点评家
199　第十五章　拟人宠物
215　第十六章　大逃杀
235　第十七章　万物字典
255　后记

目录
CONTENTS

001 第一章 失物地图

013 第二章 存在感相机

025 第三章 心声朋友圈

037 第四章 人设库

051 第五章 任务书

067 第六章 代练王

081 第七章 反转机

097 第八章 状态盒子

111 第九章 撤回消息

第一章

失物地图

还在因为遗失了重要物品而着急吗？

还在因为钱包被偷而伤心难过吗？

还在因为耳机、钥匙、公交卡经常跟你躲猫猫而苦恼不已吗？

失物地图，一款为你量身打造的导航App。只要在搜索栏输入遗失物品名，失物地图即可帮你定位遗失物的当前位置。根据导航前往，便能轻松寻回失物。

失物地图，寻回失物很容易！

Part 1　恭喜，你被病毒软件盯上了

早上七点半，林屿盘腿坐在床上，神情肃穆地盯着面前的手机。他像是下了极大的决心，咬牙按下开机键，伴随着黑屏渐渐亮起，他的心也提到了嗓子眼，紧抿住唇，心里默念："千万别再出现……"然后下一秒，他的表情就彻底僵住了——"你还真是阴魂不散啊！"

林屿，男，19岁，S大大一学生。在这个分分钟会被卖片的盯上的时代，他被一款病毒软件盯上了。一星期前，林屿发现自己的手机上多了一款叫"失物地图"的App，彼时他没在意，直接卸载了事，可没想到第二天早上起来，那款App再次出现在手机里。考虑到

大概是哪个软件附带的流氓软件，这次林屿卸载失物地图时，顺便把手机软件清理了一遍。可翌日，失物地图还是出现在了手机里。就这么周而复始地，林屿不懈努力地卸载，对方每天不懈努力地安装，一人一App就跟铆上劲儿了似的，看谁先逼疯谁。为了能彻底摆脱这该死的流氓软件，昨晚林屿放了大招——重装系统。可出人意料的是，今早开机，失物地图还是安稳地躺在应用栏里。

林屿抓狂了，又一次点击卸载失物地图。可他刚按下卸载按钮，一个机械女声就从手机里传出来："你、打、开、A、P、P、看、看、会、死、吗？再、卸、载、就、砍、你、全、家。"

林屿黑人问号脸。App已经智能到被卸载就会暴走的地步了？还是说谁爱他这么深都跑来给他手机植入病毒了？他瞪大眼睛看着手机，只见App已经自行打开，白色背景上印着寥寥几句话，最下端的蓝色按钮上端正地写着"开启地图"四个字。

林屿快速浏览了一遍上面的使用说明，瞬间懂了。

这不仅是个流氓软件，还是个很二缺的流氓软件。寻回失物？还导航前往遗失地？别逗了！他想都没想就准备关闭程序，可一按，没反应，再按，还是没反应，再、再、再按，毫无起伏的机械女声响起了："关、什、么、关！我、如、此、神、器、摆、在、你、面、前、你、竟、然、视、而、不、见，你、难、道、就、没、丢、过、东、西、吗？"

"神器？你不知道我是出了名的运气差？"林屿嗤笑一声，"丢东西？丢过的面子上百斤，你能找回来吗？"

"……"

眼见App没了声儿，林屿哼哼两声，小样儿，跟我斗！可惜得意没持续三秒，就听手机"嘀"的一声响，提示音道："请输入具体事件。"

"什么具体事件？"林屿蹙眉拿起手机，只见失物地图的搜索栏里赫然写着"面子"两个字，下面一顺溜的空白栏则要求填写具体的时间、地点、事件过程以及相关人物。

面子要怎么找回？难道真像普通物品一样随便一弯腰就从地上捡起来？等等！重点是还有这种操作？林屿正讶然，窗外就传来了清悦的钟声。

"糟了！"林屿急匆匆抓起外套就往外跑。今早的课可是要点名的，迟到不得了啊！

Part 2　小黄人男孩VS救命恩人

林屿一路小跑，刚到教学楼门口就见女神陈希音跟几个女生有说有笑地往教学楼里走。

他正纠结着是上前打招呼呢还是上前打招呼呢，就听身后传来"咿咿呀呀"的怪叫声，还没来得及回头，后背就被什么东西狠狠撞了下，顿时重心不稳，直接扑街。

"对不起，对不起！"将林屿撞倒在地的男生跳下自行车去扶他，"没想到这个自行车刹车是坏的，刚好这又是下坡路……"

"没事没事。"林屿直摆手，趁势就要站起来。就在这时，只听"刺啦"一声——

林屿的裤子被自行车钩住，他这么一用力，裤子就被划拉出一条口子。这口子不偏不倚，刚好露出里边的内裤来，此时此刻，内裤上的小黄人正好透过缝隙向全世界微笑着招手。

肇事男生一时没忍住，"扑哧"一下笑出了声。林屿的脸唰的一下红透了，慌忙之间抬头，只见陈希音正跟几个女生望向这边，捂嘴笑开了。

林屿欲哭无泪，只想摇晃着肇事者的肩膀咆哮一声："你要撞就直接撞死我啊！"

感谢小黄人事件，林屿再也不用纠结了。中午回到宿舍，他就打开了失物地图 App，在具体事件栏里郑重其事地填下——在女神面前被车撞，露出了很幼稚的内裤。

上午说丢面子也就随口一说，谁承想一语成谶，他还真又丢了面子。最可恨的是他还是当着女神的面丢的面子。虽然林屿很怂，从没想过把自己暗恋陈希音的事告诉对方，更不敢奢望自己跟女神之间发生点儿什么，但这并不代表他可以忽略自己在女神心目中的形象！开玩笑，他不要面子的？被女神看到自己的小黄人内裤，这事搁谁身上也受不了啊！

填好相关内容，林屿按下了搜索键。这 App 倒是不负所望，直接弹出了搜索结果。查看地图，App 把最终目的地定在了 S 大操场，面子这玩意儿要怎么捡回来，App 却没说。

不管了，先去了操场再说！

一到操场，林屿见陈希音和她的室友许立站在银杏树下，她们正忙着把横幅拴在树上，大概是社团有活动，两人身后除了摞着的纸箱外，还有几把椅子。

失物地图把他领到这儿来干什么？帮陈希音布置活动会场？这样他就能刷新自己在女神心目中的形象了？林屿有些失望地"喊"了一声。还以为失物地图会大显神通，直接把他带回过去改写历史呢！果然是自己脑洞开太大！

"小心！"林屿正想着，就看到一个足球直接飞出操场，刚好砸在了陈希音身后的纸箱上。

电光火石间，他突然明白了 App 的意思——

英雄救美啊！那纸箱连带着铁椅眼见就要砸到陈希音身上，如果他这时能上前拉开她，还不一雪前耻？从此以后，他在女神大人眼中的称号就会直接从"小黄人男孩"变成了"救命恩人"，这上升的不是一两个档次啊！

可想归想，就这么一两秒钟，林屿想要冲上去已经不可能了。倒是旁边的许立拉了陈希音一把，霎时只听"哐当"一声巨响，被摞起来的纸箱和铁椅东倒西歪地砸了下来。

林屿见状也松了口气，但又有些懊恼错失良机。App 适时出声："您已错过寻回面子的最佳时机，现在为您重新规划路线。直行 500 米后到达目的地，已为您推荐附近停车场。"

林屿满头黑线，就差直接摔手机了。推荐个鬼的附近停车场啊！就算抄袭别人麻烦也有个限度啊！他一个走路的要什么停车场！不过照失物地图导航的这方向，目的地应该是——

林屿抬头，只见银杏树下已围了一圈人。他三步并作两步地走过去，拨开人群就见陈希音蹲在地上，而旁边的许立则半屈着腿，像是极力忍耐着什么。

"林屿，"陈希音见是同班同学忙说道，"许立她为了救我，腿被椅子砸到了，看着好严重。"

林屿埋头一看，可不是，才这么一会儿工夫，脚踝已肿起一个大包。

偏偏这头许立还在死撑："没事，我经常磕磕碰碰的，这点儿小伤不算什么。"说着就逞强要站起来，可她脚刚一沾地，人就闷哼一声，紧咬着牙又重新坐回了地上。

陈希音满脸担忧："你看，还说不严重，都站不起来了！也不知道伤没伤到骨头，得赶紧送你去医务室。"

闻言，林屿只听脑子里"叮"一声响，当即了悟。这就是 App 说的机会吧？当不了女神的救命恩人，当个见义勇为的同学也不错啊，刷点儿好感值上去也能加分啊！

这头，踢足球的肇事者听说要送许立去医务室，正踌躇着上前就觉肩膀被谁拍了一下，一回头就见一个高瘦的男生帅气地说道："我来。"

林屿跨步上前，弯腰就要把许立抱起来。

可他错就错在"抱"这个动作上。深受漫画茶毒的林屿一直以为，公主抱抱起一个女生是件很简单的事，但他搂着许立一使劲，没站起来，再一使劲，额头的汗已微微冒出来了。

"……"谁能告诉他，为什么这跟漫画里的情节不一样？还有，许立看着瘦胳膊瘦腿的，为什么会这么重？林屿轻咳一声，收回手臂准备改抱为背，可谁料胳膊刚往回收，许立的手就搭上来制止了他的动作，许立又将脑袋凑到他跟前，以只有两人能听到的音量悄声道："你现在改主意试试？"

林屿嘴角抽搐，没错，他怎么忘了，这女生的体重跟男生的身高一样，都事关荣辱啊！

"呵呵。"林屿干笑两声，咬着牙一鼓作气把许立抱了起来，只是他颤巍巍地迈出去一步、两步……然后直接转身把许立放在了椅子上。

"林屿，"陈希音咋舌，"你这是？"

005

林屿抹了把额头上的冷汗，认真道："我仔细想过了，随意移动伤员是不对的。你们等着，我这就去医务室把医生叫过来。"说罢，不等众人反应，一溜烟跑得没了影，边跑边听那个机械女声幸灾乐祸道："哈、哈、哈，林、屿、你、个、大、尿、包。"

Part 3　小偷或者变态

林屿耍帅不成反遭打脸，"见义勇为"后别说挽回面子，就连生命安全都变得岌岌可危——许立特意让人给林屿带话，说要找他好好聊聊。为了躲许立，林屿连着逃了两天课。

这晚，他正在网游里浴血奋战，听手机"嘀"的一声响，然后一板一眼的提示音响起："已搜索到最新目标，准备出发，全程2.2公里，大约需要8分钟。"

这是搜索到新的挽回面子的机会了？可都快十二点了，把他引去女生宿舍干吗？鉴于上次的经验教训，林屿决定置之不理。可再回游戏里，他怎么都静不下心来，又一次拉怪失败导致团灭后，队长直接把他踢出了副本。

林屿看着游戏叹了口气，再看看手机，终于拍桌站了起来："得，小爷我就再信你一次。"

因为爸妈都是S大的老师，林屿家就在S大，离女生宿舍也不远。为了不错失良机，林屿特意选了捷径，穿小树林过去。可他刚出小树林，就听提示音道："您已错过寻回面子的最佳时机，现在为您重新规划路线。已到达目的地，本次导航结束。"

啥意思？玩他呢吧！林屿正蒙圈，一个黑影猛地撞了过来，他躲闪不及被撞倒在地，一时之间只觉眼冒金星。对方比他好不到哪儿去，趴在地上直喘粗气。

"你没事吧？"林屿探头去看那人。

又是防毒面罩又是立领挡脸的，头上还戴着顶鸭舌帽，怪不得喘得那么厉害。见状，他正想再说什么，脑子里却蓦地一转，这又不是雾霾天，大晚上的戴面罩干什么？这人又是在App定的目的地出现，难道……

"快抓住他！小偷！变态！"不远处传来宿管大妈一声咆哮。

面前这人闻声用力推开林屿，拔腿冲进了小树林。

"别跑！"这头林屿也反应过来，起身追了上去。

两人本来就隔得不远，再加上小偷先前消耗了大量体力，林屿轻轻松松撵上了对方。

"还想走？"林屿用胳膊锁住对方的脖子。

小偷见挣扎无望，后面宿管大妈的喊声也越来越近，一个肘击直接击中林屿的肚子。林屿吃痛，不自觉手下放松，小偷趁着这机会赶忙开溜，这头林屿只能捂着肚子蜷在地上。

与此同时，宿管大妈举着扫帚过来了。见"小偷"躺在地上，宿管大妈鼻孔哼哼："好啊，你倒是给老娘跑！你们快来，人抓着了！"

伴随着宿管大妈中气十足的声音，后面又稀稀落落地跑过来几个女生。

林屿一脸茫然地抬起头。

"林屿，你怎么在这儿？"躲在人后的陈希音一脸惊讶。

林屿憋着痛慢慢站起来："我睡不着就出来走走，刚好听见你们在喊捉小偷……喏，这个……"他边说边把手上的东西递给陈希音。虽然让小偷溜了，但跟小偷扭打的时候，他摸到了那厮怀里的赃物，就把东西夺了回来。

林屿冲陈希音勾唇："这东西是你的吧？我帮你抢回来了。"

林屿自觉他的笑容还算迷人，可不知道为什么，听了他的话，女神的脸唰一下变得惨白，人也不自觉地往后退了一步。嗯？这是什么反应？就算他没抓到小偷，女神大人也不用这样对他吧？而且她眼神中流露出的分明就是害怕？

念及此，林屿正想解释什么，旁边胖胖的女生突然大叫一声："变态！"

宿管大妈顿时像护小鸡似的把所有女生护在身后，虎眼瞪林屿："什么叫把东西抢回来了，我看这内裤就是你偷的！"

"内裤？怎么又是内……"林屿"裤"字还没说出口，一低头看手上的东西，到嘴边的话说不出来了。

神啊，他居然拿着一条小裤裤要给女神大人，那条粉红色的、印着卡通图案的……林屿耳根子都烧起来了，那头女生们也叽叽喳喳地讨论开了。

"你看，他耳朵都红了，还说不是他！他就是那个变态！"

"没错，谁知道他是不是把面罩和鸭舌帽扔在别的地方了，随便换套衣服出来就想伪装成路人甲。再说这深更半夜的，谁还会逛小树林？"

"对，我看得真真儿的，他和那个变态身材一模一样。"

宿管大妈拉着林屿就要走："走！跟我去警局！"

林屿简直百口莫辩，最后还是陈希音出来阻拦："算了，都这么晚了，去警局不知道要折腾到几点。而且也没证据证明林屿就是那个人，万一真的冤枉了他怎么办？"

女生甲信誓旦旦道："怎么会冤枉？人赃俱获。"

陈希音抿唇，像是不太同意女生甲的说法，有什么话到了嘴边又摇摇头："算了，咱们先回去吧。再说我也没丢什么东西。"

当事人都这么说了，其他人也不好再说什么，霎时众人作鸟兽散。

林屿感激陈希音替自己解围，上前想要谢谢对方，可刚迈出一步，陈希音就被宿管大妈拉到了身后："走，我送你们回去，大晚上的不安全。"话毕，又回头恶狠狠地看了林屿一眼。

眼见着一群人浩浩荡荡走远，林屿仰天咆哮："这都是什么鬼啊！"

Part 4　卡通一生黑

几番事件过后，林屿在S大一举成名，走到哪儿都被指指点点。女生们更是对他敬而远之，最后渐渐地演变成没人敢接近他。

"他、们、说、你、有、卡、通、偏、执、症，喜、欢、穿、小、黄、人、的、卡、通、内、裤，连、偷、内、裤、都、专、偷、有、卡、通、图、案、的。"App把从论坛上打探来的消息一一讲给林屿听。

林屿闻言青筋毕露，卡通偏执症？还专门偷卡通内裤？他以后卡通一生黑好吗？

App安慰林屿："不、过、也、不、全、是、坏、消、息，至、少、你、现、在、已、经、摆、脱、小、黄、人、男、孩、的、称、号、了。"

林屿眨眼，疑惑地"哦"了声。

"他、们、现、在、都、叫、你、卡、通、色、魔。"

这算哪门子好消息！林屿掀桌，正想说什么，就听手机"嘀"的一声响，与此同时传来导航的声音："已搜索到目标，准备出发，全程1.8公里，大约需要5分钟。"

林屿微怔，半晌才呵呵地笑出声："还玩儿？"

自从内裤事件后，林屿把失物地图拉进了心里的黑名单。这玩意儿简直有毒，每次想用它挽回面子，结果就会造成更加不可挽回的局面。所以之后失物地图又提示过几次，说什么出现了新的挽回颜面的机会，林屿都没搭理。这会儿听失物地图又开始叨叨，林屿直接无视，打开电脑，准备搜一搜漫画新番。可这个过程中，失物地图不断提示，林屿设置静音后，手机还震动个不停。听着震动的嗡嗡声，林屿烦不胜烦，拿起扣着的手机道："你到底有完没……"话还没说完，呼吸就蓦地一窒。

手机里正播放着一个视频。视频中戴鸭舌帽的男人正紧紧捂着女生的嘴巴，强行拖拽着她往暗处走去。那女生不断挣扎，但还是逃脱不了男人强有力的钳制，她眼里满是惊恐和泪水，嘴里也呜咽着像是在求饶。女生不是别人，正是陈希音！

女神被人劫持，林屿不敢耽搁，当即就出了门。

失物地图显示，陈希音现在在S大的小树林里。可林屿刚到附近，手机传来导航语音："您已错过寻回面子的最佳时机，本次导航结束。"

闻言，林屿心里"咯噔"一下，什么意思？陈希音已经不在小树林了，还是被那个鸭舌帽男人绑走了？他赶紧重新输入"丢失的面子"，搜索好几次，结果都显示为零。他一遍遍地刷新着屏幕，心也一点点地往下沉，想到陈希音求饶哭泣的样子，他浑身直冒冷汗。

冷静，林屿，越是这个时候越是需要冷静！

林屿又看了眼手机，正想再刷新一次，脑子灵光一闪。对啊，这是失物地图啊！这App除了能找回奇奇怪怪的面子，本质其实是帮人寻回失物啊！他只要搜索陈希音的随身物品，不就能找到她了吗？

念及此，林屿赶忙在搜索栏里输入了"iPhone"，结果瞬间出现了百来页的搜索结果。这是把全校的手机都搜索出来了吗？

不能是谁都能拥有的东西，不然根本就没法精准定位。可什么东西是陈希音独有又随身携带的呢？林屿蹙眉沉思，忽然想起陈希音脚上常年戴着的那条脚链——细细的银链子上串着个精致小巧的水晶葫芦，很是特别，林屿没见过别的女孩子戴同款。

"就它了！"林屿一拍既定。

失物地图搜索出脚链位置之时，App也同时出声："你、还、不、承、认、自、己、是、变、态，你、个、天、天、关、注、女、生、脚、的、恋、足、癖。"

林屿黑脸："闭嘴。"

Part 5　英雄救美

根据失物地图的指引，林屿一路走到了小树林后面的野山坡。

野山坡，顾名思义就是个没名字也没什么景色的荒野小山坡，传闻此处闹鬼，所以一般没什么人来这边。到达野山坡后，首先映入眼帘的是山脚的红瓦房。望着荒废破败的红瓦房，林屿忍不住咽了口口水，传说就是这间屋子会传出女人的笑声和孩子的尖叫声。失物地图真的不是在玩他？林屿感觉阴风阵阵，头皮开始微微发麻，但一想到陈希音绝望又无助的眼神，他咬了咬牙，终究还是推门进了屋子。

一打开摇摇欲坠的木门,一股霉臭味扑鼻而来。林屿捂着鼻子扫了扫眼前的灰,一抬头就见屋子中央直挺挺躺着个人。林屿的第一反应是跑,正当他拔腿想跑时,那人却咳嗽了起来。

"希音?"林屿从对方声调中辨认出来,快步走过去,赶忙扶起陈希音,一边帮她拍背一边轻唤,"怎么样,好点儿没?"

陈希音咳了好一会儿总算顺过气来,模模糊糊的意识也逐渐变得清晰。

林屿见陈希音醒过来也松了口气,刚想问她是怎么到这里的,就听"啪"的一声脆响,右脸霎时火烧火燎起来。

"希音?"林屿莫名其妙挨了一巴掌还有点儿回不过神,一扭头见陈希音连蹭带爬地往后退了大半尺,末了还害怕地捂住自己的胸口,啐道:"禽兽!"

林屿这才察觉陈希音可能误会了,着急解释道:"不是,不是我!我来的时候你已经躺在这儿了!我、我、我是来救……"

"闭嘴!"陈希音带着哭腔喊道,"你就是个变态!流氓!是我错看你了,我一直都不相信你,还帮你说话……我就该听大家的话,把你送去警察局。"

"不是,真的不是!"林屿正不知所措,门外传来一声"什么人在里面",话音刚落,手电筒的强光也晃进了屋子。

陈希音跟看到曙光一样,扯开嗓子大喊"救命"。与此同时,适应了光线的林屿也看清了,来人是辅导员张成华。

见老师来了,陈希音迅速爬起来,跑到老师身边,拉着他的袖子接着喊"救命"。

张成华扫了眼傻站着的林屿,沉脸问:"怎么回事?"

林屿扶额,平生第一次体会到了什么叫"跳进黄河也洗不清"。他摊了摊手,说:"张老师,我真的是来救陈希音的。"

陈希音早已吓得说不出话,只一个劲儿地摇头重复道:"不是,他不是……"

张成华迅速做出判断,把陈希音拉到身后,一脸冷静道:"陈同学受了惊吓,我先送她回去。你在这儿等着,待会儿我再回来找你。"

林屿"哎"了声,还想再说什么,张成华已经带着陈希音出去了。看着两人离去的背影,林屿郁闷地嘀咕了句:"就算要审我,也不用让我在这儿等着吧,这可是鬼屋啊。"

话音落下,林屿倏地一怔,对啊,就算要审他,也不该让他在这儿等着吧!万一他跑了呢?按照正常思维,不应该先控制住他这个"罪犯"吗?而且野山坡偏僻荒芜,还有闹鬼传说，大半夜的，张成华一个人到这儿来干什么？

察觉到不对劲，林屿奔出了瓦屋，刚一出门他的呼吸又是一窒——此时此刻，走在陈希音身后的张成华正高举着匕首，而陈希音却毫无察觉！

"小心！"林屿话音未落，人已扑到两人中间。

张成华被林屿扑倒，匕首刺空，懊恼之下反手又是一刺。林屿的动作慢了半拍，闷哼一声才感觉到胳膊上有温热的液体流下来。

"林屿！张老师！你们……"陈希音被这突如其来的一幕惊得语无伦次。

这头张成华也懒得再装。他慢悠悠地爬起来，冲陈希音嘿嘿笑："希音别怕，等我收拾了这个小混蛋，咱们俩再慢慢玩。"

"你、你才是那个绑我的人！"陈希音吓得两腿打战。

张成华微眯小眼："我那么喜欢你，当然想要靠近你。"

趁着张成华说话之际，林屿半蹲着想要从后面袭击，谁料他刚一动作，张成华突然转过身来，举着匕首又是一刺。林屿躲过这一劫，往后退了小半步，剧烈地喘息起来。

该死，对方有装备，自己却赤手空拳，战斗力根本就不在一个水平线上啊！而且最可恨的是，他现在还有流血减生命值的负面状态挂在身上。

张成华被他这么一偷袭，也是怒火中烧，骂骂咧咧地直接冲了过来。

"说好的讲完台词再出招呢？你这个人怎么不按套路出牌！"林屿无处可逃，只能硬生生地接住张成华的手腕，阻挡他刺下来的匕首。

可林屿胳膊上有伤，稍一用力就钻心地疼。眼见着力气渐渐消失，匕首要刺下来了，林屿绝望感陡生。他只是想找回"丢失的面子"而已，这次不仅没法英雄救美挽回面子，甚至还要把小命也搭进去，留下美人独自面对变态？他这倒霉催的！他正默默脑补着临终遗言，只听"啊"的一声，眼前的张成华就不见了。

及时赶到的许立一个漂亮的飞脚踢直接秒杀张成华，张成华连闷哼都来不及，人就突兀地倒在了地上。一切都来得太快，林屿甚至都没看清许立是怎么出手的，许立已经像扭麻花一样把张成华的两只手掰到了身后。

陈希音率先反应过来，哭着跑到许立身边："小立，你怎么知道我在这里呜呜呜？"

许立一个手刀直接把鬼哭狼嚎的张成华敲晕，这才安抚地拍拍陈希音的脑袋："我是看你这么晚没回来，电话也不接，就出来找你了。你从图书馆出来，必定会经过小树林，所以我一路找到这儿了。"

闻言，陈希音扑进许立怀里稀里哗啦地哭开了："还好小立你来了，我刚才真的好害怕啊呜呜呜。"

"乖，别哭了。"

看着两人相拥的美好画面，林屿突然想起一件重要的事情。等等，怎么搞到最后，他主角的戏份全被抢了？他才是那个为女神大人受伤流血的人啊！

Part 6　尾声

事情就此落下帷幕。事后张成华交代，他对陈希音垂涎已久，已经私下跟踪陈希音很久了，内裤事件也是林屿替他背了黑锅。

"当时误会了你，真不好意思，你来救我我反倒打了你一巴掌。"陈希音向林屿述说着愧疚之情，"虽说最后是小立救了我们，但我知道，要不是你提前赶到，说不定会发生什么事呢。"

林屿还是第一次跟女神大人说这么多话，这会儿除了紧张还是紧张。他挠头道："没事，不就是一巴掌嘛，你当时也不知道情况。"

陈希音摇头："那也不行。这样吧，下周你有没有空，我请你，还有许立，一块吃个饭？"

"有空，妥妥的有。"林屿眼睛闪亮地点头。

虽说这次的事被许立抢去了风头，但他到底还是一洗前耻挽回了男人的颜面。如果他能借着吃饭的机会再拉近跟女神大人之间的距离……脑洞刚开到一半，就听陈希音又道："真的吗？那太好了，我男朋友说一定要亲自感谢你。"

"哈？男什么？"

刚才女神大人说了什么？虽然林屿努力想把那三个字解释成另外一种意思，可女神大人确确实实说的是"男朋友"啊！

这头陈希音微微娇羞地埋下了头："我男朋友是C大的，因为不好意思，一直没跟班上的同学说。林屿，这事也请你帮我保密，不要跟其他人说哦。"话毕，女神又比了个嘘的动作，挥挥手走了。

霎时，林屿只听"吧唧"一声，胸口的位置好像有什么东西碎掉了。

那个机械女声冷不丁说道："2、3、3，节、哀。"

节哀个头啊！你是不是爱我才赖上我的啊？

第二章

存在感相机

走到感应门前门不开、站在感应灯下灯不亮、用感应水龙头总不出水、信息栏里永远空空如也、偶尔加入群聊消息会被瞬间淹没……存在感稀薄的你还在默默忍受这样的生活吗？

存在感相机，一款提升关注度的自拍神器。只需按下自拍键，即可自由调节存在感。除手动模式外，更有自动调节存在感模式。轻轻一拍，瞬间成为宇宙主场！

存在感相机，做最闪亮的自己。

Part 1　农药时间请勿打扰

开启《王者农药》之前需要做哪些准备？林屿的答案是关闭所有应用程序，开启飞行模式，连接 Wi-Fi，进入战斗。只有这样，才能确保游戏时不会被突如其来的电话打扰。

可万万没想到的是，除了电话，一些奇奇怪怪的 App 也能让人从游戏里弹出来。

彼时林屿正酣战着，只见屏幕一闪，忽然跳出"存在感相机"几个大字来。林屿抓狂猛戳菜单键，可手机不仅没能返回游戏界面，反倒弹出相机镜头来。

"啊啊啊，见鬼了！"林屿爆粗口之际，手机"咔嚓"一声响，拍下了他此刻愤怒的嘴脸。紧接着，只见烟花绽放的特效在屏幕中央闪过，一个确认键出现在了照片下方。林屿急着返回游戏，伸手点了确认。照片被保存后，菜单键恢复正常。

当林屿再次打开游戏时，游戏已经结束了，而他的段位也从白银华丽丽地跌回了青铜。

"呵呵。"

林屿，男，19岁，《王者农药》青铜选手。因为今天排位赛打得不顺，林屿这才想起似乎除了"青铜选手"这个身份以外，自己还有个身份是S大大一学生。自从得知暗恋的女神陈希音有了男朋友，林屿就以失恋为由连续多天没去上课了。

学渣林屿愧疚了，然后决定去上课，可他刚出门就觉得不太对劲，怎么、好像……街上的人总时不时地往他身上瞄呢？难道自己真是玩游戏玩得产生幻觉了？这个质疑很快遭到了林屿自己的否定。因为刚刚他经过足球场时，一群正在踢足球的大老爷们居然齐刷刷地停了下来，朝林屿这边行注目礼……行、注、目、礼……行注目礼啊！

林屿被糙汉子们盯得头皮阵阵发麻，就算他长得再帅，也不至于吸引一群跑得汗流浃背的同性驻足围观吧。问题出在哪儿？他把全身上下都检查了个遍也没发现什么问题，然后他想起了那个刚刚打断他游戏的App。念及此，他赶忙掏出手机来看，果不其然，应用栏里多了个叫"存在感相机"的App。

打开App，图库里有一张自己的照片，正是之前他玩《王者农药》时手机自动拍下来的那张。仔细看，照片下方有一个调节栏，最左边标注着数值"0"，最右边写着"100"，而调节栏上方则印着一排娟秀的楷体小字——"存在感调节器"。此时此刻，调节器的指针正指着数值"80"。

林屿试探性地将指针往右拨了拨，把数值调到了100——几乎是同时，他感受到了来自四面八方的关注。这次不只足球场上的糙老爷们了，路过的情侣、正在扫地的清洁大妈、小卖部的秃顶老板，甚至就连躲在树荫下乘凉的流浪狗都目不转睛地看向了他这边。

林屿吓得正想把数值调回来，肩膀就被人拍了拍。手一滑，存在感指针直接滑向了最左边的0。他回头，只见班长夏毅站在身后，他正准备打招呼，就见夏毅挠了挠头："咦，人呢？"

林屿纳闷："什么人？"

夏毅没有回答林屿，反倒左顾右盼起来："奇怪，刚才明明看见林屿那小子在这儿的。"

"你看不见我？"林屿以为夏毅在跟自己开玩笑，正想说什么，这时刚好有几个同班女同学走了过来。夏毅一见她们就挥手打招呼，那几个女生也纷纷回应夏毅，但他们都齐刷刷地无视掉了旁边的林屿。

一时间，林屿尴尬癌都犯了，定在原地打招呼也不是，不打招呼也不是。呃，就算再不喜欢他，也总不至于装作看不见吧？这是整蛊游戏？他正想问问怎么回事，女生 A 率先开口道："班长，你一个人杵这儿干什么呢？"

"有点儿事。"夏毅乐呵呵地回应。

"一个人？"林屿从对话里听见了关键词，"你们真看不见我？快别闹了。"见众人把他当空气，他开玩笑地说。可他这话出口，依旧没人搭理他。

夏毅道："刚才我好像看见林屿了，一晃眼人就没了影，真是奇了怪了。"

闻言，林屿突然想到——夏毅他们看不见自己是因为他现在存在感为零啊！同理，他今天之所以这么引人瞩目也是因为存在感相机！早上存在感相机擅作主张给林屿拍了照，并自动将他的存在感调到了它认为合适的数值"80"，所以他一路走来才会备受关注。这就跟美颜相机帮女孩子自动美颜磨皮是一个意思。

想通其中奥妙后，林屿忍不住"嘶"了声，莫名出现的 App、诡异逆天的使用功能，以及这霸王硬上弓的开启方式……等等，他怎么觉得这套路这么熟悉呢？想到这儿，他二话不说打开手机。果然，他刚准备卸载存在感相机，那个熟悉的机械女声再次上线："敢、卸、载、就、删、你、农、药、账、号。"

"你还有完没完？"

Part 2　女大三抱金砖，女大三十抱火砖

在这个分分钟会被卖片的盯上的时代，林屿被一款叫"失物地图"的 App 给盯上了。半个月前，林屿在其帮助下成功解救女神陈希音，之后它就从林屿的手机里消失了。林屿原以为这事儿也就画上了圆满的句号，可没想到这才过了一周，这货居然换了个马甲卷土重来，而且还是在他打排位赛最关键的时候！

App 无情地戳破事实："就、算、我、当、时、不、出、现、那、一、局、你、也、是、赢、不、了、小、学、生、的。"

"闭嘴！"被揭穿真相的林屿恼羞成怒，一边呵斥一边又把自己的存在感值调回了 60。

调回存在感数值后，林屿主动拍了拍夏毅的肩膀。夏毅回头，只瞪着他不说话。

林屿头顶滴下一滴汗："嗨，班……哎哎！"招呼还没打完，夏毅拉着他就走："来得正好。"

"去哪儿？"林屿一脸蒙。

"到了你就知道了，"夏毅露出贼兮兮的笑容，"好事。"

林屿跟着夏毅东绕西拐，没一会儿就到了教师宿舍门口。此时此刻，楼前的银杏树下正站着个不苟言笑的中年妇女。夏毅一见此人，当即乐开了花："哎呀张老师，您怎么亲自下来了？对不起对不起，我来晚了。"

夏毅点头哈腰地说完，中年妇女这才倨傲地用鼻孔"看"了眼夏毅，道："赶紧的吧！"

"好的，您先上去。我们马上来。"夏毅狗腿地把中年妇女送上楼，又踩着小碎步回来。

见他那满面春风含苞待放的小样儿，林屿忍不住揶揄："班长，虽说现在倡导自由恋爱，但我不得不提醒你一句，女大三抱金砖，可这女大三十，估计只能抱火砖了。"

夏毅跟听不懂林屿说什么似的，摇头晃脑道："知道那是谁吗？教导处的张美丽张主任！我已经打听过了，这次'优秀班集体奖'的评选，她有投票权！我可是找了很多渠道才打听到她最近准备搬家，又软磨硬泡了半天，别人才答应让我们来帮忙的。"

"帮忙？"

"没错，"夏毅郑重其事地宣布，"我们今天来就是帮张老师搬家的。"

林屿怪叫："这就是你说的好事？说了半天，你是叫我来当劳工的？"

"怎么能是劳工呢？劳工出活那是要收钱的，我们义务帮老师搬家，正好体现我们班乐于助人的优秀品质！只有这样，才能让张老师看到我们这个集体优秀于其他班级的地方。这个'优秀班集体奖'，我势在必得！"

你能不能不要把走后门说得这么冠冕堂皇？什么优秀班集体奖，你自己要政绩自己忙活就算了，居然还拉着同学一块当苦力，你的良心不会痛吗？

林屿纠正夏毅："是'我'，没有'们'。你慢慢加油，我在精神上全力支持你，先走了。"

"别走别走！"夏毅说着说着忽然惊奇地"咦"了声，"人、人呢？"

林屿人没动，他只是急中生智地把自己的存在感值调为了0，而夏毅就对自己"选择性失明"了。哼哼，小样儿。

App手动点赞："水、土、不、服、就、服、你。"

Part 3　林屿，你家班长叫你起床啦！

为了拿到"优秀班集体奖"，夏毅简直拿出了竞选美国总统的劲头来，今天讨好张主任，明天奉承李教授，更过分的是，夏毅自己走后门不算，还四处拉壮丁下水。班上除了林屿有存在感相机护身，几乎所有男生都被夏毅坑了一遍。

眼见着"壮丁"们日渐憔悴，林屿也觉得微微不安。光他一个人逃离魔爪，好像有点儿说不过去？所以没多久，夏毅的身边就出现了灵异事件——但凡恶霸夏毅看上谁，准备上前抢人逼良为免费劳工时，这人就会凭空在众人眼前消失。等夏恶霸离开，这位同学又会出现在大家眼前。第一次发生这种事情时，大家讶然无比，纷纷表示这位男同学可能有特异功能。但当第二次发生这种事，第三次、第四次……数次之后，大家已经能自如地进入角色，该搬小板凳的搬小板凳，该卖瓜子汽水的卖瓜子汽水。灵异不灵异的无所谓啦，只要不被夏恶霸抓走，怎么样都行。

就此，夏恶霸变得孤掌难鸣，再也没办法骚扰同学们了。可不能在三次元骚扰，二次元可以啊！这晚林屿退出《王者农药》正准备卧倒，手机"嘀嘀嘀"一阵响。林屿点亮手机一看，顿觉头皮发麻——

夏毅 23:07:12

林屿同学，睡了吗？（疑惑表情）

夏毅 23:07:14

肯定没睡吧？在打《王者农药》？农药虽好，也要注意身体哦。（可怜表情）

夏毅 23:08:20

哦哦对了，千万别熬夜。我上回看新闻说有个女孩子熬夜看剧把眼睛熬瞎了。你等着我，我去把那条新闻翻出来发给你哟。（比心表情）

夏毅 23:09:00

（亲亲表情）（亲亲表情）（亲亲表情）

林屿头顶一串省略号，三秒后终于掀桌，每句话后面不加表情你会死啊！他强忍着怒火，回复："说！重！点！"

这次，夏毅隔了老半天才回过来长长的一段话："是这样的，虽然现在咱们班有了几位老师的加持，但咱们自身实力也得过硬才能拿这个'优秀班集体奖'不是吗？这个奖的第一考核标准是学习，可林屿同学你已经一个星期没来上课了（可怜表情）。"

林屿心领神会："知道了。明天开始，我按时来上课，可以吗？"

收到信息后，夏毅秒回了一串"爱你表情"过来，又道："那从明早开始，我亲自叫你起床。"

林屿原本以为班长叫醒服务这事也就是随口一说，可没想到第二天早上，夏毅的电话还真打过来了。彼时林屿正在跟周公组队杀敌，就听电话铃声乍响。他迷迷糊糊地按下接听键，那头传来夏毅元气满满的声音："林屿同学，今天早上有高数课，记得别迟到哟！教室在第一教学楼308室，记得把笔记本也带上，一边听课一边记笔记哟！"

林屿抬头看了眼墙上的挂钟，抓狂道："大哥，现在才六点，就算有课也不用这么早吧？"

"不早不早，"夏毅开启语重心长模式，"苹果CEO蒂姆·库克早上五点开始健身，万达集团董事长王健林早上四点起床工作了，还有篮球健将科比……"

林屿实在受不了夏毅的毒鸡汤，不等他说完，直接挂了电话，翻身接着睡。可等林屿刚有点儿睡意，楼下传来夏毅的呼唤声："林屿，起床啦！时间不等人，快点儿起来，让我们一起追赶朝阳，拿下'优秀班集体奖'吧！"

林屿脑袋"轰"的一声响，跳下床气势汹汹地走到窗口。楼下正在深情呼唤的夏毅看到林屿，眼睛也是陡然一亮，双手捧脸："林屿同学，你醒啦！"

林屿拿起手机"咔嚓"一声拍下夏毅的照片。

察觉到林屿想干什么，App开口："存、在、感、相、机、是、拿、来、帮、人、提、升、关、注、度、的，不、是、你、这、么、玩……""的"字还没说出口，林屿干净利落地把夏毅的存在感值拉到了0。与此同时，刚刚还在冲林屿招手的神烦夏毅凭空消失了。

整个院子重归宁静，林屿舒了一口气，把手机丢到一边，抱着枕头，又美美地睡了过去。

Part 4 强迫症神偷

林屿的手机不见了。他一觉睡到自然醒，优哉游哉吃了个早午饭之后，想起被自己"隐身"的夏毅时，才发现他的手机不翼而飞。一连好几天他都在疯狂找手机，可他连扒手是什么时候偷走手机的都不知道，寻觅难度可想而知。

女神陈希音安慰他："算啦，旧的不去新的不来。你就当旧手机是自己坏掉没法用了好了。"

林屿纠结得直扯头发："现在不是手机的问题。问题是我没有手机，就没办法把夏毅弄回来啊！"话一说完，林屿自己都觉得傻。这说来说去不还是手机的问题吗？念及此，他正想再说什么，就见陈希音一脸茫然地问："谁？"

"夏毅啊！班长啊！你不认识？"

不用等陈希音回答，林屿已经从她茫然的表情里读到了答案。她不记得夏毅这个人！难道说因为夏毅的存在感一直为零，所以周围的人渐渐就把他忘了？

"不可能！"林屿抓狂，打开QQ在班群里问了句："你们还记得夏毅是谁吗？"

大家纷纷回复林屿——

"夏毅？谁啊？"

"《王者农药》又出新角色了？"

"好像有那么点儿印象，是不是直播吃狗粮的那个网红？"

最后连辅导员都出来了，他隐晦地发了条新闻链接，新闻标题上赫然写着——大学男生过于关注同性，最终吓跑寝室舍友。

林屿怄到内伤，这都什么跟什么啊！林屿找到夏毅在群里的QQ号，截图道："看清楚！这人是我们班上的！要不然他怎么会在班群里？"

辅导员秒回："嗯？这人是谁放进来的？踢掉。"然后下一秒，夏毅真的被踢出了班群。

林屿："……"

完了，彻底玩完了。林屿崩溃之际，班群里却依旧热闹非凡。同学们有一句没一句地闲聊，不知道怎么的就聊起了最近S大的热门新闻来。

女生A："你们听说了吗？咱们学校出了个神偷，来无影去无踪，偷起东西来嗖嗖的。警察逮他逮了好几次，每次都是追到一半对方就没了影。"

女生B："咦，真的假的？"

副班长附和："我也听说了。听说这小偷特别猖狂，大前天还跑到咱们学校超市里偷了两根皮带一双皮鞋。而且我听保安大叔说，他看过监控录像，这人特别肆无忌惮，换了鞋子皮带大摇大摆地出了超市，一点儿害怕紧张的意思都没有。不过奇怪的是，他离开超市时，收银员和门口的保安也没拦他。"

"这你就不知道内幕啦！后来警察来调查时，收银员和保安都说当时没注意到这人。他走到超市门口，门口的报警器也没响。"

"奇了哎！"

"不然怎么叫'神偷'呢，摊手。"

林屿看着大家的聊天记录，下意识地蹙了蹙眉。来无影去无踪、大摇大摆旁若无人、其他人都视若无睹……难道大家讨论的这个神偷是……林屿正暗叫不好，一女生又发言了："好怕怕，这人不会跑到咱们女生寝室来吧？"

副班长道："放心，这人只图财不图色。他最近正强攻教师宿舍楼，现在一楼副本已经打完，正完善装备准备打二楼副本呢！"

林屿问："什么意思？"

"这贼最近盯上那栋宿舍楼了，这两天把一楼偷了个遍。唔，这贼也是朵奇葩，他是按照 101 室、102 室、103 室……这样子的顺序依次排序来偷的。"

"噗，难道这人是个强迫症？"

看到"强迫症"三个字，林屿只听胸口"啪"的一声，某根紧绷的弦彻底断开。夏毅那个死表情控发信息一定要在最后加一个表情，这是不是也算强迫症？难道夏毅就是这个强迫症神偷？

Part 5 隐身效果，解除

为了不让班长大人走上不归路，林屿决定去宿舍楼守株待兔。

林屿到二楼后，找了个角落躲起来，一直在暗处默默观察楼道里的情况。直到凌晨三点，他才听安静的楼道里响起轻微的脚步声，但诡异的是，楼道里看不见半个人影。眼睁睁地看着感应灯伴随着脚步声一盏接一盏地亮起来，林屿情不自禁地咽了口口水，这才战战兢兢地举起早已准备好的照相机。

存在感相机虽然厉害，但它也只是对人起作用。被清零存在感值后，虽然人类的肉眼无法捕捉到对方，但电子设备还是能看见对方的。这也就是为什么保安大叔能在监控里看见小偷作案全过程的原因。林屿来之前就想好了，如果发现任何异动，就通过相机里的画面来确认。如果此时此刻相机镜头里出现夏毅的身影，那么就是他在作祟无疑了。可如果相机镜头里不出现任何身影的话，那就求老天赐他个胸大肤白颜美的贞子姐姐吧！林屿边祈祷边鼓起勇气地睁开眼睛，然后，僵在原地不动弹了。

呃，谁来告诉他这是什么情况？相机镜头里，既不是班长夏毅，也不是贞子姐姐，而是一个留着小平头、贼眉鼠眼的矮个子男人。

林屿怔忪一小会儿，突然反应过来——这就是小偷啊！没错，一定是这货偷了他的手机后，无意间发现了存在感相机的秘密，所以才有了"神偷"事迹。

真是踏破铁鞋无觅处，得来全不费工夫。林屿原以为是夏毅发现众人都看不见他以后，自暴自弃走上了不归路，可现在看来完全不是啊！好消息之一，夏毅还是根正苗红的好同志；好消息之二，只要抓住眼前这厮，夺回手机，夏毅就能重见天日了！林屿正琢磨着，小偷已经到了 201 室门口，开始全神贯注地开锁。

林屿屏住呼吸，举着相机三步并作两步地走到小偷身后，低低地"喂"了声。

小偷听见身后声响，下意识回头，说时迟那时快，在小偷回头的瞬间，林屿拿起早已准备好的防狼喷雾冲着他的脸就是一通猛喷。霎时,相机镜头里的男人倒地,捂脸挣扎。林屿趁着这空当去摸对方的裤兜,不出所料摸出了自己的手机来。

手机到手,林屿不敢怠慢,快速打开存在感相机,把小偷的存在感数值调到了最大值100。电光石火间,林屿耳边传来了杀猪般的惨叫声。

同一时间,久违的机械女声响起:"没、想、到、你、还、有、两、把、刷、子。不、过、就、算、你、英、雄、救、美,我、也、不、会、原、谅、你、的。"

"……别说得我好像负心汉一样好吗?"

Part 6 好基友一被子

因为手机的重新回归,林屿心里的一块大石终于落地。当晚,林屿把夏毅的存在感值调了回来。

从派出所录了口供出来已经快凌晨五点了,林屿琢磨着怎么着也得等到天亮才能有夏毅的消息,可谁料到他回家一开大门就见一赤裸上身、穿着短裤的男生正大大咧咧地坐在自家沙发上,一边喝果啤一边看电视。这人不是别人,正是失踪多日的夏毅!

林屿的下巴直接掉到了地上,所以,这些天夏毅哪儿都没去,一直住在他家?怪不得最近家里的零食总是消灭得很快,电视机和电脑总是无缘无故地自动打开,怪不得他睡觉的时候总觉得被什么东西压着,要不然就是莫名其妙被挤到床边……

这头林屿气得牙痒痒,那头摊尸在沙发上的夏毅终于动弹了。他懒懒地坐起来,开口嘟囔道:"我勒个去,这二傻子要在门口站到什么时候,也不知道关门。老子这儿开着空调呢,一点儿也不知道节约用电。"

显而易见,夏毅还不知道他的隐身效果已经解除了,甚至当着林屿的面,大大咧咧地用手挠肚皮。

林屿被这辣眼睛的一幕震惊得说不出话来,看着明显胖了一圈的夏毅,林屿表示他这些天到底操的是哪门子心啊!夏毅半点儿孤单感没有,在他家过得比谁都滋润啊!

"这傻子是被点穴了吗?怎么一动不动的?"夏毅丝毫没察觉出哪儿不对劲,一面说一面起身跃过林屿,重重地拉上门。关好门后,夏毅又走到林屿面前,拍其脸颊道:"喂小子,你大半夜的不在家睡觉去哪儿浪了?回来也不知道带个夜宵啥的,简直……哦对了,家里的菠萝啤喝光了,明天记得补货,知道吗?还有,老子要吃鸡腿饭鸡腿饭鸡腿饭,重要的事

022

情已经说三遍了，要是你明天敢再吃方便面，我直接把面盒扣你脑袋上你信不信！"

林屿目瞪口呆。他那头顶圣母光环、满嘴毒鸡汤但不失和蔼可亲的老妈子班长呢？眼前的这是什么鬼？夏毅我求求你住嘴啊！你的人设已经彻底崩坏了！

夏毅骂完林屿，喝了口手上的果啤，这才哼着小曲优哉游哉地往书房去了："得了，爷爷我今天日行一善，把卧室让给林屿这臭小子，我去书房打游戏去！"

面对此情此景，林屿还能说什么，他深深地、深深地呼了口气，然后开始伸展筋骨。

App 幸灾乐祸道："2、3、3、下、手、轻、点、儿，毕、竟、也、是、睡、过、一、张、床、的、人、了。好、基、友、一、被、子。"

林屿没有回击，只气势汹汹地推门进了书房。

稍时，书房里传来夏毅的狐疑声："唉，白痴你怎么进……"话未毕，狐疑声变成了惨叫声，接着就听林屿的咆哮响起："混蛋，你在我家蹭吃蹭喝，居然还敢嫌东嫌西！我今天揍不死你就不是人！还有，谁让你每晚爬我的床！说！昨晚是不是你踢的我，是不是你每晚把大腿搭在我肚子上睡，是不是？说！"

被遗留在客厅的 App 默默叹息，意外的沉默。

Part 7 回收师

夏毅失踪事件告一段落，让林屿意想不到的是，这事竟然还有个爆冷门的大彩蛋——他们班最终还是获得了"优秀班集体奖"。而之所以能得这个奖，很大一部分原因是林屿帮忙抓到了让校方头疼已久的"神偷"。

知道自己一不小心帮夏毅在连任的道路上出了一份力后，林屿生不如死，他简直恨不能摇校方领导的肩膀咆哮："你们要真想感谢我，就帮老子把夏毅那混球从班长的位置上撤下来啊！"

可惜，不能。App 安慰林屿："淡、定，用、你、们、人、类、的、话、说，你、和、夏、毅、这、就、是、孽、缘、一、线、牵。"

"人类的词汇表里并没有'孽缘一线牵'这句话，"林屿抓狂，"不是……你到底是什么东西，一直跟着我想干什么？我手机里没钱没干货，你要窃取信息盗刷银行卡麻烦换个人行吗？"

林屿话音刚落，自己珍藏已久的表情包就弹了出来。与此同时就听 App 认真道："也、不、能、说、你、手、机、里、什、么、都、没、有，这、些、小、黄、图、共、享、到、群、里、直、男、们、还、是、很、喜、欢、的。"

"闭嘴！"林屿边删除图片边听 App 接着往下说："回、收、师、测、试、系、统。"

"纳尼？"

"你不是问我是什么东西吗？我的全名叫回收师测试系统，是有关部门为挑选和培养回收师而制造的。你被随机选中成为测试者，因为你之前通过了第一关失物地图的测试，所以我现在又回来了，存在感相机就是你的第二道测试题。"

闻言，林屿满头问号。回收……什么师？有关部门又是什么部门？还有他之前都做什么了，怎么就莫名其妙通过测试了？而且最重要的是——原来这货可以好！好！说！话！虽然说话的语调还是毫无起伏，但至少不用一字一顿地咬着字说话了。

林屿问："所以，存在感相机是我的测试题？"

"没错，关于这次测试，因为你在中途意外弄丢了手机，导致存在感相机资源外泄，所以测试结果不合格，你已被剥夺成为回收师的资格。"

林屿全程听得稀里糊涂，但有一句话他听懂了，他已经被剥夺了成为回收师的资格！这是不是也就意味着这魔性 App 终于、终于要滚蛋了，再也不会纠缠自己了？念及此，林屿嘴角还来不及咧开，就听 App 接着往下道："不过，因为这次你在寻回手机的过程中的杰出表现，经组委会讨论后最终一致决定，给你一次复活机会。"

林屿掀桌："又不是《中国新说唱》，要个鬼的复活机会啊！"吐槽完才察觉到不对劲，"等等，说起找手机……既然你在我的手机里都能做到来去自如，为什么当时你发现小偷开始拿存在感相机做坏事，没有立马离开？反倒放任他继续作恶？"

"没错，我是故意的。"App 坦诚交代，"我这么做，就是想看你有没有做回收师的潜质，能不能利用自己的本事寻回存在感相机。换句话说，这次复活机会是我替你争取的。"

林屿呵呵："谢谢。不过你能不能告诉我你们的测试标准到底是什么？我改还不行吗？"

"2、3、3、不、行。"

林屿深呼一口气："好，不说测试标准，那你能不能告诉我，为什么你一言不合又变回一字一顿的说话方式了？"

"你、不、觉、得、这、样、很、可、爱、吗？"

"并、不、觉、得、啊！"

哎呀妈呀，人工智能的世界好难懂。

第三章

心声朋友圈

你还在纠结女朋友为什么生气吗？

你还在苦恼领导为什么给你穿小鞋吗？

你还在因为猜不透别人的心思而郁闷吗？

交际神器"心声朋友圈"来帮你！你只需打开心声朋友圈，即可看到所有人的内心想法。现在2.0最新版还开通了点赞和评论功能哟！

Part 1　心声朋友圈

早上十点半，林屿迷迷糊糊睁开眼，醒来第一件事是拿起手机刷朋友圈。打着哈欠刷了两三条后，林屿倏地一怔，手指加快速度往下滑。看着满屏的屏蔽字眼，林屿微微咋舌，这是……怎么了？是他没睡醒，还是整个世界都疯了？

此时此刻他的朋友圈是这个样子的——

班长夏毅：谢疯子我□□你个□□，还有一个星期就要期中考了，你现在跟我说这些？□□你□□，老子□！

学霸姐：闭卷考啊，老娘果然押宝押中了！哈哈班上那些弱智肯定考不过我，这次一等奖学金没跑了！

生活委员：菩萨啊你可一定要保佑我到时候作弊顺利啊，不然我这次真的死定了！

学霸妹：哼，瞧我姐那样，一听说闭卷考叫唤得比谁都大声。还说什么没时间复习，寝室谁不知道她从上上周就开始复习了，虚伪！恶心！

林屿刷完朋友圈，下巴已经掉到床上。今天是说真话日？大家的言论实在是太大胆了！这么明目张胆地骂谢教授、骂同学，还发布作弊宣言，真的不要紧吗？

"一定是我起床的方式不对，我再睡一会儿好了。"林屿自言自语完，当真躺下准备接着睡。

与此同时，一道机械女音适时响起了："麻、烦、你、面、对、现、实，这、并、不、是、梦。"

林屿猛地睁开眼睛。

"这、是、我、新、带、来、的、黑、科、技、产、品——心、声、朋、友、圈。"

闻言，林屿抬手扶额："又！来！了！"

林屿，男，19岁，S大大一学渣。在这个分分钟都会被卖片的盯上的时代，林屿被一款叫"回收师测试系统"的人工智能给盯上了。因为这货喜欢一字一顿地说话，又偏爱用一声调，所以林屿给它取了个绰号叫"阿一"。阿一缠上林屿后，就在他手机里安装各式各样的奇葩App，并称其为"回收师测试"。不要问回收师是什么，林屿也不知道，他只知道眼下他手机里有两个一模一样的微信，一个是正版，另一个则是阿一口中的"心声朋友圈"。

林屿"呵呵"几声："之前你们抄袭高德地图、美颜相机也就算了，怎么现在连抄袭都懒得抄袭了，直接复制别人的拿过来就用？"

阿一解释道："没错，强烈谴责这种行为。"一副说正经事的口气。

"混蛋，不要口头检讨就算了！"眼见林屿要暴走，阿一赶忙调出QQ界面："亲，刚、才、的、心、声、朋、友、圈、与、聊、天、记、录、搭、配、食、用、体、验、会、更、棒、哟！"

"这又是哪儿抄来的广告词？"话虽这么说，但林屿还是快速浏览了一遍班群里的聊天记录，然后明白了心声朋友圈的用法。

今天早上，辅导员在班群里宣布了一个消息——这次期中考，《法律基础知识》要闭卷考，且不划重点。一石激起千层浪，知道这个消息后，群里当即炸开了锅。

人称"学霸姐"的女同学当即表示："不要啊谢教授，不划重点我们会死的。《法律基础知识》总共四百来页，不划考点让我们怎么考？泪流满面。"

其双胞胎妹妹跳出来安慰道："姐姐不要这样说啦，就算闭卷考，我相信你也能考好的。"

班长夏毅则出来力挺："大家都不要吵，谢教授这么安排肯定有他的道理，我们应该全力支持才对。"

生活委员:"不说了,下线看书去了。"

什么姐妹共勉,居然是假的!人前谦谨的学霸背地里也会鄙视学渣?还有那位班长同学,求你别装了好吗?你那满屏的屏蔽词早已出卖了你!还什么下线看书,简直呵呵。

心声朋友圈,发布的每条信息都是当事人的内心独白,而这个 App 最神奇的地方在于,它能关联你 QQ、微信、电话簿……所有通信工具里的好友。所以林屿这会儿刷新心声朋友圈,看到的消息几乎都是同班同学发出来的,内容大同小异,不是骂谢教授的,就是哀号复习时间不够这次铁定挂科的。

但,满屏的负能量里,还有一股别样的清流。副班长刘博文发心声朋友圈道:"今天早上又看见她去图书馆了。她坐在靠窗的位置,暖暖的阳光斜照在她认真的小脸上,好可爱!"

Part 2 八卦朋友圈

如果说其他人在心声朋友圈里的画风是鬼画桃符草稿风,那副班长刘博文的画风就是言情少女浪漫风。在其他人骂谢教授、骂食堂、抱怨室友不爱干净不洗脚的时候,刘博文却在心里念着"你是风儿我是沙,缠缠绵绵到天涯"的酸诗,歌颂着他那宛若太阳般耀眼的女神。

可当林屿真正见到刘博文这位"宛若太阳般耀眼的女神"时,三观彻底崩溃了!每天坐在图书馆靠窗最后一排、被刘博文称赞为"小可爱"的女神大人竟然是许立!那个肩能扛饮水机、单手能提成年男子、咏春拳已练到第七层、曾把变态色魔打到哭爹喊娘的许立啊!

林屿一边吐槽刘博文的重口味,一边又佩服他佩服得不要不要的。因为男女主在一起的画风是这样的——

上午最后一节课下课后,许立起身正准备离开就被刘博文拦了下来:"等等,许立同学。"

许立抬眸:"什么事?"

"我,那个……"刘博文忸怩羞涩之际,"嘀"的一声,心声朋友圈已更新。

许立:这男生好烦,有什么话不能快点儿说吗?再晚去食堂就打不到炒猪肝了。等等,难道他是那些跟我抢炒猪肝的敌人派来故意拖延时间的?

许立脑洞大开,面上却依旧冷淡的样子:"到底有什么事?长话短说。"

"嘀",又是一声,心声朋友圈再次更新——

刘博文:啊啊啊她刚才皱眉了是不是?太可爱了!傲娇什么的最萌了!怎么办?我快

要不能呼吸了。刘博文，坚持住！坚持就是胜利啊！

刘博文手握成拳抵在嘴边咳嗽了声："我、我就是想问问，你是不是要回寝室。哦对了，这、这不是到中午了吗？你想吃什么？"

心声朋友圈再次更新——

许立：什么回寝室又吃什么的……等等！难道这人是纪检队的？他一定是发现我在寝室用饮水机涮羊肉、用烧水棒烤肥牛、用酒精灯煮方便面了！

许立警惕地退后了一步："我中午吃什么跟你有关系吗？"

心声朋友圈再再更新——

刘博文：她生气了她生气了！天呐好可爱好高冷！这就是我的三笠·阿克曼、我的柳生九兵卫……不对，现在我应该怎么办？

刘博文紧张地挠头，可嗓子刚发出"我"这个音，许立已经又退后一步，转身走掉了。

许立：想从我这里搜走作案餐具，没门！

刘博文：我的九兵卫就连拒绝人的样子都这么萌，超棒！

躲在角落偷窥完全过程的林屿跪地不起。这俩货根本就不在一个次元啊！一个是表面看着清秀斯文、背地里自带受虐属性的死宅男，一个是看着沉稳内敛、内心却住个吃货的脑补女，这样的两个人怎么可能幸福啊！

可饶是如此，刘博文还是每天坚持不懈地找许立搭讪，而许立则坚持不懈地拒绝和逃跑。目睹了整个事件的林先生表示，这是他活了十九年以来见过的最无聊的两个人。

阿一神补刀："最、无、聊、的、人、不、该、是、你、吗？手、持、心、声、朋、友、圈、这、样、的、金、手、指、居、然、什、么、都、不、干、就、拿、来、围、观、看、八、卦。"

"你不懂。"林屿摇头，这其实跟在论坛看帖追八卦是一样的，求的就是狗血加刺激。可貌似刘博文这出追求记，更新到这儿就没什么进展了。在林屿纠结着要不要弃坑时，剧情竟然来了个大反转——许立跟刘博文出去约会了。

Part 3 点赞朋友圈

刘博文想约许立周末出去玩这件事，林屿是知道的。彼时林屿看见刘博文发心声朋友圈说自己给许立发出了约会邀请，好紧张好羞涩求回复的时候，他立马刷新了朋友圈。果不其然，下一秒，林屿就见收到邀请的许立纠结了。

许立：奇怪，他怎么知道我周末想去看电影？唔，这家电影院的爆米花超好吃，浓浓的玉米香混合着砂糖的甘甜，一切都刚刚好，宛如初恋。

　　林屿看完许立的心声朋友圈，头冒青筋。好端端的你又提什么爆米花！还什么宛若初恋，你以为这是在写广告词吗？激动之下，林屿只听"叮"的一声响，视线重回手机屏幕上，情不自禁地"咦"了声。

　　因为刚刚手滑，他居然给许立的那条心声朋友圈点了个赞。

　　林屿咂舌："这玩意儿居然还能点赞？"

　　阿一回答："是、啊。惊、不、惊、喜，开、不、开、心，意、不、意、外？"

　　林屿知道阿一是在奚落自己没好好读使用说明书，喊了声把手机丢到一边，这事也就抛到脑后了。直到第二天早上起来再刷新心声朋友圈的时候，他才发现许立居然答应和刘博文出去约会了！

　　狗血帖有了新进展，按理来说，吃瓜群众林屿应该前排留爪外加刷新，可知道这个消息后，林屿脑子里转来转去的却是另一个念头——有没有可能，许立是因为自己的那个"赞"，才下定决心去跟刘博文约会的？既然可以点赞，那是不是也可以评论？这么想着，林屿鬼使神差点开了许立的主页。可一看许立的心声朋友圈，林屿蓦地一怔，不用测试这玩意儿有没有评论功能了，因为在他之前，已经有人给许立留过言了。

　　此时，昨天许立纠结的那条心声朋友圈下，孤零零地躺着一条留言："去吧去吧，那家电影院除了爆米花，烤肠也很好吃呢！"留言者不是别人，正是刘博文。

　　"天啦，这算什么神展开？"林屿惊呼之际，脑子里又猛地冒出一个念头，难道说刘博文手机里也有一个心声朋友圈？

　　"答对了！"这一念头刚划过，一个声音在林屿脑子里响起。

　　"谁？"几乎话音落下的同时，林屿反应过来了。还能有谁啊，妥妥的刘博文啊！

　　现在他和刘博文手上各有一个心声朋友圈，心声朋友圈能够查看所有好友的内心独白，却不能查看自己的，所以在林屿进行各种心理活动且不自知的时候，刘博文已经在那边通过心声朋友圈把他看得透透的了……而在他人心声朋友圈下评论什么的，大概跟内心独白差不多。你以为你听见的声音是发自内心的，是你自己在跟自己聊天做思想斗争，可事实上，是有人在你的心声朋友圈下留言。

　　哎，还真是偷窥他人者终被他人偷窥回来啊！林屿感叹道。

　　"不错嘛。"这头林屿刚解析完，刘博文的声音再次出现，"我昨晚可是花了一晚上才搞明白这些设定，没想到林屿同学你分分钟想通了。自从有了这个外挂，我瞬间打开了新世界的大门，简直就是拿到了养成小立立的全攻略有没有？"

林屿嗤笑，顺着刘博文的思路往下走，这玩意儿岂止是攻略啊，还能充当修改器呢！一旦发现攻略对象有疏远自己的迹象，就给她留言加以引导，对方因为误以为那是自己的心声，鬼使神差会顺着评论的思路走。等等，这么说起来，平时偶尔会出现在脑子里的说话声难道也是……细思极恐啊！

"随便啦，爱谁谁！"刘博文欢快地回应林屿，"我只要能完美攻略我的小立立就行。电影快开始了，我不跟你聊了，拜！"

"喂、喂，刘博文——"林屿抱着脑袋像傻子似的喊了大半天，那头都没再出现说话声，这小子大概真跟许立看电影去了。念及此，林屿下意识地转回心声朋友圈，找到刘博文的主页点了进去，下一秒，他就爆了句粗口——

刘博文把他屏蔽了。

Part 4 养成朋友圈

自从刘博文在心声朋友圈屏蔽了林屿，林屿就把刘博文也删了。虽然没办法再看刘博文的心声朋友圈，但许立的心声朋友圈还在，是以林屿经常能看到这样的情景——

许立：后天就要期中考了，今天好好上一天自习吧。

刘博文评论：好主意！叫上我一起吧！

许立：食堂人怎么这么多？算了，我直接去夜市随便买点儿吃的吧。

刘博文评论：好主意！叫上我一起吧！

许立：寝室的直发板上次烤腊肉的时候坏了，要不今天再去买个新的？

刘博文评论：好主意！叫上我一起吧！

许立：啊，想上厕所。

刘博文评论：好主意！叫上我一起吧！

……

刘博文跟做日常任务一样，每天厚着脸皮在许立的朋友圈下刷存在感。还真别说，在这样的引导下，许立还真听从"内心的想法"跟刘博文吃过两次饭，又一块上了几次自习。

林屿虽然觉得刘博文追求的方法不对，但自己这个"偷窥狂"似乎也没啥立场插手，只能默默地在旁边干瞪眼。直到刚刚，他刷出了许立最新的心声朋友圈——

许立：真的快要疯了！明天就要考试了，我才看了五十来页的《法律基础知识》，完蛋！

刘博文评论：这不怪你，都是谢疯子的错。

许立回复刘博文：真想把谢疯子大卸八块！

刘博文回复许立：其实，就算看不完书也是有办法通过考试的。

许立回复刘博文：什么？

刘博文回复许立：以小立立的身手，偷个试卷什么的应该没问题吧？

许立回复刘博文：这样不好吧？

刘博文回复许立：这有什么不好？闭卷考不划重点，跟留图不留资源有什么区别？都是臭不要脸的流氓行为！

看到刘博文和许立的留言，林屿终于忍不住了，戳开评论按钮留言道："许立你千万别听刘博文的！偷试卷什么的，记大过和开除都是分分钟的事！千万别去！"

刘博文见林屿插言，秒回道："你知道小立立为了这次考试有多努力吗？"

林屿不理刘博文，接着给许立留言："听我的，大不了就挂科，补考后还是一条好汉！"

刘博文回复道："你给我闭嘴！"

林屿不甘示弱："该闭嘴的人是你吧，一直在别人脑子里叫嚣个什么劲？"

刘博文连发了一排愤怒表情，这才又道："你之前偷窥我的事情还没完呢，这次就来决一死战吧，你个废柴渣！"

在两人闹得不可开交之际，许立幽幽地发布了一条心声朋友圈——为什么我脑子里的天使和恶魔都是男声？

Part 5 陷阱朋友圈

林屿跟刘博文吵了半天也没得出个定论。放下手机后，林屿沉思片刻，最后一拍桌，下定了决心——去找刘博文。不管怎么说，刘博文怂恿许立去偷试卷已经涉及了原则问题，不能再任由对方这么胡闹下去，不然许立也好，刘博文也罢，最终都会被这个 App 玩坏的。抱着这样的心情，林屿从自习室出来，径直去了男生宿舍楼。

此时已快到晚上十点，正是宿舍楼最热闹的时候，可林屿在楼里逛了一圈也没看到刘博文的影子，一问刘博文的室友才知道，这小子出去了。

"出去了？"林屿微微皱眉，这月黑风高的，他一个死宅不在寝室好好待着，出去干什么？

"是啊，"其室友点头道，"他刚出去没多久，你要现在去追，应该还能追上。"

林屿不答反问："他有说出去干什么吗？"

"谁知道呢，"室友耸肩，"这厮成天神叨叨的。刚才也不知道在手机里看到了什么，高兴得跟抽羊癫风似的，连睡衣都没换就跑出去了……哦对了，他说是要去当什么女神的骑士。"

闻言，林屿大惊失色，赶忙打开心声朋友圈，见许立更新了一条新信息——

许立：没想到谢教授把试卷藏在了老教学楼，进去拿试卷倒是容易，怕就怕有人突然闯进来。唉，要是有人能帮忙把风就好了。

林屿的脸色顿时变得煞白，看来许立最终没有抵住"恶魔"的诱惑，真的去偷试卷了！没多想，他急匆匆地往老教学楼赶去。

等到了教学楼下，林屿就听灌木丛里隐隐传来呻吟声。他这会儿也顾不上害怕了，三步并作两步地走过去，见一个人正瑟瑟发抖地趴在草丛里。

等林屿看清楚对方，愣了愣，这才讶然道："刘博文？"

这是什么情况？难道他们被保安发现了？不应该啊，就算保安巡逻发现小偷，也不至于揍这么狠吧？望着刘博文的熊猫眼，林屿还想问个清楚，只见对方一个劲儿地摇头，嘴里还叨叨咯咯地说着什么，含糊不清的。

"你说什么？炮？哪儿来的炮？"林屿话未毕，突然感觉背后一阵阴风刮过，与此同时，趴在草丛里的刘博文抖得更厉害了。

林屿下意识地吞了口口水，瞬间顿悟了刘博文刚才说的话是——跑！可眼下他的双脚已钉在原地，身后杀气重重，想突出重围是不可能的。能拥有如此可怕的气场，招来这么诡异的阴风的，除了贞子姐姐外，也就只有一个人能办得到了——

林屿咬咬牙，最终还是笑靥如花地回过头去，冲着眼前的许立招手道："嗨。"

许立冷哼了一声，没说话。

林屿装作没事人似的笑开了："好巧哦，许立，怎么在这儿遇到你了……"他一边说一边就想开溜，可他脚才刚抬起来就听那头许立阴森森地说道："原来另一个人是你。"

剧情再次神展开。原来，许立在跟刘博文接触了几次后就察觉到不太对劲，总觉得有个小人在脑子里提起刘博文不说，还有事没事就怂恿她跟刘博文多接触。而另一边，原本傻傻呆呆的刘博文也如有神助，对她了如指掌。不，不能说是了如指掌，简直就是她肚子里的蛔虫！有时她刚想到好久没吃韩国烤肉，那边刘博文发微信说晚上请她吃烤肉；有时她刚觉得头有点儿晕，刘博文已经在送药的路上了。经过几次实验，许立开始怀疑起了刘博文和他背后的门道。为了不打草惊蛇，许立开始收敛心神，尽量避免心思外泄。另一面，她又在踌躇怎么样才能人赃并获地揪出刘博文。

就在这时，刘博文主动送人头，"天使和恶魔"事件发生了。

许立将计就计，假装听从"恶魔"的怂恿，把人引到了老教学楼，然后完虐"恶魔"之后，"天使"也到了。

听完整个事件的来龙去脉，林屿啪啪鼓掌："许立同学超棒！这个瓮中捉鳖的计划太完美了！天衣无缝呵呵……还有，你果然是练武之人，这意志力就是比咱们普通人强，你、你看……像我这种战五渣就没办法做到收敛心神，让对方察觉不到我在想什么……啊你不要过来！我错了，不不不，这根本就不关我的事，你、你要冷静！"

林屿再出口的音调已经变成了阵阵惨叫。只见他的胳膊被扭成了麻花，战斗在一秒内结束，林屿甚至好汉不吃眼前亏地跪倒在地，哭泣着大喊："女侠饶命！"

这头的刘博文见许立正收拾林屿，趁机就想开溜，可人刚跑出去两步，许立的手刀劈了过来，紧跟着又是一脚旋风腿，刘博文直接摔了个狗啃屎，噗的一下，吐血了。

咳咳，请注意，这里不是夸张手法。刘博文真的吐血了！他那颗跟随了他十九年的小虎牙在此战中牺牲，请看到这里的各位默哀三秒钟。

据说自此次事件后，刘博文留下了见到许立浑身发抖、牙疼不止，以及腰酸背痛等后遗症。

男主陨落，一段浪漫而美好的爱情故事就此被女主扼杀在摇篮中。

此帖封帖，永无后续，大家都散了吧。

Part 6 尾声

在刘博文牺牲掉一颗小虎牙，林屿被拧伤一只胳膊后，此事画上了圆满的句号。

哦对了，在放两人离开前，许立女王还审问了两人知晓她内心独白的原因，并顺道帮两人卸载了心声朋友圈。关于这点，林屿倒是不担心，阿一一向神出鬼没，不是卸载就能轻轻松松撵走的。

果不其然，等林屿灰溜溜回到家，阿一再次现身，用她标准的机械音宣布道："恭、喜、你、通、过、了、本、次、测、试。下、期、测、试，难、度、将、提、升，请、再、接、再、厉。"

林屿简直哭笑不得:"我怎么又通过测试了呢?这次是不是又是什么组委会一致讨论后决定留下我?"

"并不是,"阿一恢复了正常人说话的语调,"这次之所以留下你,是因为你自始至终都没想过拿心声朋友圈做坏事。你大概也发现了,失物地图也好,存在感相机也罢,我带来的黑科技产品在功能逆天的同时也存在着弊端,那就是因为它们太过逆天的本事会导致使用者产生邪念,并利用黑科技产品走上歪路。"

阿一这么一解释,林屿一想还真是,不过……这么说来,难道是因为自己太废柴,每次都把黑科技产品用出了街边摊处理货的感觉,所以才侥幸通过测试?

"这个你自行体会233,"林屿说出自己的质疑后,阿一不肯正面回应,"我能说的就是,黑科技产品本身并没有错,但往往因为使用者的问题,反倒连累得黑科技产品也变成错的了。刘博文就是一个例子。"

林屿微蹙眉头,说道:"刘博文有心声朋友圈,难道他也是测试者?"

"并不是,"阿一道,"刘博文只能算这次测试的内容之一。系统想要初步考察你发现有人滥用黑科技产品后的态度,所以临时决定在刘博文手机里安装心声朋友圈。关于这部分的测试,你的评分还不错。"

"混蛋!不要把耍我说得这么冠冕堂皇!"林屿吐槽完,这才想起什么似的往沙发上一倒,"什么回收师通过测试有什么用啊,明天《法律基础知识》妥妥挂科才是真的。"

"说到这个,还有件事要告诉你。"阿一出声道,"为奖励你这次的杰出表现,系统决定破例一次,送你一个彩蛋。"

"纳尼?"

听到彩蛋这种福利,林屿顿时眼冒精光。

"你应该也注意到了吧,普通人并不能很好地分辨脑内出现的声音到底是来自自己内心的声音,还是别人通过心声朋友圈给自己留的言,所以我们给予你的奖励就是——帮你轻松度过考试难关。"

阿一说着就调出心声朋友圈的界面来,林屿只见谢教授的心声朋友圈下已经被系统刷屏留言了,留言整齐划一地写着:"给学生们多出几道送分题吧。"

见状,林屿由衷表白道:"阿一我爱死你了!"

阿一酷酷地回应:"谢、谢,但、我、拒、绝。"

翌日一大早，林屿神清气爽地进了考场。

在苦苦熬过前面的选择题和简答题后，林屿终于迎来了满心期待的送分题，可展开最后的卷子一看，他彻底傻了眼。所谓的送分题是长这个样子——

谢峰第一次上课时穿的什么衣服？他是如何做自我介绍的？请简述。（10分）

谢峰每次上课都会带一支钢笔，请简述该钢笔的品牌和墨水颜色。（10分）

谢峰曾在课上讲过家中趣事，请问这趣事的具体内容是什么？又与其哪位家人相关？请简述。（10分）

谢峰的优点是什么？请至少罗列五条。（10分）

林屿黑人问号脸。

这就是阿一说的送分题？这根本就是送命题啊掀桌！

完败在考场的林屿同学拼着最后一口气留下了遗言："阿、一，你、给、我、等、着！"

第四章

人设库

人设库，一款拥有海量人设卡的 App。高冷眼镜娘、傲娇毒舌男、呆萌小萝莉……在这里，你可以任意挑选你所喜爱的人设卡，只需轻轻一点，即可轻松转换人设属性。

现在上线，还可免费抽取稀有级别的"丧气萝莉"人设卡哟！

Part 1　人设库

问，当女神是一种怎样的体验？

陈希音的感受是，每到节假日就很忙很累。例如，圣诞节前夕，陈希音收到了无数人的邀请。

有含蓄委婉派的——

男同学 A：圣诞节我跟几个同学约好去爬武夷山，有没有兴趣一起啊？

也有花式套路派的——

男同学 B：叽叽叽，求建议求攻略。这不快到圣诞节了，想约喜欢的妹子出去玩，该怎么说比较好呢？

陈希音：就直接说啊。

男同学 B：收到，谢啦！

五分钟后——

男同学B：叽叽叽，小音，后天我们一块出去玩吧！

还有开门见山派的——

男同学C：后天下午三点半，王府井电影院门口见，你不来我不走。

可这些所有的加起来，都没有林屿来得搞笑。

今天下午，陈希音收到林屿发来的微信，问她后天有没有空。陈希音回过去一个问号，然后那边没了音讯。陈希音转头把这事抛到了脑后，可没想到睡觉前，却收到了林屿的回复——

林屿：呃，没事。我就是听说后天有雨，你如果要出门的话，记得带伞。

亲，你是猴子派来的逗比吗？

林屿，男，19岁，S大大一学生。在这个分分钟都会被卖片的盯上的时代，林屿却被一款人工智能给盯上了。因为这货喜欢一字一顿地说话，又偏爱用一声调，所以林屿给它取了个绰号叫"阿一"。

此时，阿一正用它特有的机械女音吐槽着："憋、了、一、下、午、就、憋、出、来、个、温、馨、提、示、也、是、没、谁、了。"

"闭嘴！"其实林屿跟其他人一样，给陈希音发信息的初衷就是想约女神大人出来玩，尤其是听闻女神大人和男友已分手后。可是他不敢啊，信息发了之后又退缩了，于是纠结来纠结去，这才有了"后天有雨，记得带伞"的温馨提示。

阿一道："你、这、么、没、用、你、妈、妈、知、道、吗？"林屿正想怼回去，就听阿一接着往下道，"这、个、时、候、你、需、要、人、设、库、来、帮、你。"

"纳尼？"林屿狐疑之际，见手机应用栏里以肉眼可见的速度多出个App图标来。图标以淡粉为背景色，上面印着个漫画版的长发萌妹。

这妹子怎么越看越眼熟？然后下一秒，他脱口而出："《奇迹暖暖》？"

话音刚落，阿一擅自打开了App："这、次、的、黑、科、技、产、品、叫、人、设、库。"

瞄了眼人设库的主界面，林屿脑子里的第一反应就是——很好，阿一这抄袭狗终于把魔爪伸向手游界了。人设库主界面与《奇迹暖暖》如出一辙，屏幕左边站着娇俏可人的女主角暖暖，右边则罗列着一排诸如发型、上衣、下装、袜子、鞋子的按钮，随便点击一个按钮即可看到相对应的服饰，选中服饰后，主人公暖暖就穿上了该服饰。所以，这跟普通的换装游戏有什么区别啊！

也许是被林屿鄙视的眼神刺激到，阿一一字一顿的说话方式一秒切换，口齿清晰语言流畅："人设库里有上千张人设卡，只要使用人设卡即可获得卡上相对应的人设属性。比如使用'闷骚学霸'人设卡后，智力提升的同时，交际能力会下降，甚至连视力也会下降，成为跟学霸一样的高度近视眼。而获得人设卡的办法，就是帮助游戏人物着装打扮，只有使游戏人物穿上适合该人设的服装，才能获得该人设卡。"

阿一边说边演示性地给暖暖套上了校服，戴上厚厚的眼镜，外加油腻古板的短发，点击完成键后，屏幕立马弹出一个对话框来："评分S级，恭喜获得人设卡'闷骚学霸'。"

林屿点进"闷骚学霸"卡的主页面，就见卡上写着——

卡片名称：闷骚学霸

卡片级别：优秀

卡片说明：你以为我成绩好是因为我刻苦努力吗？IQ可是天生的。

卡片属性：智力+60/记忆力+60/仇恨值+50/交际能力-50/视力-50

林屿看完深呼一口气。说来说去，这还是换装游戏啊！

"换装只是手段，重要的是使用人设卡后的效果。我刚才不是说了吗，让人设库来帮你。想想，只要使用了人设卡，让你变得不再这么胆小。"阿一突然开始调皮了起来，"约、陈、希、音、出、来、的、事、就、有、希、望、了。"

"对啊，"林屿醍醐灌顶，"我怎么没想到？"

只要有了人设卡，别说勇气加持，直接把他变成女神大人喜欢的类型也不是不可以啊！

Part 2 "霸道总裁"卡

确定计划后，林屿说干就干。任务目标是获得"暖男"卡一张。

可想归想，等林屿真正操作起来，才发现根本没那么简单。格子衬衫搭配牛仔裤，外加运动鞋和帆布包，恭喜获得"屌丝"人设卡；T恤配上吊裆裤，最后再来一头飘逸的长发，恭喜获得"非主流"人设卡；白衬衫外罩黑夹克，紧身皮裤加尖头皮鞋，恭喜获得"摇滚青年"人设卡；古铜色肉体配上性感厨房围裙……实在玩不下去的林屿终于摔手机了。这该死的暖男到底是怎么打扮的？

该问题困扰了林屿一个晚上，次日林屿顶着熊猫眼去上课，刚到教室就见陈希音跟其他几个女生有说有笑地走了进来。看到陈希音，林屿下意识想开溜。

阿一怒开嘲讽："是、男、人、就、坚、持、过、六、十、秒。"

"混蛋，这种时候不要说这种让人容易误会的话！"

阿一嘴炮全开："果、然、无、药、可、救、还、是、使、用、人、设、卡、吧。"

林屿嗤声："我要有好的人设卡，我早用了好吗？"昨天他奋战一晚上，拼出来的都是些"朋克男孩""杀马特"等渣渣卡，他要怎么用？这些破人设还不如他自己呢！

"废、柴、男、有、什、么、资、格、嫌、弃、别、人、杀、马、特？"阿一打完嘴仗，这才认真道，"我、免、费、送、你、稀、有、级、别、人、设、卡。"

"你会对我这么好？"林屿第一反应就是有诈。

阿一接着往下道："友、情、提、示，这、张、卡、的、人、设、刚、好、是、你、家、女、神、大、人、喜、欢、的、类、型。"

林屿的意志开始微微动摇。但，阿一这么乐于助人，也是有点儿诡异啊。

"卡、已、经、放、进、人、设、库、里，你、自、己、看、着、办。"

"可……"林屿纠结之际，陈希音已经款步而来，离他只有一步之遥了。

不管了，死就死吧！林屿咬咬牙，打开手机中的人设库，一张人设卡直接弹了出来，来不及看清卡面的内容，屏幕上就弹出对话框来——

是否使用该人设卡？

是　　否

林屿点击"是"键后，倏地一激灵，霎时只觉得像被打通任督二脉般眼净心明。

这时，陈希音和同行的几个女生刚好走到了林屿面前。见林屿杵在过道上不动，陈希音干脆大大方方地打招呼："林屿，早啊。"她边说边想从林屿身边绕道，可脚才刚迈出去半步，"啪"的一声，一只手臂挡在了眼前——

林屿右手撑在墙上，抬眸斜斜看向陈希音，一开口就是邪魅狂狷："呵！女人，昨晚有没有被我的风趣所折服？"

"什么？"陈希音咋舌。

林屿不满地挑眉："笨女人，难道你看不出来我昨晚让你下雨天带伞什么的，是故意在逗你开心吗？算了，先不说这些，我今天来就是正式通知你，我允许你陪我过圣诞了。"

陈希音用关爱智障的眼神看向林屿。林屿大手一挥："不用害羞，我知道你心里怎么想。像我这种英俊潇洒帅气逼人能干稳重智勇双全的好男人，谁能克制住内心的冲动不爱上我？我知道你早就想跟我一块出去玩了，呵！小可人儿，看在你是我喜欢的类型的分上，我同意了。"林屿说话的同时，正想伸手去挑陈希音的下巴，可手刚伸出来就被人突如其来的一挡——

许立一手拽住林屿的色爪，林屿见状又是一扬眉，霸道总裁气场全开："谁允许你碰我的？许立，我知道你暗恋我很久了，可今天我必须跟你说清楚，我对你这种女汉……"话还没说完，只听"咔嚓"一声，林屿的色爪被许立掰折了。

盯着呈扭曲状的爪子，林屿眨了眨眼，再眨了眨眼，这才伴随着剧痛嗷嗷惨叫开来。而这头的许立只是随意拍了拍手，黑脸道："想死就明说。"

霸道林总裁，以被揍的结局惨烈收场。下午林屿恢复本性，第一件事就是把手机往床上摔："阿一你个王八蛋，给小爷我滚出来！"

阿一实力拆台："温、馨、提、示，将、手、机、摔、在、床、上、并、不、能、摔、坏。实、在、想、出、气，建、议、你、往、地、上、摔。"

林屿跳脚："我脑子进水了才会相信你的鬼话，你到底给我用了什么鬼人设卡？"

"霸、道、总、裁。"原本还一脸得意的阿一看着林屿逐渐变换的脸色，赶紧解释道，"这是陈希音喜欢的男主人设。根据情报，她上周看了四本关于霸道总裁的小说。"

林屿炸毛了："混蛋，二次元喜欢的人设能跟三次元比吗？"还有，女神大人为什么口味这么恶俗？霸道总裁到底哪里好？还不如孤傲绝世叶良辰呢！

"这次的确是我的疏忽，没有深入了解情况。我刚刚已经调查清楚了，'霸道总裁'只是陈希音的一时兴起，她真正所爱应该是——"阿一语带歉意，"'温、婉、人、妻、受'。你、要、不、要、再、试、试？"

林屿扶额。朋友，你真不是来搞笑的？你真以为我不懂腐文化？念及此，林屿还想再说些什么，手机"嘀"的一声响，有新消息进来了。

他边喝水边点亮手机看消息，然后"噗"的一下把水全喷出来了。

消息是陈希音发过来的，她问林屿："明天我们在哪里碰面？"

林屿把这条消息反反复复看了三遍，确定以及肯定自己没搞错女神的意思之后，这才不得不承认——或许，二次元和三次元是可以相通的。

Part 3 "游戏宅"卡

次日一大早，林屿兴冲冲出了门。他跟陈希音约好，在学校后门见面。到达目的地后，他给陈希音发了条微信，告诉她自己到了。信息发出去后，对方没有立即回复。不过也无所谓，女孩子嘛，总得多花点儿时间打扮打扮。只是不知道，女神大人今天会打扮成什么样子来见他呢？是长发连衣裙的淑女打扮呢，还是毛衣加裙裤的休闲打扮呢？

林屿正胡思乱想，肩膀被人猛拍了下。

一回头，在看清眼前的人后，林屿的下巴差点儿掉在了地上。今天的女神大人陈希音穿了一件超不起眼的牛仔外套，下搭灰不溜秋的九分裤。最可怕的是，她居然把及腰的黑长发直接剪成了齐耳短发！

林屿深呼了一口气，不断安慰自己。没关系，女人嘛，偶尔想换画风也正常。所谓颜值即正义，只要女神大人的脸和身材还是那么……林屿一低头，瞬间连自我安慰的勇气都消失了。女神大人今天的妆容是怎么回事？傲人的身材去了哪里？难道他以前看到的那些都是假象？

陈希音推了林屿一把："傻愣着干什么？你丫倒是说话啊！"

完了完了，女神大人不仅颜值和穿衣风格大变样，就连说话方式也变得粗暴起来。林屿怔怔了好半晌，才找回神志："那啥，既然你到了，咱们先去电影院看个电影？"

陈希音鄙夷地瞟林屿一眼："去什么电影院。"

"那去哪儿？"

陈希音一拍林屿的后脑勺，爽利扬声："网吧走起啊！"

"网吧？"林屿怪叫道。

"没错。"陈希音大大咧咧地叉腰，"大好时光怎能不吃鸡？现在就去网吧杀两局怎样？"

闻言，林屿好不容易捡起来的下巴又掉地上了。在《绝地求生》这款游戏里，只要拿到第一名，系统就会刷出"大吉大利，晚上吃鸡"这句话，是以久而久之，玩家们把这款游戏称之为"吃鸡"。难道陈希音平时也玩这个游戏？林屿还以为像女神大人这样娴静的女孩子平时最多也就刷刷剧看看综艺节目什么的。

这头，陈希音见林屿呆若木鸡的样子，一脸嫌弃道："不是吧？吃鸡这么火，你居然不玩？那《英雄联盟》？《刀塔》？你来选一个？"

听了这话，林屿对陈希音的认识简直达到了新高度，没想到女神大人竟然还是网游爱好者。等等，这还是他认识的女神大人吗？

林屿想再说点儿什么就被陈希音猛地往外拖："废什么话，赶紧走！"

最终，两人的第一次约会在网吧画上了圆满……并不圆满啊！

林屿被陈希音拖进网吧后，才意识到一个严重的问题——或许，他对女神大人的认识还仅仅停留在表面。原本在林屿心目中，陈希音是个温婉娇弱、说起话来低声细语的女孩子。可没想到在游戏里，戴上耳麦的陈希音说起话来却是这个样子的："□□满嘴□□，你爸爸我都不屑□□，有本事给老子□□□□。"原本在林屿心目中，陈希音是个坐端立正、行为举止大方得体的女孩子。可没想到在网吧里，陈希音全程跷着二郎腿，小脚还不由自主地抖啊抖。原本在林屿心目中，陈希音就是个游戏小白，可没想到两人真坐在一块打游戏后，陈希音却一脸嫌弃地训他："弱鸡！实在太弱鸡了！走位不行，反应不行，送个人头都比别人要慢半拍。你这样的猪队友必须加强训练！从明天开始，到网吧来跟我进行特训！"

于是乎，在这样欢快而和谐的氛围中，两人约定好了下次见面的时间和地点。

自尊心受到一万点暴击的林屿，当晚回去就连夜拼出了"游戏宅"的人设卡，誓要在女神面前一雪前耻。可等第二天林屿再去找陈希音，事情却来了个一百八十度大转变。

翌日下午，林屿到网吧时，陈希音已经先到了。今天的陈希音一改女汉子画风，身穿一件浅粉色的毛衣外套，里边是同色系的连衣裙，及腰的长发也被编成了两个小辫，服帖地搭在胸前。

盯着陈希音一夜之间长出来的头发，林屿瞠目结舌。他正纠结着这假发套怎么这么逼真，这头陈希音也刚好抬起头来："来啦。"冲林屿打招呼。她声音柔美，举止文静，跟昨天那位抠脚大汉简直判若两人。

一时之间，林屿也有些蒙圈，只尴尬回道："啊，来了。没想到你比我还早。"

陈希音皱起小脸"嗯"了声，说："有道题我死活都想不通，所以就先过来了，想在网上查一查，看有没有相关的解题思路。"

"解题思路？"林屿黑人问号脸，这又是什么鬼？

陈希音甜甜地笑开了："咱们昨天不都说好了吗？要加强训练，共同进退，所以除了我自己，我也针对你的情况制订了一个计划表。林屿同学你看，这是你今天的训练内容。"

林屿越听越纳闷，顺着陈希音的视线看向电脑屏幕，立刻怪叫出声："四级模拟卷？"

"没错，"陈希音点头，"今年的四级已经考完了，但期末不还得考英语吗？所以我特意帮你找了历年的四级考卷和模拟卷。只要你把这几十套卷子做完，我相信你这学期英语一定能及格的。"陈希音一面说一面起身把林屿按在了座位上。

望着屏幕上密密麻麻的英文单词，再瞅瞅周围电脑五花八门的游戏界面，林屿觉得自己变成了网吧界的一股清流。

陈希音握拳鼓舞道："学习使你快乐，林屿同学加油！"

Part4 "百变女王"卡

林屿就是再傻，也察觉出不对劲来了。虽说女人的天性就是翻脸比翻书还快，但陈希音这已经不是翻书的问题了，她是把整本书的内容都更替了！从游戏攻略手册摇身一变成为英语教科书，如果不是陈希音有精神分裂症的话，那肯定是有猫腻。事实证明，林屿的猜想是对的。

继女汉子和学霸之后，一周以内，陈希音又陆续扮演了知性冷美人、呆萌傻白甜以及夜店小公主的角色。在林屿百思不得其解之际，新的事情找上门来了。

这晚，林屿踢完球回家，刚走到楼下就听见有人喊他。他回头发现是许立，"咦"了一声，正想问对方有什么事，眼前忽地一闪，手上的手机就被许立抢走了。

许立抢走手机后也不跑，只埋头站在林屿跟前，默默地摆弄手机。

林屿还有点儿回不过神："许立，你拿我手机干什……啊啊啊！"

话还没说完，许立突然跨步上前，反拧着林屿的胳膊厉声道："果然是你！"

林屿吃许立的亏已经不是一次两次了，当即跪地求饶："女侠饶命！我错了……"

"闭嘴！"许立把林屿的手机扔到他跟前，"你自己看。"

林屿埋头，看到被开启的人设库界面，心里霎时"咯噔"一声响。

许立沉声："希音最近不对劲，是不是你在搞鬼？"

"哈？"林屿闻言下意识要辩解，可话到了嘴边又突然顿住。等等，还别说！陈希音现在的状态，真挺像用了人设卡的。难道是有人对她使用了人设卡？念及此，林屿正想说什么，就感觉胳膊被人往反方向扭了扭，当即哀号出声："痛痛痛！"

"怎么样，无话可说了吧？"

"冤枉啊！"面对此情此景，林屿简直欲哭无泪。

不久前，许立曾被卷入"心声朋友圈"事件，从而知晓了林屿使用黑科技产品的事情。可上次害她的人明明就是刘博文！为什么最后留下案底处处被怀疑的人反倒成了他？林屿有苦说不出来。

许立踢了一脚地上的手机："证据就摆在面前，你还想抵赖？你就是靠这个人设卡，弄得希音性情大变的对不对？"

林屿苦哈哈地解释："我手机里有人设库 App 是不假，可凭什么证明是我对她使用的人设卡呢？这么做对我有什么好处？还有，你可以翻我的手机，我的人设库里全是些普通级别的渣渣卡，根本就没有'知性冷美人''温柔学霸'这类稀有级别的人设卡。"

听了这话，许立当真放开林屿去捡手机。眼见许立翻看手机后眉毛越蹙越紧，林屿这才摊手道："怎么样，我没骗你吧？"

许立把手机还给林屿："看来这次是我猜错了。"

林屿摇头："我倒觉得，你没猜错。"

"什么意思？"

林屿抓耳挠腮："你有没有想过，或许，还有别的人手机里有人设库？"

许立眼睛乍亮："你的意思是，是别的人对希音使用了人设卡？"

"对头！"林屿打了个响指，"给我一周时间，我向你保证，一定把罪魁祸首揪出来。"

根据人设卡的设定，要对除自己以外的人使用人设卡，操作者必须反转镜头，将手机对准对方，点击使用按钮才能奏效。所以林屿简单粗暴地推断，如果罪魁祸首要对陈希音再次使用人设卡的话，势必会想办法接近她。到时候他只用在罪魁祸首使用人设卡时出现，抓他个人赃并获就好了。

可林屿跟踪了陈希音好几天，根本没发现什么可疑人员，反倒发现了另外一件事。最近陈希音增添了一个新爱好——夜跑。不论刮风下雨，一到晚上八九点，她都会围着S大的东湖跑上两圈。而且每次夜跑过后，陈希音都会去东湖的湖心亭坐坐。等她休息完再从湖心亭里出来，整个人就风格大变了。

"你是说，希音的变化跟那个湖心亭有关？"许立问。

林屿神色凝重地点点头："发现那个亭子有古怪后，我就在亭子的梁上放了微型摄像机，然后昨晚拍到了这个。"林屿用手机调出一段视频来，然后递给许立，"你自己看吧。"

许立埋头看了眼视频，唇瓣霎时紧抿。

视频里，陈希音正坐在湖心亭玩手机，而她玩的 App 正是人设库！一切真相大白。那个对陈希音使用人设卡的罪魁祸首不是别人，正是陈希音本人。

Part 5 "完美女神"卡

因为剧情反转太大，林屿和许立都有点儿接受不能。两人商议一番，最终决定由许立出面，去找陈希音谈谈。许立表明来意后，陈希音也没说什么，只约许立晚上在湖心亭见面。

而这头，林屿在家里安心等消息。说是安心，当然安心不下来。一晚上林屿都坐立不安的，脑子里转来转去都是些奇怪的问题。女神大人好端端的，干吗使用人设卡？如果是图好玩，也不用一天一张卡换得这么勤吧？越琢磨脑子越乱，林屿正纠结到不行，QQ响了。

有同学在班群里发了个链接，林屿点进去才发现是校内论坛的一个帖子，帖子的主题旨在讨论Ｓ大校花。原本内容也稀疏平常，可随着陈希音被提名的次数增多，帖子的走向也慢慢被带偏。有人提名陈希音是Ｓ大校花后，下面立马有人留言道："你们不觉得陈希音很诡异吗？今天是乖乖女，明天是性感女郎，画风一天一个变，就连说话动作都像变了个人一样。"此条留言一出，立马获得了无数人的点赞。大家纷纷贡献陈希音的诡谲事迹，说到最后，大家得出了一个共识——陈希音是被鬼上身了。

林屿看到这简直哭笑不得："什么鬼上身，我还被下降头了呢！"他快速滑动鼠标滚轮，随着滚轮的滑动，论坛界面也开始哗啦啦地往下滑，见下面还有这么多留言，"这些人是有多无聊，这么小件破事居然……"

话说到一半，一条留言就映入林屿的眼帘，ID叫"小猪233"的人留言道："弱弱地举手表示，我是陈希音的初中加高中同学。说出来你们可能不信，现在的陈希音跟初高中时候的她差别真的好大。以前她很孤僻，在班上也不爱说话。有次有个男生故意逗她，堵住她不让她走，她竟然吓哭了！我知道肯定有人要说女大十八变啦、长大了会化妆会打扮自己啦、人美了性格也变开朗啦之类的话，可是奇怪的是，她高中毕业时是个小矮子，最多一米五二不能再多了！现在她再怎么也有一米七吧？短短一个暑假，她长了将近二十厘米！恐怖不恐怖？"下面有人反驳，说成年后也有部分人会长个儿的，可"小猪233"明显不服气，回复道："行，身高问题不说了，咱们再来说点儿别的。我也不废话了，直接上图。如果陈希音没整容，我现在就把键盘给吃了。"留言下还贴着几张照片，一张是某高中的集体毕业照，另外几张是陈希音高中时期的学生照。

看到这里，林屿也不得不说，陈希音上大学前后的变化的确很大，如果不是这个叫"小猪233"的网友刻意指出，他根本认不出那个戴着眼镜、眼睛小小、个子矮矮的姑娘是女神大人陈希音。女神大人的身高怎么解释？噌噌往上涨的"颜值"又怎么解释？还有突然变开朗的性格、无可挑剔的交际能力……

想到这，林屿脑子里突然灵光一闪，瞳孔骤地紧缩。等等！难道这一切都是——

林屿急慌慌地打开了手机里的人设库，开始疯狂地翻找。人设库里，有一个叫"卡片图鉴"的版面。在这个版面里，标注了所有获得和未获得的人设卡。很快，林屿在卡片图鉴里找到了"完美女神"卡。他颤巍巍地点了进去，就见那张卡的主页面显示着——

卡片名称：完美女神

卡片级别：稀有

卡片说明：我最大的缺点就是太完美。

卡片属性：颜值+700/身材+800/情商+700/魅力值+1000/交际能力+500

全都对上了！这么说，自己认识的那个女神大人根本就是个假的？只是陈希音用人设卡塑造出来的假人设？将前后线索这么一联系，林屿瞬间了悟。他终于想明白为什么陈希音要不断地更换人设卡了！因为每张人设卡都有耐久度！就像普通游戏的设定一样，随着使用人设卡的时间增长，卡的耐久度会慢慢往下掉，直到某天耐久度降到了零，那这张卡就没办法再使用了。如果陈希音从上大学以来就一直使用"完美女神"人设卡，那么这张卡的耐久度应该是所剩无几了。所以即将"裸奔"的陈希音这才急忙寻觅人设卡，而她不断换卡就是在测试，测试哪张人设卡她用起来最得心应手，周围的人接受度最高。

想到陈希音竟然一直活在"人皮面具"之下，林屿情不自禁地叹了口气。这该是有多不自信多厌恶自己，才会一直披着人设卡过活啊？一直活得像别人，不累吗？

林屿挠了挠脑袋，想起什么又是一怔："不好！"他忘了一件最重要的事情——如果说，陈希音真的那么厌恶曾经的自己，并且期盼自己能一直以完美女神的形象出现在大众视野里，而这时却有人知道了她使用人设卡的秘密，她会怎么办？

"啊！许立！"说话间，林屿飞奔出门。

Part 6 "女中豪杰"卡

林屿赶到湖心亭时，没见到许立和陈希音的人影。他心急如焚地围着东湖转了小半圈，这才远远地看到两人站在湖对岸。林屿刚松了一口气，就见陈希音鬼鬼祟祟绕到了许立身后，缓缓举起了双手……糟糕，女神要黑化了！

"许立小心！"林屿惊叫出声。电闪雷鸣间，陈希音冲着许立的背就是狠狠一推。可就在陈希音出手的同时，许立倏地一闪身，躲到了旁边。

见状，林屿忍不住一怔。呃，谁能告诉他，刚才发生了什么？怎么眼睛一闭一睁的工夫，陈希音就被按倒在地了？打斗过程呢？说好的高潮戏和套路呢？许立大大，别人独白连嘴遁技能都没释放你就直接秒杀，这是犯规啊。

等林屿赶到湖对岸时，陈希音已经被许立撂倒在地，连挣扎都没力气了。

眼见着林屿过来，许立只简洁地说了三个字："已报警。"

林屿点头。虽然他的确喜欢过陈希音，但推人下湖什么的已经涉及危害他人生命安全，报警是必须的。

"来龙去脉你都知道了吗？"林屿问。

许立"嗯"了一声，又用下巴指了指陈希音的方向："虽然被我打得爬不起来，但她嘴上倒是一直没停过。等你过来的这空当儿，她一直在那说。"

事情原委跟林屿推断得差不多，简单说来，就是原本自卑敏感的陈希音，某月某日无意中遇到了人设库App。了解人设卡的设定后，陈希音如获至宝，很快拼凑出了"完美女神"卡并使用。使用"完美女神"卡后，陈希音腰不疼了腿不酸了……呃不对，是人变得漂亮了，性格变得大方开朗了，也变得会说话了。因为人美又懂事，陈希音很快交上了朋友，甚至在大学里摇身一变，成了众人追捧的完美女神。享受着这样生活的陈希音却在不久前发现，人设卡是有缺陷的。眼见着完美女神卡的耐久度即将被耗尽，陈希音这才慌不择路地开始使用其他人设卡。可没承想反倒露出了马脚，让许立知晓了她的秘密。

陈希音恶狠狠地瞪着许立："我不能……不能让别人发现我原来那个丑样子！"

林屿安抚着陈希音："好了好了，你的内心独白我们都知道了。唉，也是难为你了。咱们这剧女主角选得太强悍，根本不给反派死于话多的机会，一秒钟就结束战斗了。不过既然都这样了，咱们还是早点儿收工吧。"他一面说一面捡起陈希音掉落在旁边的双肩包。

眼见着林屿从包里翻出自己的手机来，陈希音紧张起来："你要干什么？"

"干什么？你不已经猜到了吗？"林屿轻轻松松地翻到手机应用栏，然后找到人设库的App，点击卸载，确认。

眼睁睁看着人设库被卸载，陈希音的声音微微颤着："一切都完了，我什么都没有了。"

林屿的声音很低沉："你以为你拥有了人设卡就拥有了一切吗？"

陈希音不解，抬头看向林屿。

林屿道："你披着完美人设的外表，可人设卡救不了你的内心。"

许立赞同地点了点头，补刀道："没错。换皮不换心，终有一日还是会原形毕露的。"

Part 7 尾声

事后，陈希音毫无悬念地进了医院，用专业的话来说，叫心理疏导。另外，因为卸载了人设库的缘故，她的容貌和身材也恢复成了原来的样子。

喜欢了大半年，居然喜欢了个假女神。这事落谁身上，谁都会情绪低落。

阿一安慰林屿道："上帝、是、公平、的，他、关了、你、一扇门，不是、还、给你、开、了、一扇窗、吗？走了、一个、女神、陈希音，这、不是、又、来了、个、女中、豪杰、许立、吗？"

林屿呵呵："我还没找你算账，你倒是自己蹦跶出来了。这次的事又是你主导的，对吧？"

在一开始的回收师测试中，阿一都只是把黑科技产品安装在林屿手机里就完事，林屿爱不爱用、爱怎么用，阿一都不会插手。可近两次，阿一不仅积极推销人设库App给其他人，还一手引导了林屿去使用人设卡。

"你故意让我使用人设卡，就是想让我了解人设库的设定。也正是因为这样，我后面才会被许立怀疑，莫名其妙卷进这次事件。就连陈希音手机里的人设库，也是你安装的吧？"

"并、不是、我。"

"不是你，"林屿表示怀疑，"那还能是谁？总不能这个世界上还有第二个专门给人安装黑科技产品的人工智能吧？"

"具体、内容、因为、涉及、保密、条例，我、不能、说。但、我、可以、告诉、你，这个、世界、上、还、存在着、许多、其他、黑科技、产品。通过、前、几次、测试，你、也、发现，黑科技、产品、往往、具有、迷惑性，并不、适合、意志、不坚定、的、人、使用。就像、陈希音，她、其实、本性、不坏，但、因为、太过、依赖、人设卡，最终、闹到、无法、挽回、的、地步。所以、回收师、的、任务，就是、发现、并、回收、黑科技、产品。"

林屿闻言微微震惊："你的意思是说，是别人给陈希音装的人设库？"

"是、的。你、这次、完成、的，正是、你的、第一次、回收、工作。虽然、过程、略、曲折，但、任务、最终、还是、完成、了，恭喜、你。"

林屿挠了挠头，还想说什么，突然问："等等，你从刚才开始是怎么回事？为什么你说话的节奏说变就变？说好的一字一顿呢？"

"人设、需要、经常、变通，才能、给、观众、新鲜感，以此、保持、人气。我、劝、你、下次、出场、也、改改、人设，还有、不要、动不动、就、摔手机，混蛋来、混蛋去、的。"

"混蛋你给我闭嘴啊！"

"老铁、666。"

第五章

任务书

天刚蒙蒙亮，达哥就起了床。打开小卖部的门，从店里取出一张自制海报来，用透明胶牢牢地粘在墙上。

过路的张妈眯着老花眼看了半天，这才看清海报上画着个大大的骷髅头，下面赫然写着——林屿不得入内。

张妈问："你这海报什么意思？林屿那小子怎么你了？偷你店里东西了？"

闻言，达哥没搭理对方，只耐心地用透明胶贴着海报四角。达哥这人脾气古怪张妈是知道的，是以这会儿见达哥不理不睬也没再追问，只摇了摇头准备离开。就在她转身的瞬间，身后的达哥冷不丁出声："防变态。"

Part 1　愿望书 VS 任务书

话得从头说起。林屿，男，19岁，S大……话还没说完，一个砖头直接砸了过来："这段介绍能不能有点儿创意？不如简单粗暴说事情！"

一星期前，林屿收到了一本记事本，软面抄、A5线封，呃，总之就是那种十块钱三本的地摊货。奇就奇在，这记事本里还夹着一张说明卡片，卡片上印着这么几段话——

名称：愿望书

使用方法：在愿望书上写下你的愿望，24小时以内愿望即可自动实现。

使用规则：

1.所书写愿望不能危及他人生命或财产安全，不可触及法律底线；

2.所书写愿望不能更改已发生历史，如复活已亡之人；

3.所书写愿望若涉及经济，总金额不能超过人民币五万圆整。

"愿望书？"林屿咂舌，"我还死亡笔记呢！"话说完就把记事本丢到了一边。可下一秒，他就听阿一一字一句道："这、是、真、的。"

"纳尼？"

"这是、你、完成、第一、次、回收、工作，系统、发放、的、奖励、品，所以、是、实体、的。不过、该、愿望、书、等级、较低，只能、实现、三个、愿望，且用、且、珍惜。"

阿一自称是一款"回收师测试系统"的人工智能，因为说话一字一顿，林屿给它取了个绰号叫"阿一"。阿一所说的林屿完成的回收师工作，是指上次成功回收了一项名为"人设库"的黑科技产品。

闻言，林屿还有些不信，学着小岳岳的腔调道："嗯？这么神奇吗？那如果我许愿让你消失，你就真的能消失？"

"……换个、别的。"

"别的愿望啊，"林屿托腮，想了想身为贫穷大学生的日常，说，"我小时候一直梦想着跟小卖部老板做朋友，这样就能免费吃东西了。这个愿望行不行？"

林屿也就顺口一说，可谁料他话音刚落，愿望书上以肉眼可见的速度生出几行字来——

搜索到任务：达哥，我们做朋友吧！

任务执行者：林屿

是否立即执行？

达哥不是别人，正是楼下小卖部的老板。林屿"哎"了一声，正想说这玩意居然还可以声控，愿望书上就又现出一行字来——

任务已确定，系统加载中，请稍候……

林屿蒙圈之际，愿望书上已经自动生成了一个表格，表格上还有几行小字——

任务名称：达哥，我们做朋友吧！

完成条件：与达哥的好感值达到 100 点以上

任务奖励：幸运值 100 点

任务惩罚：霉运值 15 点

虽然搞不清楚这表格是干什么用的，但第六感告诉林屿，他又要倒霉了。

"阿一你现在就给我出来，一字一句地解释清楚。"

阿一沉默了好一会儿，才幽幽道："我有、一个、好、消息、和、一个、坏、消息，你想、先、听、哪个？"

林屿咬牙："一起说！"

"坏、消息、是，我、好像、把、任务、书、和、愿望、书、弄混、了，你、手上、这本、不是、愿望、书，是、任务、书。"

"任务书？"林屿诧异道。

"是的。"阿一恢复了正常语调解释道，"任务书最开始是为减肥者而制定的。减肥者可以利用任务书制订计划，安排每日需要完成的运动量和节食量，一旦减肥者完成当日任务，就可获得少量的幸运值；反之，如果减肥者没有完成当日任务，则会获得相对应的霉运值。任务书利用赏罚分明的功能激励减肥者，从而大获成功。该产品大火后，部分人也开始拿任务书来制订其他计划，比如戒烟戒酒、治疗拖延、制订学习计划。"

林屿蹙眉："也就是说，跟达哥做朋友这件事从愿望变成了任务？"

"没错。按照任务书现在制订的计划，你必须保证达哥对你好感值达到100点以上才算完成任务。不然的话，你就会受到相应的惩罚——获得霉运值。"阿一语带心虚，"还有一点，如果你无法完成任务，任务会一直存在。换句话说就是，你如果无法让达哥和你做朋友，你会每天都收到霉运值。"

林屿抱着最后一丝希望，问："那你说的好消息是？"

"我已经在网上帮你搜索到了完美攻略，完成任务应该不是什么难事。"

阿一说完，林屿见手机自动跳到了某网页，网页顶端赫然写着——《论如何博得女神的好感》。

林屿扶额："你管长着一身腱子肉、虎背熊腰、面带凶相、曾经混过帮派的达哥叫女神？"希望彻底破灭，林屿还想再说什么就听"咔"的一声响，还没回过神来，已经连人带椅子摔在了地上。

"喵了个咪呀！"林屿抱着摔开花的屁股在地上打滚哭号之际，阿一道："零点已过，任务书默认你昨天没有完成任务，给你发放了15点霉运值，所以你的电脑椅才会坏掉。请、节、哀。"

林屿咬牙发誓："阿一，我跟你没完！"

Part 2　好感值（5/100）

自从绑定任务后，林屿每天不是崴了脚就是撞了头，什么踢球必下雨、洗澡必停水、下本必死机这些还都是小事，最让他无法忍受的是，追哪部剧哪部剧就下架整改，喜欢哪本小说哪本小说就宣布停更。

完成任务！必须完成任务！不就是刷达哥的好感值吗？所谓顾客即上帝，他天天去照顾达哥生意，跟达哥混熟了，好感值自然就升上去了！打定主意后，林屿说干就干，直奔小卖部就要了瓶可乐，可他得到的答案却是——没有。

"没有？"林屿咂舌，"可乐这么常规性的饮料怎么会没有呢？"

达哥皱眉："货卖完了还没来得及补，你去前边超市买吧。"

林屿"呃"了一声，如果去超市他还怎么刷达哥的好感值？他醉翁之意根本不在可乐啊！"没可乐雪碧也行。"林屿退而求其次。

"雪碧也没有。"

"那芬达呢？芬达总该有了吧？"

达哥不耐烦地挥手："我这儿所有汽水都卖光了，不是都跟你说了吗？去前边超市！"

眼见达哥隐隐发怒，林屿急忙补救："没汽水也好，别人都说汽水喝多了容易长胖，那来瓶苏打水好了。"

闻言，达哥有些古怪地瞄了林屿一眼。林屿心领神会，忐忑道："达哥，该不会连苏打水都没有吧？"

看着达哥的脸色渐渐黑下去，林屿这才恍悟，原来今日份的霉运都用在这儿了。赶在达哥撵人之前，林屿大手一挥，指向柜台上的白酒："就那个！给我来两瓶！"

达哥虽然纳闷，但还是依言给林屿取了白酒。林屿接过酒瓶子，正想问多少钱，手下一滑，霎时只听"砰"的一声脆响，酒瓶直接砸在了收银台上。酒水顺着开裂的瓶缝流了出来，洒得到处都是。更郁闷的是，收银台旁还摆着一些待售的贺卡和明信片，花花绿绿的纸片被白酒这么一染，也彻底报废了。一切来得太突然。

林屿呆了呆，这才抬头看向达哥："呃，我要是跟你说，我真不是来砸场子的，你信吗？"

……

最终，林屿在赔偿完所有损失后，被达哥单手拎起扔出了小卖部。初战告败，林屿不仅半点儿好感值没捞着，还把仅有的 5 点好感值给玩没了。饶是如此，林屿还是越挫越勇，当晚回去又筹谋了第二计划。既然刷不了好感值，那他就刷脸吧。所谓习惯成自然，只要他天天在达哥面前晃悠，时间久了，两人混个脸熟，怎么着对方也该提升一丢丢对自己的好感值了吧？

是以，达哥和林屿总是不期而遇，小卖部门口、菜市场、公园里……伴随着两人相遇的次数增多，达哥看林屿的眼神也越来越惊奇，直到某天两人在澡堂再、再、再次相遇时，达哥终于爆发了。翌日，他家小卖部门口就贴上了"林屿不得入内"的海报。

望着眼前的海报，林屿迎风流泪。什么叫弄巧成拙，什么叫偷鸡不成蚀把米。看到达哥的第一秒，林屿试图解释："达哥，我觉得我们之间是不是有什么误……"

不等林屿说完，达哥指了指门口的海报："看见了吗？"

"看见了，我就是想说……"

达哥再次打断林屿，阴森森道："要是再让我发现你跟踪我，小心你的牙！"

林屿："……"

这都什么事儿啊！

Part 3 好感值（-50/100）

刷脸行动失败，林屿收获了达哥的好感值失去 50 点，外带警告一次。经此一役，林屿大受打击，再也提不起劲来完成任务了。可没想到天无绝人之路，在林屿放弃治疗之际，事情发生了转机。

这天，林屿在学校上完厕所正准备起身，就听隔壁传来"叩叩叩"的敲隔板声，一浑厚的男声道："兄弟，有纸吗？"

秉着助人为乐的精神，林屿当即贡献出了自己的手纸。那边接过手纸后，也是感激涕零："谢了，兄弟。"

"小事儿。"林屿一边回应一边走出了隔间。与此同时，隔壁哥们儿也走了出来。

林屿不经意抬头，正想说什么，下一秒就怔在原地不动了。嗯，今日霉运值已送达——这位忘带手纸的哥们儿不是别人，正是达哥！怪不得刚刚觉得声音很耳熟。可这样一来，达哥会不会又误以为是自己在跟踪他？上次是澡堂，这次是厕所，为什么他和达哥每次偶遇的地方都这么奇葩？

林屿怔忪之际，达哥也回过神来了："是你小子啊！"

林屿呵呵傻笑，装作没事人的样子打招呼："嗨，达哥，好巧哦，没想到会在这儿碰上。"

闻言，达哥正想说什么，又见林屿望向自己身后，讶然地"咦"了一声，达哥不禁回头——趁这工夫，林屿拔腿往门外跑。现在不跑，等着被达哥做成鸡蛋煎饼吗？可林屿刚抬腿，一只大手扣在了他肩膀上。

林屿想跑跑不动，只听达哥低沉的笑声从身后传来："呵呵，小子，你这些把戏老子十年前就已经玩腻了。"

林屿以为自己落到达哥手上，不死也得折半条命，可没想到达哥却直接把他带到了附近餐厅。

看着达哥点了一桌子菜，林屿蒙圈了，呃，这算什么？在把自己揍成鸡蛋煎饼之前，先来点前菜吗？林屿发呆之际，达哥甚至替他倒上了一杯酒，又拿起自己的酒杯道："虽然你这兔崽子神经兮兮的，还像个变态一样跟踪我，但今天你救了我是事实，老子欠你一份人情，以后有什么事尽管来找我，这杯我先干为敬！"

见达哥这副郑重其事的样子，林屿反倒有些不知所措："呃，就是递个手纸，没这么夸张吧？"怎么说得跟他是救命恩人一样。

这头林屿槽还没吐完，达哥就已拍案而起："怎么不严重？你来之前，老子已经在里边蹲了一个多小时了，腿麻得就跟截了肢似的。偏偏那么倒霉，手机也没电关机了，你要再不出现，说不定我真的会拿那张纸条……"达哥一边说一边宝贝地从内衣口袋里掏出一张纸条来，放在手心爱抚摩挲，"是你，你的及时出现救了它和我一命。从今往后，你就是我的恩公！"

林屿一脸莫名其妙。这还没开始喝，达哥就已经醉了？

酒过三巡，达哥才道出事情原委。

说来，这就是个超级烂俗的故事。当年达哥做小混混的时候，经常跟人打架斗殴。有一晚他跟人打完架后，坐在街边喝酒，喝着喝着睡死过去。等他再醒来，却惊奇地发现自己手上、腿上的伤都被人用纱布细心地包扎起来了，而他手心里还被塞了张纸条。

"就是这张。"达哥把纸条展示给林屿看。

只见纸条上写着——"别再混下去了，找份工作安安稳稳过日子吧！"落款处没有名字，只画了个笑脸。

达哥小心翼翼地将纸条折好，重新放回贴身衣服的口袋里："从那天开始，我正式退出了江湖。打了几年零工，存了点儿钱，然后开了现在这家小卖部。虽然我听了那姑娘的话，重新开始做人，可自打那以后，我再也没有见过她。后来我每次遇到波折想要放弃时，都是这张纸条支撑着我。今天在厕所时我竟然动了用它的邪念，实在是太不应该了……"

"等等，"林屿打断达哥的伤感追忆，提出质疑，"你怎么知道对方是个姑娘？你不是说那晚上你酒喝得太多，直接睡死过去了吗？"

"怎么可能不是姑娘！"达哥愤怒拍桌，"如果是大老爷们，会用笑脸落款吗？如果是大老爷们，会替街边的醉鬼包扎伤口，临了给纱布打蝴蝶结吗？"

林屿在心里默默答了句"会啊"，刘博文不就用颜文字用得飞起吗？至于打蝴蝶结什么的，说不定那货还能给你总结出打蝴蝶结的十二种方法来呢。不过看达哥这眉飞色舞的样子……林屿识相收声，冲达哥露出个"你开心就好"的表情。"单身汪"嘛，不论年龄大小都爱脑补，达哥这种常年吃狗粮的主儿把对方想象成善良温柔的软萌妹子也属正常。万一对方是个猥琐大叔或者中年大妈什么的……林屿想了想那画面，画面太美，恨不能自插双目啊！

这头，达哥还沉浸在玛丽苏言情梦中无法自拔，他憧憬着："她肯定是个姑娘，还是那种特温柔、特有爱心，个子小小眼睛大大的姑娘。只可惜我找了她这么多年都没找到，如果可以的话，我真想把所有好运都用在找到她这件事情上。我做梦都想跟她当面说声谢谢，是她改变了我的人生，给了我重新做人的勇气……"

林屿吐槽不能："大哥，你科幻片看多了吧？好运又不是子弹，还能指哪儿打哪儿？再说了，哪儿去找那么多好运？"话刚说完，脑中突然灵光一闪，他倏地瞪大眼睛，猛地一拍桌，说，"不对！有办法找到那么多好运！"

达哥一脸蒙："啥？"

林屿激动地拽住达哥："我有办法帮你攒好运！只要咱们攒到足够多的好运，你就能找到那个给你留纸条的人了。"

Part 4 好感值（35/100）

其实林屿攒好运的方法很简单，那就是让达哥在任务书上再建一个新任务。

任务书的规则很明了，完成任务即送幸运值，无法完成任务即送霉运值。所以达哥只要建一个他绝对能够完成的简单任务，那幸运值就能轻轻松松捞到手了。是以，达哥到底要建个什么样的任务必须慎之又慎，不然一不小心，达哥会变成第二个倒霉蛋。

"喝酒吧，爷爷我每天不喝两斤酒浑身不舒服，这任务最适合我。"达哥在接受了任务书的设定后，提议道。

林屿一口凉茶喷过去："大哥你到底有没有点儿眼力见儿？咱们都是祖国的栋梁啊，要注意影响！"

达哥摸了摸自己的光头："那就熬夜？我每天凌晨两点之前是绝对不会……"眼见林屿无语扶额，达哥哑巴哑巴嘴，又把后面的话吞回去了，"实在不行就写一个月不洗澡！老子最高纪录 101 天，一个月不洗澡简直轻轻松松。"达哥把胸脯拍得梆梆响。

林屿气闷："大哥，你的生活里就没有一点儿积极向上的东西了吗？"

看着达哥无言以对的样子，林屿彻底放弃了，直接做主让达哥在任务书上写下计划——每天都去公园遛狗，为期一个月。

达哥养了一只叫"欢欢"的哈巴狗，每天吃完晚饭后，他都会带欢欢去公园里遛一遛。因为是平时就在做的事，所以拿这个当任务也算得心应手。另外，该任务执行时间较长，完成难度也相应增大，所以奖励的幸运值足足有 500 点之多。林屿不信有了这 500 点幸运值加持，还找不到当初那个塞纸条的人。

至此，达哥开启了他的漫漫遛狗路。不出意外的话，一个月后，达哥顺利完成任务，拿到 500 点幸运值，偶遇人生导师迎娶白富美走上人生巅峰。另一边，狗头军师林屿也能如愿以偿地获得达哥的好感值了。

可偏偏还是出了意外——

任务的最后一天，林屿一大早接到达哥的电话。达哥表示今天要出门喝喜酒，让林屿下午抽空先把狗遛了。

"我去！"林屿冲着电话那头爆了粗口，"遛狗不是重点好吗？重点是完成任务啊达哥，只要不是你亲自带欢欢去公园，我就是带它去一百次一千次都没用，懂吗？"

"知道了，"电话那头的达哥显然心不在焉，"任务截止时间不是每天的零点吗？我赶在那个时间之前回来就是了。"

话虽这么说，但林屿一直等到晚上十点，依旧不见达哥归来的踪影，无奈之下，他只能一遍遍地给达哥发微信——

林屿：什么时候回来？

达哥：快了快了。

林屿：什么快了快了，你一个小时前就是这么说的！快回来！赶紧的！不然时间来不及了！

达哥：最后十分钟，哥们儿正灌我酒，走不开！

十分钟后——

林屿：十分钟到了，该走了。

林屿：怎么给你打电话不接？

达哥：朋友们难得聚一次，今晚我就不回来了。不用等我了，你先睡。

林屿：睡个屁啊！（炸毛表情）

等等，这段好像有哪里不对？

不过不管这些浮云了，眼下最重要的是在自己的夺命连环催下，达哥居然关机了。不幸中的万幸是，达哥虽然手机不通，但他下午发过一条带定位的朋友圈，林屿没费什么工夫就找到了烂醉如泥的达哥。

见达哥醉得七荤八素，林屿气得头顶直冒烟，一把夺过他手上的酒杯："你疯了是不是？喝这么多还要不要做任务了？"

达哥盯着林屿，努力聚焦视线道："你谁啊？"

林屿气急叉腰："我是你爸爸！"

谁料达哥闻言，竟真的抱住林屿大喊："爸爸，你不是二十年前就已经死了吗？怎么又回来了？爸爸，你为什么长得这么年轻，跟你这么一比，我显得更老了呜呜呜。"达哥一边说一边抱着林屿一把鼻涕一把泪地哭起来。

林屿哪里见过这阵势，一面挣扎一面说："你给我放开！现在马上跟我回去，只剩下最后一小时了你知不知道？"

达哥听了这话，一脸惊悚："回哪儿？爸爸，难道我的死期这么快就到了吗？你、你、你这是要带我下去？"

"下！去！你！妹！啊！"

"什么？连我妹你也要带下去？不对啊，我什么时候有的妹妹啊？你要抛弃我吗……"

林屿气得直跳脚，扣住达哥的肩膀来回晃动："你快醒醒！你给我看清楚！谁是你爸爸？看清楚我是谁！"

达哥被林屿摇得三荤五素，隔了好一会儿才喃喃道："我、我好像想起来，你不是我爸爸。"

林屿"嗯"了一声，充满希冀地点头："那我是谁？"

达哥顿了顿，拍脑袋道："我大舅啊！舅啊，你怎么也来了呜呜……"

林屿崩溃暴走，只能使出终极手段了，他握紧了拳头，直直朝达哥挥了过去。

林屿原本的想法是，靠这一拳把达哥揍醒，实在揍不醒，把达哥打个恼羞成怒也不错。到时候只要达哥追着他跑，他一路把他引到公园就好了。

可有句话怎么说来着？人算不如天算，林屿这一拳刚挥出去，原本还迷迷瞪瞪的达哥蓦地亮了眼睛，一个偏头加侧身，漂亮地躲过了这一拳。然后，林屿的拳头直直落在了后边新娘的左眼上。

原来，新郎新娘看见这桌又来人了急忙跑过来敬酒，谁料人还没来得及站稳，新娘就被一拳揍在了脸上。

新娘被袭击，一时半会儿还有点儿反应不过来，她僵在原地眨了眨眼，"哇"的一声哭出来。后边的新郎见状也是愠恼非常，指着林屿道："你谁？好端端的怎么打人？"

"对不起，对不起，误伤。"发现打错人后，林屿一个劲儿地道歉，"这都是误会。我是达哥的朋友。"

新郎闻言还有些不相信，看向达哥道："哥，他说的是真的吗？"

此时，达哥又恢复成了微醺模样，他摸了摸光头顶，这才纳闷地盯着林屿道："你谁啊？"

林屿："……"达哥，我跟你到底什么仇什么怨？

"既然这样，那我就不客气了。"话说完，新郎捏着拳头缓缓上前。

林屿吓得嗷嗷惨叫："这就是个误会！误会啊！"一边说一边又看了眼新郎身后，冷不丁道："张妈，你怎么来了？"

"谁？"新郎下意识地回头，与此同时，林屿一咻溜蹿出了酒店。

Part 5 好感值（70/100）

大街上，林屿在前面跑，新郎带着一群人在后面追。虽说过程惊险又刺激，但林屿跑着跑着竟然跑出一丝兴奋感来，偶尔发现对方速度慢了，还会作死地放缓脚步配合。开玩笑，他一个曾拿过全市长跑季军的花样少年，会跑不过一群喝得半死不活的中年大叔？他权当锻炼身体，出来夜跑活动啦！

按常理，醉酒大叔的确是跑不过花样少年的，可林屿千算万算却算漏了一点，那就是他除了是一个拿过全市长跑季军的花样少年，更是一个自带霉运的倒霉少年！林屿跑着跑着，就钻进了一条小巷子，等他发现这条巷子是条死路想要折回时，为时已晚，新郎等人已经气喘吁吁地堵在了巷子口。

"呵呵，"林屿傻笑着说，"有话好好说……啊啊啊！""救"字还来不及说出口，新郎已上前直接反扭住了林屿的胳膊："臭小子，倒是挺能跑。你丫倒是接着跑啊！"

"大哥你相信我，这都是误会。"

"误会是吗？"新郎手下加了三分力，"我也跟你误会误会。"

"痛痛痛！"

一个伴郎模样的人提议道："这小子居然敢跑来砸大哥你的场子，不给他点儿教训他不知道天高地厚。大哥你休息，让我来陪他好好玩玩。"

林屿闻言，这才察觉事态的严重性，他正想求饶解释，就听巷子口传来一声怒吼："住手！"

达哥终于来了！

新郎听见这话，放开了林屿。林屿抱着受伤的胳膊费力抬头，见达哥大刀阔步地走到自己跟前，铿锵有力道："我终于想起你是谁了！恩公，请受在下一拜！"话毕，达哥当真单膝跪下，又抱拳冲他拜了拜。

面对此情此景，林屿除了欲哭无泪，还是欲哭无泪："赶紧去公园完成任务！"话音刚落，广场上的钟也"咚"的一声敲响。

功亏一篑，午夜十二点已过，任务失败。

上帝为你关上一扇门时，又替你画了一扇窗，你以为这扇窗能够帮助你出去，于是高兴地跑到窗前，费尽力气打开了这扇窗，结果你却看到，上帝站在窗外，微笑着对你说："死肥宅，这么小的窗口你怎么可能爬得出来？我画这扇窗只是想看看你在里面是怎么死的。"

嗯，给予希望，再加以毁灭，很好很完美。

Part 6 好感值（90/100）

跟新郎等人解释清楚来龙去脉已是半个小时以后的事了。

出了巷子后，林屿以过来人的身份给达哥打预防针："相信我，从今天开始你会很倒霉很倒霉，没事的话，尽量少出门。"

达哥这会儿也清醒了一大半，拍着脑袋道："倒霉就倒霉呗，老子当年睡大街打群架，被人诬陷偷东西关局子，什么样的事情没遇到过，还怕什么倒霉？当务之急是先把你送去医院，这胳膊估计是脱臼了。"

新郎也在旁一个劲儿地赔不是："对不住，对不住，我以为是什么人故意来砸场，所以出手重了点儿。这位小兄弟你放心，医药费我全包了。"

刚刚说要收拾林屿的伴郎伸过头来："其实这点儿小伤哪儿用得着去医院，大哥你要信得过，这事就包在我身上了。"话毕也不等众人应答，这人直接捏住了林屿的胳膊——

"啊！"空气中，只剩下林屿一声惨叫。

达哥见状忙推开伴郎，瞪眼嚷嚷道："你干什么呢？"

伴郎摊开双手以示无辜，又冲林屿点了点头："活动试试。"

林屿咬着牙动了动，竟神奇地发现胳膊不痛了，而且好像刚刚脱臼的地方也……接上了？

见状，达哥心领神会，拍了拍伴郎的肩："哥们儿，行啊！"

"嗨，这算什么！"伴郎谦虚道，"我也是久病成医，被人揍得多了，什么脱臼扭伤的都会一点儿了。"

林屿震惊："被人揍得多了？你混社会？"

"我是文身师，"对方直言不讳地说道，"不过我属于那种不太有艺术细胞的文身师，嗯，所以有时候做出来的图案客人不太满意，所以……嗯，你们都懂的。"

闻言，林屿和达哥面面相觑，都不知道怎么接这话。这人也不怎么在意，叽里呱啦又道："不过我现在好多了，当年我刚出道时，那文的图案才真是……啧，我自己都觉得惨不忍睹。"这人显然是个话痨，一张嘴就停不下来，"几年前，我在街上碰到一个以前的客人，我一看他胳膊上那刺青就认出是我的处女作了。唉，真是惨。那家伙被别人揍得浑身上下没一块好地儿，我当时一见他就惭愧到不行。顶着那样丑不拉几的刺青，还怎么在道上混啊！所以我当时悄悄给他塞了一张纸条，劝他回头是岸。"

听见这话，林屿脑中霎时"轰隆"一声响。纸条？

林屿忙问："你除了给他塞纸条，还干过什么？"

"我还帮他包扎了伤口呀。"

纸条、包扎伤口，两个重要元素都集齐了，难道眼前这位真的就是达哥苦苦寻觅了几年的……梦中情人？

想到这儿，林屿有些忐忑地瞄了达哥一眼，只见对方板着脸，跟平时没什么两样。

林屿继续求证："你给了他纸条，用笑脸落的款，还给纱布打了个蝴蝶结……"

伴郎全然没察觉到哪儿不对劲，嘿嘿奸笑道："嘿嘿，你猜得真准！对方要是知道我是个男人，我劝他金盆洗手他未必肯听，可要是他以为对方是个妹子，嘿嘿，那这事就成了一半了。我这叫给他留点儿念想，顺带再给他点儿动力，深藏功与名。"

叮咚，龙珠已集齐，可以召唤神龙……不对，是可以召达哥心心念念了好些年的温婉姑娘了。

林屿有些同情地看了达哥一眼，只见他的脸色已经由黑转青。

这头，伴郎的话匣子根本收不住，还在滔滔不绝着："唉，我现在跟你们说这些，你们肯定都觉得太夸张。真是可惜，我当时没有给那个刺青拍张照。"

达哥挽起袖子，凑到伴郎跟前："你看看，是不是就是这个？"

伴郎一见达哥的胳膊，眼睛顿时亮了："对对，就是这个。哎，你怎么……"话说到一半说不下去了，然后下一秒，他嗖一下溜得没了影。

"哎，你站住！"林屿上前追了两步，却发现对方不知道又蹿进了哪条巷子，秒秒钟说没影就没影。

而这头，达哥还铁青着脸，不言不语。

林屿叹息一声——

哎，朋友们，这件事告诉我们，喝酒不仅伤身，还伤姻缘啊！所谓不作不会死，要是达哥今晚乖乖别喝酒，顺利完成任务获得那500点的幸运值，谁知道那塞纸条的人会不会真变成美娇娘呢？

林屿上前拍了拍达哥的肩，痛心地说道："请节哀。"

下一秒，只见达哥"扑通"一声坐在了地上，哭得像个两百斤的孩子："爸啊，你还是带我走吧。"

Part 7 尾声

折腾到凌晨两点，林屿才回家。到家后，林屿第一件事就是往床上倒。而另一边，阿一却出声道："恭、喜。"

林屿哼哼："请问喜从何来？"

阿一也不多做解释，只道："你、自、己、看、看、任、务、书、就、知道、了。"

林屿心底纳闷，但还是依言翻开了桌子上的任务书。下一秒，他霎时瞪大了眼。

任务书上显示，他的任务完成了！

"这、这怎么可能？"

阿一问："知道、你的、任务、是、什么、时候、完成、的吗？"

林屿摇头，其实到现在他都有点儿不太相信自己的任务已经完成了。如果说，自己帮达哥找到了温柔善良的纸条姑娘，他对自己的好感值噌噌往上涨还有得说，可现在……这算怎么回事？

"是在知道一切真相、你安慰达哥的时候。其实朋友之间并不是说他能给你带来多少好处和零食，你又能给他提供多少帮助，有时候，朋友只是陪伴，仅此而已。"阿一道，"你在、达哥、最、难过、最、痛苦、的、时候、陪伴、在、他、身边，这样、就、已经、足够、了。"

林屿摸了把自己身上的鸡皮疙瘩："你这突然一本正经的画风是怎么回事？求快变回来啊混蛋！"冷静下来，林屿挠了挠头，叹息一声，说，"任务倒是搞定了，就是可怜了达哥……"

因为未完成遛狗任务，达哥不得已又开始了新的任务。路漫漫其修远兮，吾将上下而求索。说不定这次达哥顺利完成任务后，上天真能赐给他一个温婉可人的纸条姑娘？谁知道呢？

林屿呼出一口气："不管怎么说，这破事总算是了结了！"

阿一默了默，这才说道："这事、总算、告、一、段落。不过、我、现在、还有、一个、坏、消息、要、告诉、你。"

一听还有坏消息，林屿霎时觉得头都要炸了："什么？"

"你、往后、翻、一页。"

闻言，林屿紧忙把任务书翻到了下一页，然后见崭新的一页上龙飞凤舞地写着四个大字——杀死比尔。

林屿大叫："这又是什么鬼？"

"我、已、查阅、过、今天、下午、家里、的、监控、录像，是、有人、给你、妈妈、推荐、了、电影、《杀死、比尔》。你妈、妈、怕、记、不住、就、随手、找了、个、本子、记录。"阿一话说完，隔了一小会儿才又道，"请、节哀。"

林屿:"这日子到底什么时候是个头啊?"

翌日一大清早,林老爸起床就见儿子正拎着一条鱼围着自家老婆团团转。

"妈,我们给这条鱼取个名字,叫比尔好不好?"

"妈,我们今天吃红烧比尔,你亲自来操刀好不好?"

"妈……"

林老爸有些茫然地眨了眨眼,比尔?鱼?这孩子别是个傻子吧!

第六章

代练王

你想过坐享其成吗？

你希望不劳而获吗？

代练王，实现你所有的不可能。

Part 1　一刀升到 99，直刷 Boss 爆装备

一大清早，林屿看见手机里多了款叫"代练王"的 App。不同于其他游戏代练平台，这个平台上的代练订单长这样——

【代上课】上课包月，大二，课程不重

游戏区服：亚洲，中国

订单任务：大二所有课程包月

订单价格：800 元 / 月

代练时间：2018 年 3 月—4 月

代练要求：有时间包月的来！要求每天准时上课，认真做笔记，课间积极提问，给教授留下勤奋好学的好印象。非诚勿扰！注：如合作愉快，可长期合作。

【陪女友】逛街 + 看电影 + 吃饭，约会一条龙

游戏区服：亚洲，中国

订单任务：情人节陪女朋友吃饭、看电影以及逛街

订单价格：200元

代练时间：2月14日 18:00 — 22:00

代练要求：1.未经号主允许，不得私自使用现金和信用卡；2.约会过程中女朋友可能会出现掐、捶、咬等"撒娇"行为，希望代练者有较强的抗压抗揍能力；3.除拉手外，禁止其他一切与号主女朋友的亲密行为，违者扣除保险金、雇佣金。

【爆疼单】愿意代整容的接单！重金雇佣，接一送一！

游戏区服：亚洲，韩国

订单任务：四月即将面试，急寻代整容者！

订单价格：3000元

代练时间：预计三月底

代练要求：本人四月即将参加面试，因为实在怕痛，现重金寻代整容者！若顺利通过面试，另外再加1000元奖金！

……

上课找人帮忙打卡倒是很常见，但女朋友居然可以找人代陪？整容还能请人代整？林屿一脸蒙地看完订单后，阿一特有的机械女音响起："这是、这次、的、回收、师、测试、题——代练、王。"

阿一自称是一款"回收师测试系统"的人工智能，因为说话喜欢一字一顿，林屿给它取了个绰号叫"阿一"。不过最近这货说要给人制造新鲜感，于是习惯两个字一停顿，林屿考虑过是否改叫它"阿二"，它表示拒绝。

阿一所说的回收师，是指专门回收黑科技产品的人，比如说林屿。不要问林屿这工作具体是干什么的，林屿拒绝回答，因为自从接触了这项工作，他除了倒霉，就只剩下更倒霉了，就连上次发放的奖励品任务书都只给他留下了顶级霉运外加一身伤痕，再加上之前女神陈希音因产品人设崩而黑化，让他对这些所谓的黑科技产品路转黑。但他拒绝不了这项工作，因为拒绝了只会让他更倒霉，所以，回收师，且当且珍惜。

"代练王？"林屿返回手机主界面，正想说这图标怎么越看越眼熟，阿一接着往下道："这次、的、软件、既、没有、抄袭、其他、App、也、没有、借鉴、任何、手游，而是、直接、把、别人、的、模板、拿、过来、用了，就连、名字、用的、也是、它家、的。关于、这点，我、自己、吐槽、了，你、就、不用、再说、了。"

林屿愣了愣神，这才反应过来："谁允许你抢我台词的！"

林屿快速浏览了一遍代练王 App 的说明书，然后给跪了。这设定实在是太厉害了！别人代练平台代练的是游戏，而代练王代练的直接是委、托、者、本、人！

简单说来，代练王 App 把委托者的身体当作一个游戏账号，记忆算作存档，什么写作能力、读书考试、游泳唱歌等乱七八糟的都算技能。在这个平台上，只要你知道游戏账号和密码，就可以随心所欲地登进或登出。委托者通过发布订单，寻求合适的代练师，从而进行技能升级（包月上课）、刷好感值（陪女友）、摆脱身体痛苦（无痛整容）等活动。并且，为了保证账号私密性和安全性，代练王上的所有代练师都是人工智能。

虽然已经见识过不少奇奇怪怪的黑科技产品，但林屿看完代练王的设定后，第一反应还是："真的假的？"

阿一："真的、假的、试试、不就、知道、了、吗？"

林屿嘴上哼哼，身体却很诚实地在代练王上注册了账号，然后在订单任务栏上郑重其事地写下了四个字——学车代练。

自从寒假学车以来，林屿每天是起得比鸡早，睡得比狗晚，腰酸背痛腿抽筋不说，时不时还要被教练问候全家。总之，就是苦不堪言！可现在有了代练王就不一样了，他只用找到人工智能帮自己代练学车，等到技能点攒够，自己直接去考驾照就行了。这就跟"一刀升到 99，直刷 Boss 爆装备"是一样一样的！一个字，爽啊！

阿一吐槽："明明、就是、两个、字。"

"闭嘴！"林屿在填价格栏时咬牙又咬牙，忍痛填了一个"200 元"。

他刚把订单发布出去，阿一的吐槽模式自动开启："你、知道、学车、是、什么、级别、的、代练、订单、吗？你、知道、教练、是、比、暴力、女友、更难、搞定、的、对象、吗？区区、两百、你、居然、也、拿得、出手？"

林屿"喊"了一声，正想反诘，只听脑子里"嘀"的一声响，一个清悦的女声道："下单成功。编号为 0745 的代练师已接单，祝您使用愉快。"

Part 2 代练实习生

因为设置了代练，第二天学车日，林屿自动进入了深度睡眠状态。等他再次醒来，就见自己坐在公交车上，时间已经是晚上七点。

林屿看了看空荡荡的公交车，第一件事是"读档"。脑内的记忆告诉他，自己今天在驾校练了一天车，现在正在坐公交车回家的路上。而今天在驾校，自己终于侧方位停车不压线了，更难能可贵的是，教练下午还教了他坡道定点和坡道起步。

"耶！"林屿咧嘴欢呼。可笑着笑着就笑不出来了，因为记忆还告诉了他一些别的事——

今天早上，教练一登场就闪瞎了众学员的狗眼，这么冷的天，他老人家居然去剃了个光头！饶是如此，众学员还是纷纷拍起了马屁："呀，教练你换新发型啦？棒棒哒。""人看着比以前精神多了呢！""就是就是，换一种发型换一种心情嘛。"

"什么换一种发型换一种心情，教练剃光头难道不是因为掉发掉得太厉害，眼看着头顶就要保不住，一怒之下干脆剃了个光头吗？"众马屁声中响起一个不和谐的声音，很不幸的是，这人不是别人，正是林屿。

大家听见林屿这话，纷纷转过头来，以"这里有个老实人，大家快来欺负他"的眼神默默注视着他。这头AI（人工智能）版林屿还一脸无辜，歪头道："难道我说得不对？我刚刚搜索了下记忆，教练他的确是个秃顶胖子啊。"

此话一出口，被正中痛脚的秃顶胖子……不对，是教练大人脸上就挂不住了。某学员试图转移话题道："唉，我今早来的时候看见公交车站有只蚂蚁被碾死了，你们看见没？"

众学员纷纷附和点头："看见了，看见了。"

奈何AI版林屿不懂众师兄姐的苦心，竟然冲到教练跟前又道："教练，其实你不用剃光头那么麻烦，实在不想让大家看到你的地中海，你可以戴假发啊。"

……

"啊啊啊！"林屿直接跪倒在地，"我跟这个代练师到底什么仇什么怨，他要这样害我？他难道不知道人类交际法则里有句话叫'看破不说破'吗？"

阿一仗着公交车上没什么人，也大胆出声："早、跟你、说过、了，便宜、没、好货。两百、块钱、能、找到、什么、好的、代练，你、应该、是、遇到、代练、实习、生了。"

林屿跳脚："你什么时候说过便宜没好货？"

阿一直接略过这个问题："你、以为、这样、就、完了、吗？请、接着、回忆。"

"还有？"

驾校有食堂，一般学员练完车，中午都会在食堂搭伙，十人一桌，一桌一百，童叟无欺。可到了交钱的时候，每个人交的却不是十块，而是十一块。这多出来的一块钱是"主动孝敬"给教练的烟钱。可这天中午吃完饭，AI版林屿却只交了十块钱到老板娘手里。

老板娘一看数目不对，立马绷着脸道："还少一块。"

AI 版林屿理直气壮地点头："哦，那一块钱我从今天开始不给了。"

这话一出口，众人齐刷刷地向林屿这边行注目礼。旁边大师兄看不过去，皱眉道："林屿，瞎说什么？这一块钱是孝敬给教练的，怎么能不给？给！"话毕，大师兄又搂着林屿悄声说，"臭小子，一块钱碍着你什么了？得罪了教练有你好果子吃，赶紧掏钱！"

可谁料 AI 版林屿却挣脱大师兄，不疾不徐道："我正是因为孝敬教练、心疼他老人家所以才不给的。据调查显示，常年吸烟喝酒可能导致脱发，我正是考虑到教练秃顶的烦恼，所以才不给这一块钱的。"

话毕，整桌人都沉默了。而大家沉默的原因，不是因为无法反驳，而是因为教练就站在林屿身后！大师兄"呃"了一声，还试图力挽狂澜，可不等他说话，AI 版林屿拉着他的手又道："不仅我不给这一块，我提议大家都不要给这一块钱。只要我们人人都献出一点爱，教练将获得不脱发的明天。"

……

林屿一边拿头撞公交车座椅靠背一边哭号："他这么玩，让我以后还怎么去驾校学车？"

不过，貌似林屿以后也不用去驾校上课了，因为当天下午还发生了一些事。

饭后，教练带着林屿等新学员去学坡道定点和坡道起步。大抵是心情不佳的缘故，在某位胖胖的女学员数次坡道起步失败后，阴沉了一中午的教练终于爆发了："你□□的怎么这么笨？又熄火了！教头猪都教会了你□□的还学不会！你□□的除了吃和睡，到底还会什么？"见教练爆粗口，胖胖的女学员也不敢反驳，只战战兢兢地重新启动车子，准备再次上坡。教练见状，却喷着唾沫星子再次骂开："谁叫你打火的？滚滚滚，滚到后排去，换下一个人！一直面对你这头猪，中午饭都快吐出来了。"

胖胖的女学员眼泪一个劲儿在眼眶打转，但到底还是没敢出声，她紧抿住唇，拉开车门正准备下车，就听后排传来一爽朗的男声："教练，请道歉。"

女学员和教练不约而同地回头，就见后排林屿正襟危坐道："这位女学员体形上的确丰满了点儿，但她的身材和练车没关系，你不应该一直拿这点羞辱唾骂别人。所以，请道歉。"

教练今天本来就对林屿窝着火，这会儿见对方再次挑衅，当即大骂特骂："你□□的以为你是谁，想让老子道歉？你……"教练脏话飙到一半飙不下去了，因为 AI 版林屿竟默默地举起了手机："您刚才侮辱学员、使用不文明语言教学，并恐吓我们的行为我都录下来了。如果您不想被投诉曝光，请向这位女学员道歉。"

教练从业这么多年，第一次遇到敢这么跟他叫板的，一时之间也有些蒙。就在他不知所措的时候，AI版林屿又补刀道："友情提示一句，请不要大动肝火。经常发火也是造成脱发的一大原因。"

……

公交车上回忆起这一切的林屿怒摔手机。不知道他现在去驾校退学费还来得及吗……

Part 3 万水千山总是情，给个好评行不行

林屿到家后，第一件事是卸载代练王。可他刚打开手机，见信息栏里多了一条陌生短信："朋友，打一星是什么意思呢？万水千山总是情，给个好评行不行？"

"这什么鬼？"为了押韵意思也太牵强了啊！

阿一："这是、刚刚、帮你、代练、的、人工、智能。"

"帮我代练的人工智能？"林屿一脸茫然，"那也不对啊，我什么时候评论过订单了？"

阿一解释："代练、王、不、需要、委托、者、进行、手动、评论。只要、你、使用、过、代练、王、订单、结束、以后，系统、会、自动、搜索、你对、此次、代练、体验、的、感受，并、将其、组织、成、具体、语言、和、评分、公布、到、App、上。"

果不其然，林屿一打开App就见他之前的那份订单上已经被标上了一星差评，下面百来字的评论也跟他之前的吐槽不差分毫。正看着评论，对方又发来信息："我知道今天的代练你不太满意，可你也不用打一星这么差吧？给个面子再改改，我做代练的时间不长，没什么经验，对人类的许多人情世故还不太了解，以后我会多注意的。"

林屿呵呵，对人类的人情世故不太了解？你丫求情讨好评的风俗倒是学得很快嘛！还好意思嫌一星差，林屿估计要不是因为平时教练为人太讨厌太招人恨，今天这二百五整治打压他的时候让自己的内心升起了一丢丢报复的快感，恐怕他连这一星都没有的好吗？念及此，林屿噼里啪啦地敲字回复："你怎么注意？因为你，我怕是驾校都没法……"

林屿的信息还没编辑完，对方又着急地发过来了第三条信息："驾校的事情我去帮你摆平，只要你肯修改评论，我再免费送你个包段，一直代练到你拿到驾照为止，怎么样？"

林屿手指倏地一顿，这倒不失为一个办法。如果一直使用代练来练车的话，就算教练不给他好脸色也无所谓啊，反正受冷脸挨臭骂的人又不是自己。

代练师："嗯，你去发布订单吧，价格就写个一块钱，填零的话无法完成交易。"

林屿："成交！"

阿一默默吐槽："你会、后悔、的。"

确定代练订单后，编号为0745的代练师还真没再出什么岔子。虽然在驾校受尽冷嘲热讽，时不时还要被教练穿小鞋，但他还是顽强地练熟了科目二的所有项目。林屿估摸着，照这个速度发展，0745再坚持一星期，自己就能去考试了。

一切都有条不紊地进行着，直到这个可恶的"直到"出现——

这晚，0745练完车后跟当初那位被欺负的女学员小媛一块去公交车站搭车。快到车站时，小媛一个没留神被石级绊了下。眼看着人就要摔倒了，0745伸手一揽，直接把小媛揽进了怀里。感受到对方强有力的手臂搁在自己腰上，小媛面色绯红，推开"林屿"羞涩地埋下了头："对不起，压着你了吧？"

0745无害地眨眼："怎么会？"

小媛嘻嘻哈哈地自黑："你别骗我，我自己的分量自己清楚。你知道我最怕遇到什么吗？我最怕的遇到挤满人的电梯啦！有次超尴尬的说，我一站进去电梯就响了，可我退出来换了个瘦瘦的妹子再进去，电梯门自动关上了。"

话刚说完，小媛才突然意识到什么，惊吓得捂住了嘴："啊，对不起，刚才……雷到你了吧？像我这样又胖又丑的人，说起话来还学别人萌妹子以'的说'为语气助词。"

闻言，0745叹了口气，像拍小狗似的拍拍小媛的脑袋："傻妞，你倒是自信点儿啊。"

低语入耳，一阵风也刚刚好吹过，带得满树银杏纷纷落下地来……

"咔！咔！咔！"不等浪漫美妙的画面展开，林屿急急喊停，表示回忆不下去了。想到0745跟小媛之间那些暧昧的小互动，林屿这才后知后觉地发现，整个剧情都跑偏了。

因为两人同被教练穿小鞋的缘故，最近AI版林屿和小媛走得很近。大家在练车时，两人在凉飕飕的树荫下吹冷风坐冷板凳；等大家都休息去吃午饭了，两人才开始一块儿练车；大家练完车准备离开时，两人又被教练留下来当免费洗车工；最后，再一块儿坐公交车回家。总之，最近两人每时每刻都黏在一块啊！

"啊王八蛋！我花钱让他代练练车，他却借着我的身体来泡妞！怎么办，他今天居然还占别人妹子的便宜摸了别人的脑袋，要是小媛误会我了怎么办？"

为了回应林屿的担忧似的，林屿满屋子乱转之际，手机也响了。林屿打开手机一看，顿觉一个头两个大。

小媛连着发过来了四条信息，条条信息都冒着粉红泡泡——

小媛：那个，谢谢你今天的鼓励，我真的很久、很久没听到有人跟我这么说话了。（鬼脸表情）

小媛：不过我最近已经在努力减肥了，毕竟大多数人都是视觉动物，就连我自己也是这样。（对手指表情）

"小媛"撤回了一条消息。

小媛：呃对了，聊着聊着忘了正事。上次跟你说的事你别忘了，下个星期四是我生日，记得腾出空来，我们一块儿吃个饭。（害羞表情）

林屿一目十行地看完信息，终于忍不住扶额。这都是0745造的孽啊！这种事情要他怎么回？

"怎么、回、对方、都会、受到、伤害，这种、时候、还是、快刀、斩、乱麻、的好。"阿一一边说一边操控微信，直接把对方拉进了黑名单，动作快、准、狠，让林屿一时反应不及，"只有、塑造、你、渣男、的、无情、形象，她、才能、更快、地、忘掉、你。"

林屿抓狂，只觉头顶闪亮亮地顶了三个大字——背锅侠。

"这、就是、贪图、便宜、的、下场。"

Part 4 恭喜，你被盗号了

拉黑小媛以后，林屿终止了代练订单，并卸载代练王。他原本以为，0745发现自己提前终止订单一定会发短信来追问，可连着好几天对方都杳无音信。没等来0745的信息，林屿倒是接到了另外一通电话。

这天，林屿正在睡懒觉，一个陌生号码的电话打过来，对方称他要的东西已经打包好了，只要林屿有空随时都可以过来取。

林屿丈二和尚摸不着头脑，问："东西？什么东西？"

"林先生您忘了吗？"对方礼貌道，"您前天通过我们的官网定了个水果蛋糕，说好今天来取的。"

"蛋糕？"林屿微微蹙眉，"我没定过什么蛋糕啊，你们是不是搞错了？"

对方听这话愣了愣，这才道："请问您是林屿林先生对吗？"

"是。"

"你的银行卡尾号是383，微信号是linyu17，生日号码是1月17日……"对方一连串报了七八条个人信息出来，都跟林屿本人的信息对上了。

林屿闻言第一反应是隐私外泄了，他正想让对方帮忙查一下订单人的其他信息，就听见自己清了清嗓子，冲着电话那头道："没错，是我本人，蛋糕也是我定的。差点儿忙忘了，我今天会抽空过来取蛋糕的。谢谢。"话说完，林屿见自己挂断了电话，起床直端端地走向了衣柜，在衣柜里一阵挑三拣四以后，还不满地"啧"了一声，"你的衣服怎么除了黑就是灰，没件喜庆点儿的颜色？"

眼见着自己拿起一件衬衫在镜子前比画，林屿只听脑子里"轰"的一声巨响，三观彻底崩塌了。他是谁？他在哪儿？现在到底在干什么？还有最重要的一点是，谁能告诉他，为什么他没办法控制自己的身体了？

林屿脑子里刚冒出喊救命的念头，自己冲着穿衣镜里的少年挑了挑眉："别喊救命了，这么明显的状况你还看不出来？"

他试着开口，不幸中的万幸，他还能发出声："你的意思是说……"

控制着他身体的人点了点头，露出人畜无害的笑容来："没错，恭喜你，你被盗号了。"

闻言，林屿终于抑制不住地大声叫道："你是0745！"

其实事情很简单。0745身为人工智能，在人类社会没有特定的身份，所以在定蛋糕的时候他盗用了林屿的身份，之后他利用非法手段再次登录了林屿的身体账号，这才造就了现在一号两人同上的状态。

0745安抚林屿："放心，我就借用你身体小半天，下午就还给你了。主要我现在是用外挂在偷上你的号，所以没办法把你踢下线，唔，你习惯习惯就好。"

林屿崩溃道："这种被别人控制着身体当傀儡的感觉你要我怎么习惯？哎哎哎，你好好说话，别脱我裤子啊。阿一！阿一你还不快出来，快想办法把这混球踢下线啊！"

0745歪头甜笑："你居然指望阿一？据我对她的了解，她是不会挺身而出的。"

林屿正想反驳，就听阿一道："没、错。"

"纳尼？"林屿怪叫。

阿一道："你、没有、听错，我是、绝对、不会、出手、的。如果、你连、被、盗号、这种、小事、都、处理、不好，以后、还、怎么、做、独当、一面、的、回收、师？"

0745哼哼，摊手道："我说什么来着？"

林屿默了默，这才道："那个0745，我能拜托你件事吗？"

"什么？"

"现在、立刻，把我的手机砸了！"

Part 5 管理员

其实看着自己不受控制的行动还蛮有趣的，这跟打游戏打到出剧情动画，玩家只能以第一视角看着主角进行剧情的感觉差不多。当然，这一切的前提是在自己自愿的情况下。

林屿看着0745操控着自己的身体出了门，去蛋糕店取了蛋糕，又买了鲜花。事情发展到这儿，林屿就是再傻也猜到0745想干什么了。自己在拉黑小媛之前，似乎听她提过过生日的事，所以0745大费周章盗自己的号，就是为了给小胖妞过生日？

0745纠正他："并没有大费周章，像你这种没加安全锁的垃圾账号盗起来太轻松。"

林屿崩溃道："谁允许你读我内心想法的？呃，不过话说回来，你就那么喜欢小媛吗？"

这一人一AI总共相处的时间也就大半个月，再有感情也不至于深到这种地步吧？念及此，林屿正想再八卦两句，就觉自己的脚步倏地一顿。

林屿狐疑："怎么了？"这头林屿话音刚落，他的眼睛已瞄向了拐角处。此时，拐角处正站着两个穿保安制服的中年男人。

林屿正琢磨着这是怎么一回事，阿一已适时出声："是、管理、人员。"

说话间，两位保安大叔已拎着电棍走到了林屿跟前。其中高个子保安大叔道："你知道规矩的，别逼我们动手。"

林屿道："等等，在你们开打之前，有没有谁来跟我解释下这到底是怎么回事？"

两位保安大叔错愕地互相看了眼，高个子这才惊讶道："这是账号本尊吗？啊，没想到您也在，尊贵的客人，首先请接受我们最诚挚的歉意……啊！啊啊啊！"不等高个子说完，0745就一拳砸在了对方脸上，然后转身就跑。

因为大脑共用，当即林屿也读到了0745的内心。说来说去，这两个保安大叔是代练平台的管理员，因为察觉到有人盗号，代练系统特意派他们俩出来逮0745。

"你们都可以实现意识随进随出、任意操控身体了，居然逮个盗号的还用这么原始的方法！而且你们人工智能都是蠢货吗？就算真要出来逮人，也找个身强力壮的啊！找两个挺着奶油肚子的中年大叔到底算怎么回事啊！"林屿吐槽之时，0745已经冲到了马路中间。一个干净利落的翻身，人已跃过了横在马路中间的栅栏。只可惜落地的时候，0745往前趔趄了一小步，差点儿被飞驰而过的汽车撞翻。

林屿吓得心脏都快要跳出来了，他绝望地咆哮："你给我小心点儿啊混蛋！你用完这副身体拍拍屁股走人了，要是被撞残了我以后要怎么办啊？"

Part 6 生日快乐

最终，0745摆脱了两位管理员，一路小跑到了府河河边。一到目的地，林屿就见小媛坐在树荫下，呆呆的不知在想些什么。

0745大步流星地走到其跟前，开口道："生日快乐。"

看着突然从天而降的"林屿"和鲜花蛋糕，小媛表现得异常平静，只冷着脸道："你来做什么？"

林屿闻言这才想起，呃，貌似他和小媛的关系还处在微信拉黑的状态，怪不得妹子不肯给好脸色。这头0745倒是一脸不在意，笑嘻嘻道："我刚刚不说了吗？来给你庆祝生日啊。你上次说最爱安德鲁森的芒果蛋糕，喏，我给你买来了。知道你怕胖，我还特意让他们用的植物奶油。唔，不过说起来，你瘦了好多。"

还真别说，从拉黑小媛之后，这才一周没见，小媛又瘦了一大圈。嗯？为什么要用"又"这个字？林屿默默翻了翻记忆库，这才察觉其实在0745帮自己练车的那段时间，小媛已经慢慢瘦下来了。莫非，是爱情的力量？

0745盯着小媛，柔声道："肥是得减，但饭也得好好吃，知道吗？"

闻言，林屿在心底默默叹了口气。这是恋爱的酸臭味吗？这年头，不仅猫猫狗狗成双成对，就连人工智能都学会撩妹了，还要他们这些单身狗怎么活？

林屿正感叹着，听0745话锋一转，又道："不过庆生是第一件事，第二件事，是我还有句话想对你说，那就是……"

0745一面说一面猛地出手，一把夺过小媛手里的手机拔腿就跑："对不住啦！"

看着面前疾速掠过的风景，林屿瞬间变黑人问号脸："你这人怎么不按套路出牌？"

"要的就是不按套路。"空气中只留下了余音袅袅。

Part 7 金牌代练师

0745跑了一小段，确定小媛没追上来后就停了下来。

林屿问:"你到底想干什么?"

0745没有回应林屿,只打开小嫒的手机,找到应用栏里的代练王App,直接点击卸载。看着小嫒手机里的代练王图标消失,林屿这才找回自己的声音:"小嫒也在用代练王?"

0745眨眼道:"你终于发现了。"

早在0745第一次帮林屿代练时,就看出小嫒的不对劲了——明明上一秒她还因为教练的羞辱抽抽噎噎,下一秒就变得镇定自若、谈笑风生了。当时0745怀疑自己遇到同行了。因为太过在意这件事,0745主动联系了林屿,以改差评为由和林屿定下了包月订单。表面上看,0745是在请求林屿的原谅,实则是在借机观察小嫒。几番试探下来,0745笃定小嫒在使用代练王。最开始,小姑娘只是单纯使用代练帮自己节食减肥。但后来,因为在练车中不断被教练羞辱,不堪忍受的小嫒在练车期间也开始使用了代练。正因如此,0745才越来越担心,他担心小嫒沉迷于使用代练,最终因此沉沦,不是没有过这样的事,他的上上个委托人、上上上个委托人都是这样……

"原来你根本就不是什么代练实习生……"林屿这才惊觉他和阿一都被0745骗了。

没错,这混蛋根本就不是什么代练实习生,而是S级的高阶代练师。这个称号也就意味着0745曾代练过无数金牌订单。至于五星好评?这货早就拿到手软啦。但也正因如此,0745才遇到了前所未有的困扰。一旦委托人习惯了舒适安逸的代练生活,会变得逃避现实,他们的心理承受能力会变得越来越脆弱,只要生活中出现一丁点儿挫折,就会选择逃回"温室"中沉睡,然后让代练师帮自己面对一切困难和挫折。小嫒曾吐槽过最怕挤满人的电梯,而0745最害怕的是委托人太过满意自己的代练。0745见过太多委托者依赖代练王后的结果——他们要么选择意识永久沉睡,要么选择在现实世界中自杀。

林屿道:"所以你才故意不肯好好代练,你给我的订单捣乱也是怕我沉迷于代练?呃,那你对小嫒的那些暧昧举动是……"

说到这里,0745气不打一处来,说:"你还好意思提?"

原本0745是盘算着以朋友的身份,慢慢鼓励小嫒重塑对生活的信心,然后再劝其卸载代练王。可谁承想半路杀出个程咬金,林屿不仅误会两人关系,还擅自拉黑小嫒,甚至连代练订单都终止了。

"我也是迫于无奈才临时改了计划,软的不行,干脆来点儿简单粗暴的,直接上你的号,抢了小嫒的手机,卸载App了事。"

一直没吭声的阿一突然道:"你、知道、这么、做、的、后果、吗?"

"知道，"0745无所谓地耸耸肩，"反正我也厌倦了代练师的生活，被除名就被除名吧。"

"呃等等，"林屿想到一个至关重要的问题，"虽然这次小嫒手机里的代练王是卸载了，可代练平台上的其他委托人怎么办？"

林屿见过代练王平台上的订单，林林总总不下千来个，这不也就意味着还有更多的人在使用代练王吗？

0745笑笑："这就要看你的本事了，回收师。"

阿一不置可否："没错，以你、现在、的、力量，想要、铲除、整个、代练、王、是、不、可能、的事。所以、这次、我对、你的、期望、也、只是、回收、小嫒、的、代练、王、而已。事实、证明，你、做到、了，所以、恭喜，这次、回收、师、测试、再次、通过。"

"这么说，阿一你早就察觉了小嫒在使用代练王，所以才故意以代练王作为这次的回收测试题？"林屿皱眉说完，这才想起另一件重要的事，"等等，你刚才说测试通过？这次怎么能算我回收的？明明就是0745……"

"好了，该说的我都说了，"0745打断林屿的话，潇洒地把手机往河里一扔，拍手道，"那就有缘再见了。"

0745话音落下，林屿就发现自己能动了："阿一，我能动了！"欢呼完却没听到阿一的回应，隔了好一会儿，才听阿一道："如果、我是、你、就、不会、那么、高兴、了。"

"为什么？"

阿一提醒："07、45、离开、前，把、小嫒、的、手机、扔进、河里、了。你、觉得、这笔、赔偿、款、将会、由谁、来、支付？"

"妈呀！"林屿扒着栏杆痛心张望，可这会儿哪里还看得到小嫒的手机。

"还有，你再、回头、看看。"

林屿下意识扭头，就见两位保安大叔赶到了。刚"咦"了一声，想说什么就听高个子保安挥舞着警棍道："小子别跑！居然敢打我脸！看我不宰了你！"

"你们搞错了，0745已经走了！"话虽这么说，但林屿脚下还是先于意识跑了起来，一边跑一边亟亟解释，"我是本人！"

"本人你个头，小子你给我等着！""别跑！不然我开棍了！"

"救命啊！"

这日子到底什么时候是个头啊！

第七章

反转机

S大午后大事件——后街美食人气排行第一的优优鱿鱼摊已营业。

听说这个消息后，林屿刻意翘了半节课，可等他到鱿鱼摊时为时已晚，前面已经排起了长长的队。看着被油烤得吱吱作响、外焦里嫩的鱿鱼，林屿站到了队伍的最末端。

所幸等待是值得的，轮到林屿的时候，烤鱿鱼刚好剩下最后一份。

"小伙子，运气不错。"烤鱿鱼的大叔边说边用铲子铲起鱿鱼，"来，我给你装上。"可话音刚落，鱿鱼大叔手一抖，最后一份烤鱿鱼"啪叽"全掉在了地上。

林屿默了默，仰天长啸："这日子真的没法过了！"

Part 1　恭喜，你被人盯上了

林屿，男，19岁，S大大一学生。在这个分分钟都会被卖片的盯上的时代，林屿却被一款人工智能给盯上了。自从被这款叫"阿一"的人工智能盯上，又被强制性安排进入回收师测试以后，林屿再也没碰上过一件好事，常年携带霉运也就算了，最近更邪乎，但凡遇到点儿好事，最终剧情都会一秒反转，什么开黑摇到好装备转眼被人抢、好不容易砸重金抽到高级卡还没来得及炫耀官方就出了"充值六块送高级卡"的活动、刚费劲把《恋与制作人》摸熟以为自己终于跟上朋友圈的步伐那头大家已经开始养蛙了、他的蛙儿子好几天没回家了……

阿一吐槽不能："除了、游戏、你还、知道、什么？怪、不得、被人、盯上、了、也、

毫无、知觉。"

"纳尼？"

"反转、机。"

反转机，顾名思义，是专门用来反转剧情的黑科技产品。使用者只需在反转机 App 内写下想要反转的事件，然后再点击发布，半小时内该事件就会发生戏剧性的转折。

按照阿一的说法，林屿最近诸事不顺正是被人使用了反转机。

"排队、赶上、最后、一份、烤、鱿鱼，结果、却、掉在、地上；开黑、刷到、好、装备、转眼、被人、抢；从不、查勤、的、教授、开始、上课、点到，这些、事情、都、属于、反转、剧情、的、范畴。所以、最大、的、可能、就是、你、被人、盯上、了。这人、不断、利用、反转、机，对你、进行、试探。"

"试探？"林屿微微蹙眉。

他一废柴学渣，有什么好试探的？难道是因为自己参加了回收师测试的缘故？林屿正想着，墙上挂钟响了。一看时间，他当即慌张地蹦起来："这个过后再说，班会活动要迟到了！"

Part 2　烧烤班会

作为闲暇时间多如牛毛的大学生们，总爱时不时聚在一起开展一些班会活动。这次的班会活动定在学校后山，主题是烧烤。（班长：瞎说什么？我们的班会主题明明是"春暖花开时，拥抱大自然，争做 S 大建校人"，烧烤只是会后便餐。）

林屿到时，大家已经开始热火朝天地烹烤了。他一时也插不上手，只能握着个胡椒研磨器呆呆地坐在边上。过了一小会儿，他见许立拿着两串烤鱿鱼过来了。

许立走到林屿跟前，把烤鱿鱼往他跟前一推，然后别扭地撇过了头。

呃，这意思是叫他吃？林屿见状微怔，半晌才受宠若惊地去接，边接边颤声道："谢谢。"

可谁料手还没挨到木签，许立就把烤鱿鱼往回一收："拿开你的手，我是让你帮我撒点儿胡椒。"说罢，用女王般的眼神示意林屿手上握着的胡椒研磨器。

"哈哈，原来是这样。"林屿的脸被打得有些疼，尴尬而不失礼貌地尬笑两声后赶紧逃离了现场。

就在这时，口袋里的手机震动个不停，林屿掏出来一看，没消息或电话进来，一看这架势就知道是阿一在捣鬼。林屿拍了拍手机，轻声呵斥："别闹！"

谁料手机被这么一拍，却拍出三个大字来——手机屏幕上赫然显示着"反转机"三个字。

"反转机？"林屿眨了眨眼，瞬间领会了阿一的意思。阿一是说，那个用反转机整他的人就在这里啊！

没错，刚刚的"烤鱿鱼事件"就是一次完美的反转事件。如果这次事件又是反转机在搞鬼的话，那么说明使用反转机的人一定是看见许立给他递烤鱿鱼才出的手，所以，这人一定在现场！

这么想着，林屿开始环顾四周。

大多数同学都在聊天或烤东西，只有零星的几个人在埋头玩手机。左手边的眼镜兄，双手横握手机，运指如飞，神情专注，唔，一看就在玩游戏；右手边的女同学，手机呈45度角向上倾斜，眼睛瞪得如铜铃，时不时还会冲手机屏幕歪头眨眼，嗯，一看就是在网络直播；还有那边的班长夏毅，正举着手机捂着肚子往地下蹲，一看就是在……欸，他在干什么？欸欸，他怎么满头大汗面色发白？欸欸欸，他这是在打120？

感觉到不对劲，林屿快步走向夏毅，可还没等他靠近，那边夏毅已经直挺挺地倒了下去。

Part 3　人民币玩家

夏毅说倒就倒，惊得正在烧烤的一众同学都围了过来。虽说急救电话已经打了，但这是后山，短时间内救护车也上不来，而且不清楚夏毅的病情，也没人敢把他往山下挪。

焦急状况下，林屿默默走到一边，以大家都听不见的声音对着手机道："阿一，你那有反转机的安装包吗？赶紧给我装一个！"

情况紧急，阿一也不一字一顿地说话了："有是有，可因为开发者给软件加了密，我并没有使用权限。"

"说人话。"

"这是付费产品。跟所有游戏需要氪金买体力买次数一样，反转机的次数是需要花钱购买的。"

"你们跟人类学什么不好，偏偏学这个？"话虽这么说，但林屿还是接着往下问，"那怎么收费？"

"不贵，购买一次三十钻。一钻一元钱。"

听了这话，林屿顿时松了口气："也就三十块，还好还好，那我……"不等林屿话说完，阿一就喘大气接着往下说："首充一万起。"

林屿一头黑线："呵呵，你们倒还真是学到了人类不要脸的精髓。"

"那充吗？"

林屿假装咳嗽着，连连摆手。夏毅身体一向康健，昏倒什么的说不定就是个小事，咬咬牙也就挺过去了。再说了，这不是已经打120了吗？相信很快……

"相信很快医生就会来的。"林屿这话还没脑补完，那厢的夏毅开始浑身抽搐了。

见状，林屿的嘴角也跟着抽搐，这脸要不要打得这么快？说好的身强体壮呢？夏毅你要挺住啊！

可显然，夏毅挺不住了，只见这货四肢抽搐完后，又开始猛翻白眼，口吐白沫。

阿一道："现在充值，还来得及。"

林屿一咬牙："充！"

可整整一万块钱，他上哪儿去找！事关紧急，林屿正想问这一万块能不能先欠着，就见围着夏毅的同学们突然四散开来——夏毅居然站了起来！不仅站起来了，还红光满面，精神饱满。

见大家都围着自己看，夏毅也颇为不好意思："呃，刚才吓着大家了，抱歉抱歉。"

一女同学担忧地问道："你没事吧？"

"没事，我刚就是突然有点儿肚子疼，现在全好了。大家不用管我，来来来，接着烧烤。"说罢，大家眼中的戏精班长夏毅已经站在烧烤架子前，生龙活虎地烤起了鸡翅。

怎么可能没事？你丫嘴边还沾着刚吐的白沫啊！额头暴起的青筋还没消啊！这样居然都敢跟120说不用来了？还有同学们，你们又是怎么了？为什么看见夏毅突然"复活"，你们也是一脸稀疏平常的样子，说鸟兽散就鸟兽散了？

"大概是因为最近这样的事情发生得太多了吧。"林屿正脑补，许立的声音突然在旁边响起，吓了他一大跳。

"欸，你怎么知道我在想什么？"林屿觉得奇怪。

许立丢了林屿一个白眼："你这种人，想什么脸上写得清清楚楚。"

林屿摸了把脸，不知道她是在夸人还是在骂人呢，但又反应过来许立刚才的话："你刚刚说最近这样的事情太多了？"

"嗯。"许立颔首，"你没听说吗？最近一段时间，男生宿舍楼晚上断电后，都会自己再来电。最开始学校以为是哪个男生搞的鬼，可查了半天也没查出个所以然。电工请了，晚上查寝的人也叫了，可每晚男生宿舍楼还是会来电。"

林屿轻蹙眉头，断电后再无故通电？这倒也符合反转事件的特性。

"还有，"许立接着说，"超爱布置作业的王教授已经整整一星期没布置作业了，反倒是从不查勤的老谢最近点了两次到，绝不可能出现在篮球场上的刘博文昨天还打了场篮球。"

"哈？刘博文打篮球？"林屿震惊得叫出声。

许立点头，意味深长地说："和高兴一起。"话毕，她又加了句，"说起来最近高兴也挺奇怪的，你没发现开学的那次摸底考他考了个全班第七吗？要知道，上学期他可是挂了四科的人。"

听见高兴的名字，林屿微怔。他和高兴两人一个爱逃课，一个爱在课堂上梦周公，彼此的关系并不熟。林屿只知道对方是个言语不多的大憨个。可现在许立却意有所指地聊到他，再加上高兴身上发生的事也的确像是反转机行为……

林屿正想再多问问，许立就道："你自己再好好想想。"然后转身走了。

许立离开后，林屿扭了扭头，不经意地瞄向了右手边。右边银杏树下，此刻的高兴跟自己一样，正站在远离人群的地方，默默注视着前方。

见林屿朝自己看过来，高兴有些惶然地退了两步，这才慌张地把手机揣进了裤兜里。

林屿脑子里突然冒出一个想法，难道……高兴是那个使用反转机的人？

Part 4　反转微博

自助烧烤班会圆满结束以后，同学们三三两两下了山。

趁着周围没人，阿一悄声道："是有人用反转机把夏毅救回来的。但很奇怪，我的监测系统只监测到有人使用反转机，却监测不到对方的位置，应该是对方安装了反监测系统。"

反监测系统？林屿微微挑眉，越发对这个神秘人感兴趣了。他不仅神通广大，可以躲过阿一的追踪，更是死咬着自己不放，不让自己触霉头誓不罢休。而且按照阿一的说法，反转机的次数是需要花钱购买的。根据自己最近身上发生的反转事件来推算，这货每周至少要在他身上用十到二十次的反转，这么说起来，这丫还是个人民币玩家。关键词是神通广大、反侦察能力超强、还不差钱，非跟自己死磕。这样的人，真的会是看起来憨憨的高兴吗？

林屿边想边看向了前方正闷头下山的高兴，不自觉地迈腿跟了上去。

原本林屿还指望着跟在高兴后面，能找到点儿蛛丝马迹，可这货一路上都在刷微博，并没有什么奇怪的举动。

就在林屿快要失去耐心之际，转机出现了。

临到Ｓ大校门口，高兴还一直埋头看手机，一个没留神就跟迎面出校门的男生撞了个满怀。两人走路速度都不快，这一撞倒都没伤着，只是高兴手上不稳，手机被撞飞出去了。

看着掉在脚边的手机，林屿弯身拾起，与此同时，高兴已经走到他面前了："啊，是林屿啊，谢谢。"

"没事，小……"林屿把手机递还给高兴，无意瞄了眼手机屏幕。

就是这一眼，林屿到嘴边的客套话统统卡住，一个字也蹦不出了。因为手机页面显示着微博一样的界面，唯独不同的是，发布栏下面的按钮写的不是"发布"，而是"反转"！这熟悉的山寨画风，这熟悉的不要脸精神，没错，这就是传说中一直在坑他的反转机啊！这玩意儿看着跟普通微博一般无二，想必输入文字并发布的话，不是发布微博，而是反转剧情了！

真相大白，林屿微松了口气，举着手机："说！你为什么要一直盯着我，还拿反转机坑我？你丫是不是有病？"

见林屿怒气十足的样子，高兴"呃"了声，正纠结着该怎么解释，就被林屿拎起了领口："你要真想看我倒霉你丫倒是说啊，我直接表演给你看就行了，还花什么钱！把那些钱给我多好！"

"哈？"高兴呆若木鸡，有点儿搞不清楚状况。

Part 5 周常任务

"其实，我这么做都是为了完成周常任务。"奶茶店里，高兴对林屿坦白道。

"周常任务？"林屿拧眉，"什么鬼？"

高兴摸出手机来，点进反转机主界面："你看了就明白了。"

林屿定睛看高兴的手机，见上面赫然写着——

【每周任务】收集林屿怒气值（95/100）

任务详情：通过使用反转机反转剧情，使林屿生气，并收集其怒气值。

PS：欲了解林屿行踪及生气临界点请另行购买每周任务攻略册。

林屿一目十行很快看完，头顶瞬间生出三个问号，所以说，自己这是变成任务里的NPC（游戏术语，非玩家角色）了？

按照高兴的解释，他是换新手机后获得反转机的。高兴买的新手机系统自带了微博、微信等常用软件。最开始高兴也没觉得这些软件有什么不同，直到开学后的那次摸底考。

"我以为上了大学就没什么狗屁摸底考了，可没想到刚开学教授们就来了个大扫荡，还说这次考试要记录进总成绩。寒假睡觉的工夫都不够，哪有时间看书，所以我考得有点儿……你懂的……"

学渣林屿沉默了。

因为没有复习，高兴这次摸底考考得惨不忍睹。是以考完之后，他发了一条吐槽的微博，说这次考试妥妥地砸了。谁料发出"微博"后没多久，班长就告诉他，他考了全班第七。

"从那次以后，我才知道原来这根本不是微博，而是反转机。"

林屿抱胸："然后呢，你就开始用这玩意儿坑我？"

"并没有！"

自从发现反转机的功能以后，高兴犹如发现了新天地。再也不怕晚上寝室断电了，再也不用担心下铺室友打呼噜说梦话了，终于知道女生宿舍里边长什么样了，终于知道女生卸妆后是什么样了……

林屿怒掀桌。混蛋，女生宿舍是什么鬼，你到底都用反转机干了什么？

高兴委屈巴巴地说："我就是单纯好奇女生宿舍长什么样子，所以用反转机让宿管阿姨对我放了行，要知道她平时可是连只公苍蝇都不肯放进去的。"

可随着使用反转机的次数增多，高兴的苦恼也随之而来。室友说梦话，得用反转机；教授要点到，得用反转机；出去打球没人陪，死拉上刘博文凑数，还得用反转机……需要用反转机的地方太多了，一次花三十块，饶是再多的零花钱也不够使。就这样，高兴冲着手机抱怨了一句，第二天早上起来发现，反转机更新了，他可以通过做每周任务来获取使用反转机的次数。而每周任务不是别的，正是收集林屿的怒气值。是以，高兴这才一而再、再而三地在林屿身上使用反转机，为的就是完成每周任务。

林屿放下高兴的手机:"那你每周完成任务可以获得几次免费使用反转机的次数?"

"一次。"

"那你每周为了完成任务,大概又要用多少次?"

高兴蹙眉回忆:"大概十来次。"

林屿微笑总结:"你是不是傻?"

莫名被骂的高兴顿时一脸委屈,过了半晌才一拍掌,恍然大悟道:"对啊!"

自己居然被这种蠢到家的二百五耍了大半个月,林屿简直不知道自己是该哭还是该笑了。他还想再说点儿什么,对面的高兴突然弓下了身子,满脸痛苦道:"呃……那个……肚子痛……有、有什么事等我上完厕所出来再说。"

看高兴冷汗一颗颗直往外冒,样子也不像是装的,林屿挥挥手,随他去。

Part 6 天道好轮回看谁真倒霉

可谁料高兴这小子一去不复返。林屿原本以为高兴溜之大吉了,谁知却接到了他的求救电话。在厕所最后一个隔间,林屿找到了一脸惨白、半瘫在马桶上的高兴。

林屿一看就知道情况不太好,忙问:"你什么情况?"

高兴虚弱地张了嘴,可还来不及吐出半个字就"呕"的一声,吐了一地污秽。

所谓天道好轮回,苍天饶过谁,一直害林屿倒霉的高兴自己也终于倒了霉。医生初步诊断,高兴是吃了不干净的东西才导致了急性肠胃炎。而让林屿微微意外的是,除了高兴以外,当天班上还有不少同学也进了医院,包括已"起死回生"的班长夏毅。大家的病因也都跟高兴一样——急性肠胃炎。

案子倒是好破,大家一对口径就发现,进医院的同学都在烧烤摊上吃过烤鱿鱼。而这烤鱿鱼不是来自别家,正是来自生意火爆的优优鱿鱼摊。但面对前去讨说法的众人,鱿鱼大叔却是抵死不认。

"你们是没有看见他那个嘴脸,简直就是无耻!"病房内,刘博文叉着腰向众人描述着当时的场景,"那个鱿鱼大叔说,他家的东西不可能有问题,还说我们根本就没在他那儿买过鱿鱼,是看他生意好故意去讹他的。"

夏毅气得直接从病床上坐了起来:"怎么不是在他那儿买的?就是在他那里买的。"

"就是,我就说你家鱿鱼这么火,谁家还卖得动鱿鱼啊!"刘博文咬牙道,"可鱿鱼大叔死咬着不承认，还说让我们有本事拿出证据来。要有证据，爸爸我还跟他废什么话啊！"

"没错，他就是仗着我们没证据才敢这么嚣张。"

"不然我们报警吧？"

"报警有什么用，还不如发微博找大V。"

……

大家七嘴八舌讨论对付鱿鱼大叔对策的时候，另一边的高兴还在床上躺尸。不知道为什么，个头最大长得最壮实的高兴反倒是所有同学里情况最严重的，挂了一天一夜的点滴，其状况依旧不见好转。

"知道这叫什么吗？这叫报应！所以人呐，千万别做损人不利己的事情，不然迟早会遭雷劈。相信经过这件事，你也吸取经验教训了，所以来来来，咱把反转机给卸载了，从此洗心革面重新做人。"林屿一面说一面抢过高兴手上的手机，仗着对方没气力无法动弹，他就这么大咧咧地打开了应用栏，准备卸载反转机。

可诡异的是，不论他如何点击卸载，手机都没有任何反应。正纳闷，脑子里响起阿一的声音："没用、的，软件、被、加密、过，除了、高兴、本人，没人、可以、进行、卸载。"

林屿震惊："被加密过？什么意思？"

阿一："就是、字面、上、的、意思，用、你们、的、游戏、术语、来说，这、就是、绑定、物品。非、本人、无法、操作。"

闻言，林屿的心骤然下沉，这么说还不能简单暴力地卸载回收了，得想个办法让高兴自己卸载反转机才行。

这头林屿正想着，床上的高兴有气无力道："我知道我做每周任务害你是我不对，我也答应你再也不玩这破App了。可在卸载之前，你能不能让我再做一件事？"

不等高兴说出到底是什么事，林屿赶紧放下手机，面无表情道："就这么说定了，下不为例。"

阿一吐槽："这招、顺坡、下驴，玩得、66、6。"

Part 7　以其人之道还治其人之身

高兴说的事倒也不是什么大事，他表示既然法律制裁不了鱿鱼大叔这种无赖，他就要用自己的方法来收拾对方。高兴捂着隐隐作痛的肚子道："我要让他尝尝上吐下泻的滋味。"

敲定主意后，高兴打开反转机，直接在上面写道——害Ｓ大电子系三班学生闹肚子的罪魁祸首不会上吐下泻。发布反转内容后，高兴又点了点界面最右下角的小圆点，手机顿时跳出一个视频来，上面显示的，正是鱿鱼大叔家里的情景。

林屿微讶："这是什么？"

"这是攻略册。只要购买了某人的攻略，就可以定位跟踪这人，从而更方便查看反转后的效果。为了能全方位360度无死角地报仇，我买了鱿鱼大叔七天的跟踪定位。"高兴滔滔不绝说完，这才一脸不解地看向林屿，"你难道不知道反转机有这功能？"

林屿："……"作为一介穷人，他连反转机都用不起，还提什么攻略册？跟高兴这种人民币玩家简直无话可聊啊！林屿吐槽之际，镜头已经拉进了房屋里间，只见鱿鱼大叔怡然自得地坐在沙发上，抽着烟品着酒。

高兴见状就火大："我们在医院受苦受难，他倒是在家享受！等着吧，待会儿有他好看的！"

可两人盯着手机看了半小时、一小时、两小时……鱿鱼大叔半点儿变化都没有，除了品酒抽烟，他还打开了电视，优哉游哉地哼起歌来。

听着20世纪的流行金曲，林屿直打哈欠，这头高兴却不死心，嘟囔道："怎么会？不可能啊！难道拉肚子要等一段时间发酵？"说着，高兴又重回了反转机的主界面，重新写道——害Ｓ大电子系三班学生闹肚子的罪魁祸首不会摔跤，"这下总算万无一失了吧？"

林屿虽然不太信会奏效，但还是吊着脖子陪高兴继续观察鱿鱼大叔。奈何视频那边大叔屁股就没从沙发上抬起来过，更别说摔跤了。这次，林屿是真失去耐心了。他正想劝高兴放弃，就听门外"哎哟"一声，与此同时，还有玻璃碎掉的声音。

两人都被吓了一跳，齐齐出门查看。一看门外躺着的人，不约而同地倒抽了口凉气。

夏毅半趴在地上，手下还粘着打碎的药瓶瓶渣，衣领、袖子也被洒出来的药水浸湿了一大半。

两人跟路过的护士合力把夏毅扶起来，这才了解到个中缘由。正输液的夏毅突然内急，自己拎着药瓶出来上厕所，谁料清洁工阿姨刚拖了走廊，地上有些滑，他一不小心摔倒在地，把正挂点滴的药瓶也给砸了。

"左脚踝已经肿了，我现在去拿消炎喷雾给你喷喷。但保险起见，待会儿还是去拍个片，看看有没有伤到骨头。"护士说完就起身去拿药，脚步有些慌乱。

林屿刚想说哪来的异味，而那边的高兴已经捂住了鼻子："哪来的味儿啊？"

林屿瞥了一眼夏毅,心中一惊,另一边一个劲儿冲高兴使眼色,尴尬癌都快犯了。

夏毅哭丧着脸,委屈得就像个两百斤的孩子:"明明上午情况已经转好了,下午不知道怎么回事,又开始上吐下泻,现在还……我不活了呜呜呜。"

"没事啊,病情反复嘛。"林屿安慰道。

"对啊对啊,一不小心把大便拉在裤子里也没什么。反正你也不是第一次了哈哈哈。"高兴此话一出,夏毅的脸色更难看了,可高兴却会错了意,好奇地说道,"难道你自己不知道?你上次昏迷的时候已经拉在裤子里了,我们都闻见……"

"你给我住嘴!"林屿崩溃地捂住高兴的嘴,强行将这位智障少年拖离了现场。你要再这么"安慰"下去,夏毅分分钟去跳楼也说不定啊!等到走远了,林屿回头看了下原地崩溃的夏毅,又看到夏毅老爸赶来的身影,这才微微松了一口气。

而这边高兴还意犹未尽,拍着胸口:"哎,太惨了,我都快跟着夏毅哭出来了。"

林屿翻了个白眼,正欲离开,可他脚刚抬起来,脑中灵光一闪:"等等!刚才夏毅说什么?"

"说他病情反复,又上吐下泻了啊。"高兴话说完,也察觉到不对劲,微怔了怔,这才狐疑道,"上吐下泻?"

林屿回头看他,迟缓点头:"没错。"

上吐下泻,外加摔跤,这两样不正是刚刚高兴在反转机里诅咒鱿鱼大叔的招数吗?为什么这两件事会应在夏毅身上?如果说这不是巧合的话,那就只有一种可能——

"害大家闹肚子的人,根本不是鱿鱼大叔,而是夏毅?"

"不可能吧?"高兴咋舌,"夏毅怎么会害我们?"

林屿也是一脸蒙:"要不然,我们再用反转机试一次?"

Part 8 真相

高兴特意又使用了一次反转机。这次内容是这么写的——今晚十点,害S大电子系三班学生闹肚子的罪魁祸首不会去第一人民医院住院部的楼顶。

按照反转机的规则,夏毅如果真的是罪魁祸首,那么今晚他一定会出现在住院部的楼顶。

晚上九点五十分,林屿和高兴先上了楼顶,躲到了屋顶水库的后边。十分钟后,两人听到不远处响起了轻微的脚步声。林屿抬腕看了眼手表，十点整，这货还挺准时的。

"林屿，你看！"林屿顺着高兴手指的方向看过去，见夏毅正站在天台中央，迎风而立。

两人互看了一眼，默不作声。这么说，夏毅真的是始作俑者？班里的采买工作一直都是夏毅负责，这次的班会活动也不例外。所以当夏毅告诉大家，这批害大家闹肚子的鱿鱼是在鱿鱼大叔那儿买的时候，谁也没有怀疑过。可照眼下这个状况来看，应该是夏毅骗了大家。他为什么要这么做啊，难道是……中饱私囊？

这四个字一蹦出脑子，林屿崩溃了。不可能！这跟夏毅的官迷烦人精的人设根本不符啊！是，这货平时是神烦、唠叨，可他班长的本职工作做得很好啊。这样的班会会私吞公款？他接受不能啊！

林屿小声咳嗽道："不会是我们搞错了吧？"

高兴显然也难以接受这个事实，发扬阿Q精神道："没错，病房里太闷，夏毅出来透透风也实属正常。"

"一定是我们把条件设置得太宽了。"

"是啊是啊，应该把条件设置得苛刻些，比如让对方光着身子穿着裤衩。"高兴边说边调出反转机来，真的写下——罪魁祸首不会光着身子穿着裤衩。

结果这头信息刚发布，夏毅就开始脱军大衣了。林屿、高兴目瞪口呆。

"呃，没事没事，夏毅这就是热了。"高兴一切无视之，继续将阿Q精神进行到底，"这个也不能说明什么！我再试试。"说着，又在反转机上写下——罪魁祸首不会在天台上跳钢管舞。

身为老古板的夏毅总不能连钢管舞都会吧？林屿也微微安心，可使用反转机的下一秒，夏毅就举起自己的输液架开始翩翩起舞了，那满是肥肉的胖胳膊胖腿，还有那扭来扭去的大白屁股……简直不忍直视！

林屿自戳双眼，冲着高兴咆哮："你这反转的是什么鬼剧情？应该这么写！"

为验证夏毅不是罪魁祸首，两人一次次地进行反转剧情——

"罪魁祸首不会扔掉假发片。"

"罪魁祸首不会在地上打滚。"

"罪魁祸首不会自扇耳光。"

一次次，夏毅都做到了！史上最惨的角色就此诞生。在夏毅脱掉所有衣服、假发片，并把自己扇得鼻青脸肿后，林屿和高兴两人已经彻底忘了初衷，关注点也开始越来越歪了。

"反转机大大的牛啊！要不然再让夏毅跳个广场舞？"

"广场舞有什么好看的？要不直接让他脱了裤衩去裸奔？"

……

两人玩得不亦乐乎之际，全然没有感觉到夏毅的靠近。

"你们在干什么？"

被夏毅这么一吼，林屿和高兴瞬间吓得一激灵，手机也"啪"地掉在了地上。

夏毅气得浑身发抖（也有可能是给冻的），他指着手机道："从我上天台开始就觉得不对劲了，你们……你们拿这手机对我做了什么？"

林屿"恶人先告状"："真正搞鬼的人是你才对吧？如果不是你，也不会有那么多人闹肚子进医院。"

夏毅闻言明显僵了一下，稍时才舒缓情绪道："你在胡说什么？"

高兴也帮腔："你还不承认？你才是罪魁祸首。刚才你跳钢管舞就是证据！"

"这都什么跟什么？"夏毅气急败坏，"懒得跟你们说，我先回去了。"说着捡起地上的衣服要走。

高兴见状着急地说："唉，还没说清楚呢，怎么就要走。说好的凶手自我阐述作案动机呢？"

"这还不简单？"林屿挑眉，示意地看了看地上的手机。

高兴立马心领神会，捡起手机又在 App 里输入了——夏毅不会告诉林屿和高兴烤鱿鱼事件的真相。点击事件反转后，已走到天台口的夏毅又突然折返回来，神情也从刚才的恼怒变成了愧疚。

他捂着嘴，哽咽道："对不起，其实我不是不想把事情说出来，只是我没有那个勇气。我愧对同学们，更愧对学校和组织对我的信任……当然，我最怕的还是班长职位不保。"

喂，你一不小心把心里话也说出来了啊！林屿比了个请的姿势："好了，收起你那些官方话，请开始你的表演。"

说来话不长，不仅不长，其实一句话就够了："我就是想节约点儿钱，所以买了便宜点儿的食材！"

当天接到采买工作以后，夏毅辗转去了两个超市一个菜市场，在买齐所有食材后，突然接到刘博文的电话，说女生们表示优优鱿鱼摊的烤鱿鱼好吃，让他也买点儿带去。可因为这事没有事先做好预算，夏毅接到电话时，手上的钱已经不够了。

"我跟那老板好说歹说，磨了半天他就是不肯降价，还说咱们不买有的是人买。我一气之下拐弯去了隔壁菜市场，买了些……呃，便宜的鱿鱼。"话毕，夏毅赶紧补充道，"其实那鱿鱼也没放几天，老板一再说吃绝对没问题的，而且老板还帮我用白醋腌了，说口感绝对好，绝对不会腥。"

"原来你跟我们说什么醋溜鱿鱼，是这么来的？"

夏毅辩解："这不，挺好的嘛。你瞅瞅班会那天，大家吃得多香！不过我必须声明啊，我跟大家那可是有福同享有难同当，我可是第一个试毒的人。"

"活该你最早发作。"高兴抢白道。

夏毅一副大义凛然的样子："为班级、为组织，鞠躬尽瘁身先士卒，是我的荣幸和骄傲。"

"闭嘴！"林屿和高兴异口同声道。

眼见着高兴和林屿横眉竖眼，夏毅这才又作悔过状："我知道这次的确是我不对……林屿，高兴，你们能不能替我保密下？我真的是无心的，你们要说出去，我真的没法混了。我保证，只要你们不说出去，下学期的学习委员和女生委员……"

不等夏毅说完，林屿就吼道："你闭嘴啊！"

这次高兴倒没跟他齐声，这货愣了小会儿，道："女生委员是专管女生的吗？"

林屿扶额，仰天长啸："你也给我闭嘴啊！"

天呐，谁来收走这两个二百五吧。

Part 9　尾声

真相大白，考虑到夏毅也不是有心为之，林屿和高兴答应不把这事外传（当然，女生委员什么的，想都别想！）。反正昨晚夏毅也被他俩折腾得够呛，也算小惩大诫了。事情告一段落。

高兴出院之时，林屿也要求其兑现承诺，卸载反转机。谁料高兴听了这话，不好意思地挠头："其实那天我们从天台下来，我手机里的反转机就找不到了。"

林屿刚开始还不信，可他翻遍了高兴的手机，真的找不到反转机的身影了。

高兴离开后，林屿询问阿一："高兴也在接受回收师测试？"

黑科技产品神秘出现，又在解决某些事件后离奇消失，这套路不就是阿一经常玩的吗？可阿一的答案却是否定的。

"你应该也发现了，这次的事件与之前遇到的都不同，对方不仅屏蔽了我的跟踪定位，甚至将黑科技产品和使用者进行了绑定，这说明对方已经察觉到我们的回收计划了。换句话说，就是对方的反侦察能力增强了，日后的回收工作会越来越难。"

林屿蹙眉："在你说这些有的没的之前，你能不能先告诉我，这个对方到底是谁？你应该知道他的底细吧？"还有为什么会有越来越多奇奇怪怪的黑科技产品出现？幕后主使无故给人安装黑科技产品的目的又是什么？

说到这些关键点，阿一又沉默了下来。稍时，它才一字一句道："关于、这个、问题、很快、你就、会、自己、找到、答案。"

林屿叹息："我不想找到什么答案，只想安安静静当我的废柴学渣啊！"

"怎么、可能，对方、已经、注意、到你。这次、拿你、做、周常、任务、的、N、P、C，就是、在、给你、下、战书，你、以为、你、逃得、了？"

所以，阿一的意思是现在自己不仅被它这个毒舌货盯上了，就连阿一的对手也盯上自己了？

林屿跪地哭号："神啊，求你把我也收走吧！"

怎么、可能？ 2、33、3。

第八章

状态盒子

装病逃课，请使用"虚弱"状态卡。

搞怪吓人，请使用"变羊"状态卡。

室友偷吃你的泡面，请使用"暴击"状态卡。

状态盒子，你的生活好帮手。

Part 1　状态盒子

林屿觉得，自己今早一定是出门忘了吃药。要不然该怎么解释眼前这一幕？

S大的林荫道上，阳光斑驳，花间鸟语，几只羊驼正背着书包、耳插着耳机，闲庭信步地往教学楼的方向走。其中两只还边走边聊天。

"兄弟，你也变了啊咩。"

"是啊咩，本来想这个样子回家吓吓我妹，结果一大清早听说要点到，只得先赶过来了，好烦啊咩。"

"同烦啊咩。"

……

羊驼跟普通大学生一样，也得上课点到？除了"咩咩"叫以外，彼此交流用的竟然还是人类语言！林屿三观崩塌之际，一只棕色的羊驼欢快地蹦跶了过来，冲他兴奋地咩咩叫。

看着小羊驼闪烁的大眼睛，再加上其头顶眼熟的鸭舌帽，林屿瞬间想起某只二货来："千万不要告诉我你是高兴。"

棕色小羊驼欢腾地抬了抬前蹄："哎呀妈呀，这样你都认得出来吗？小屿你对我简直就是真爱啊咩！"

林屿无力扶额："在我纠正你对'真爱'的定义以前，麻烦告诉我这是怎么回事。"

"我用了'变羊'状态卡啊。"

"变什么羊？"

高兴"咦"了一声："你居然还不知道，状态盒子App啊！"

"啥？"林屿持续蒙圈。

高兴手托羊蹄思忖："一两句也说不清，这样，你自己开手机用用这个App就知道了。"

"我手机里哪儿来这个产品？"话虽这么说，但林屿还是点亮了手机屏，然后下一秒，他的话就堵在喉咙里说不出了，因为他的手机应用栏里还真多出了个叫"状态盒子"的软件。

林屿，男，19岁，S大大一学生。在被人工智能阿一看上，然后被强制性安排进入回收师测试以后，林屿接触了很多黑科技产品，但他此刻很确定，这次的App跟他没关系。因为自从反转机事件以后，为对付四处散播黑科技产品的幕后黑手，阿一回了总部升级系统，林屿也就恢复了放养状态。所以，这个状态盒子不是阿一的手笔，难道又是幕后黑手搞的鬼？

林屿开启App，一抽奖转盘弹了出来。根据下方说明，玩家每天可以免费抽取三张状态卡。林屿试着点了下转盘，屏幕上赫然跳出一个对话框来——

恭喜获得"暴击"状态卡一张。

文字下面，是一张画着拳头的卡牌，下端附着说明——

卡牌级别：N级

状态效果：攻击力+300%，持续时间5分钟。

见状，林屿微微蹙眉，暴击状态？不就是游戏里的暴击效果？

"把手机前端对准自己，然后再使用状态卡就好啦。"高兴边说边抢过林屿手上的手机，然后对着他按下了使用键。

"嗳，身为羊驼手，你是怎么做到迅速抢走我手机还……"林屿还没吐槽完，就听"咔"一声响，手机碎了……

盯着裂屏的手机，林屿瞬间迷失了人生的方向。他是谁？这是哪儿？刚刚他都干了什么？他不过从高兴手里拿回了手机，就轻轻拿了一下，为什么屏幕就碎了？暴击效果不容忽视，果然力量满满！不过话说回来，状态盒子你赔我手机！

Part 2 状态运动会

据高兴说，状态盒子 App 是在一夜之间风靡整个 S 大的。关于它从哪儿来、由谁策划、由谁开发，无人知晓。大家知道的，就是一觉醒来，手机里多了这么个 App。自从状态盒子流行以后，S 大的出勤率得到了大大提升，毕竟使用"疾走"状态卡，从宿舍楼到教室就是秒秒钟的事。部分女生也早早穿起了短裙，有了"御寒"状态卡，不露大腿白不露。全校唯一不开心的，应该是学生超市的老板娘了。据说短短一星期，超市发生了数起薯片、辣条被窃案，小偷每次都使用"隐身"状态卡进入超市，一两包零食被盗也让老板娘想调查而无从下手。（高兴："简直丧心病狂！SSR 级别的隐身状态卡怎么能这么用？要是我的话，我一定先去女生宿舍楼……"林屿："闭嘴！"）（SSR，游戏术语，卡牌类游戏中卡牌等级为 SSR ＞ SR ＞ R ＞ N）

学校论坛的帖子也从"今天蛙儿子终于交到朋友了"变成了"为什么老是抽到'变羊'卡""为什么我这个蠢货不知道状态卡是一次性的，刚刚把仅有的一张'隐身卡'用掉了"以及"状态盒子抽取 SSR 卡最新玄学攻略"。

在论坛帖讨论得红红火火之际，S 大状态运动会也拉开了帷幕。听说学校要举办状态运动会，林屿的内心是拒绝的："这 App 已经火到要开运动会的地步了吗？"

"你以为学校想？"体育委员许立斜视林屿，"现在整个 S 大，状态卡比饭卡还多。你觉得比赛的时候会没人拿状态卡作弊吗？"

林屿"呃"了一声，还真是，跑步的时候上个"疾走"效果，跑第一还不是轻轻松松？

"所以学校干脆开放了大家使用状态卡的权限，这么一来，自然就变成状态运动会了。"

林屿点头，话虽这么说，可是这样一来，整个运动会就变味了啊！且看那边的拔河比赛，因为双方都进行了力量加持，已经拔断第三根麻绳了！还有那边的乒乓球比赛，双方打了整整半小时还没人丢球！你们真以为别人不知道你们使用了"百分百命中率"的状态卡吗？就算你们这么互斗下去胳膊不会废，也请考虑一下乒乓球的感受好吗？还有角落的铅球比赛，是谁允许你们使用"巨人化"状态卡的，有 SSR 卡了不起啊？

许立无视林屿的吐槽，女王般挥手道："别废话，待会儿 800 米男子跑开始后，有'疾走'卡或'加速'卡的人都给高兴加上。"

闻言，林屿瞬间燃起了当年打《魔兽世界》团战的热血，为了部落，为了荣耀，会长我一定会努力打好辅助的！而且这一个输出三十几口辅助，这副本怎么打也不会输吧？

正想着，那头 800 米男子跑的哨声已经响起。

林屿放眼一看，光从参赛成员的体格来说，高兴这冠军就没跑了。五个赛道，除了高兴，有一个看着喘气都费劲的胖子，一个风一吹都能跑偏的骨头架子，以及两只小短腿柯基。

比赛开始后，高兴不负众望，凭借着自身优势外加三十几口奶（游戏术语，游戏中治疗辅助职业），远超其余四人大半圈。可跑着跑着，林屿发现不对劲了："你有没有发现，高兴的速度慢下来了？"

许立沉吟："要真说慢下来了，你应该看看那个骨头架子。"她抬眸示意，林屿顺着许立的视线看过去，当场惊掉下巴。这、这不是《疯狂动物城》里的闪电吗？大哥你这哪儿是在跑步，说你是在回放慢动作都绰绰有余啊！

眼见着骨头架子同学花十秒才抬起脚，再花十秒放下脚，许立道："高兴和他应该都被人用了'减速'卡，要不是高兴身上还挂着三十几个加速效果，估计这会儿也成蜗牛了。"

林屿颔首，正想表示赞同就听身后有人喊："你们快看，另外两个人也不行了。"林屿定睛一看，见柯基一号竟然在往反方向跑，二号同学则直接跪在半道上，抱头哀号："我的眼睛，为什么我的眼睛突然看不见了？"

五个参赛选手一下去了三个，反倒是最不被大家看好的胖子后来者居上。虽说他身形是胖了点儿，但在高兴减速的情况下，他竟然在一点点地缩短自己与高兴的距离。

林屿略微担忧："再这么下去，他就要追上高兴了。"

许立说："追上也不怕，高兴超了他一圈。"

闻言，林屿正要放下心来，就见胖子掏出手机来，冲着高兴后背一按。顿时，高兴蓦地一怔，定在原地不动了。

"这是'定身'卡？"林屿抓狂，"这胖子到底什么来头？哪儿来这么多状态卡？"

与此同时，班上的其他同学也坐不住了，纷纷冲着跑道嘘声。

"居然玩阴的，臭不要脸。"

"作弊作弊，开除参赛资格啦！"

"为了个比赛，居然对校友使用'失明'卡，太过分了！"

面对大家的指责，胖子倒也不怵，仗着跑道上只剩下自己一个人了，干脆停下来跟大家理论："何如？就许汝等小儿用状态卡，不许他人亦用卡乎？"一开口居然是文言文，直接把大家唬愣了。

林屿道："虽说比赛说了可以随便使用状态卡，可你看整个场上，大家都是往自己身上加效果，哪儿有往别人身上招呼的？再说了，就一破比赛，你又是让人定身又是让人失明的，至于吗？"这话一出口，众人纷纷点头赞同："就是。为一比赛浪费那么多张 SSR 卡多不值，失明什么的考试的时候用到监考老师身上该多好。"（这种话留在心里就行了！说出来是要闹哪样！）

胖子一叉腰，无赖相尽现："吾就用了，何如？"

林屿就是文言文再不好，这句也听懂了，胖子这意思是说——我就用了，你能把我咋的。见状，林屿火冒三丈："你这死胖子白话文里夹文言文装什么装，有本事全用文言文啊！"

胖子"哼"了一声，还真用了句全文言文："尔何知！中寿，尔墓之木拱矣。"

就在林屿蒙圈这话什么意思的时候，胖子已经推开众人，跑远了。

Part 3 冤家路窄

毫无悬念，最终胖子获得了冠军。这倒没什么所谓，说来说去不就一运动会，真正让林屿生气的是胖子最后那句话。回家后，林屿用手机查了查，才知道自己被人骂了。一想到这叫"李鹏飞"的胖子咒自己坟前长树，林屿就恨得牙痒痒。偏偏林屿不知道这货是哪个系哪个班的，想打架都找不着人。

老天爷就跟知道林屿心愿似的，没过两天就把李鹏飞送到了林屿跟前。更难能可贵的是，两人相遇的地点竟然是在澡堂！

澡堂嗳！这也就意味着李鹏飞在洗澡，手机不在身边，这样一来，不论自己怎么玩他，对方都没办法用状态卡回击了。这么琢磨着，林屿悄悄跟在了李鹏飞身后，一路看着他脱衣进浴室，这才贼兮兮地摸出手机来。

对付李鹏飞这种无赖，最好的办法当然是以其人之道还治其人之身。只是林屿一介衰人手上真没什么高等级的状态卡，最后他找来找去，只找到一张"持续掉血"的状态卡。

卡片说明上赫然写着——

卡牌级别：N 级

状态效果：每秒掉 2 点血，持续时间 10 分钟。

看着这说明，林屿微微摸下巴，唔，掉血什么的，应该就是指李鹏飞身体变虚弱吧。

可事实显然不是那么回事！自从对李鹏飞使用状态卡以后，他的脚边开始流血了！看着鲜血顺着水流一点点流进排水孔里，林屿已目瞪口呆。偏偏这头李鹏飞还不自知，依旧面朝花洒，尽情地洗着头。

这时，一路人甲经过，见李鹏飞脚下不明红色液体，拍肩道："兄弟，你来大姨妈还来澡堂？"闻言，李鹏飞倏地一愣，顺着路人甲的目光低头，这才发现自己真的……啊呀，在流血啊！

"吾这是……"李鹏飞一面说一面微微抬起头来，刚好瞥见角落呆立的林屿。见状，李鹏飞立马明白过来，指着林屿破口大骂："人头畜鸣！是汝干的，对不对？"

被李鹏飞这么一吼，林屿这才发现自己一时看傻眼竟然忘记了隐藏自己。看着朝自己冲过来的李鹏飞，林屿举起双手道："我错了，我没想到"持续掉血"是这个效果。你、你、你别着急，我这就帮你解除状态……"

话虽这么说，可规则中说的可解除一切状态的"净化"卡是SSR级别卡，他怎么可能会有？最终，林屿在状态卡盒里挑挑拣拣一阵子，又冲李鹏飞使用了一张状态卡。

"现在感觉好点儿了吗？"林屿关怀道。

李鹏飞瞪了眼林屿，好？好汝妹的好！血不仅没止住，量还加大、速度还加快了！李鹏飞强忍不适，拎着林屿的衣领大吼："你与我用之何卡？"

林屿颤巍巍地说："朋友，都到这节骨眼了，咱就别卖弄文采了行不？要不然，你换两句白话文试试？"

"你到底给老子用了什么状态卡？"

"加、速、卡啊……"

其实，林屿给李鹏飞用"加速"卡真没有什么恶意。这不是持续掉血的状态要持续十分钟吗？所以林屿就琢磨着帮李鹏飞加速这个持续时间，让这十分钟赶紧过去。这逻辑没毛病，可有毛病的是这卡的效果！谁知道它加速的不是这持续时间，而是加速掉血的速度！

眼见着李鹏飞的血越流越多，林屿唯恐他找自己拼命，边往后退边道："你等着，我这就去给你找医生。"话说完，脚底抹油往外溜。空荡荡的浴室只剩下李鹏飞的咆哮声："汝给我等着！"

Part 4 冤冤相报

林屿还真叫了医生去澡堂。可与此同时，李鹏飞也火了。不过半天工夫，学校传开了

"有个飙文言文的胖子在男澡堂突发大姨妈"的奇闻。

林屿就是用脚指头想也知道，李鹏飞会找自己算账，可他提心吊胆地等了几天，李鹏飞没等来，反倒接连等来了两口大锅。

这天，林屿好端端地走在路上，走在他前边的姑娘突然回过头，瞪眼道："你干什么？"

"没干什么啊。"林屿一头雾水。

谁料姑娘闻言却越发气急败坏，啐了口"臭流氓"这才红着脸跑了。

眼看着姑娘跑远，林屿满头问号，只得接着往前走。可没走两步，又一女生回过头来，冲着林屿横眉瞪眼。这次，女生连质问都懒得问了，上来直接给了林屿一巴掌。

林屿一时之间被打得眼冒金星，火气也上来了："你有病啊！"

女生倒也不甘示弱，挺胸道："你问我干什么，我还想问你干什么呢！臭不要脸的，你别以为我们女生被欺负了不敢站出来，你既然敢掀我裙子就别不敢承认！"

"我掀你裙子？"林屿咂舌，"我什么时候掀你裙子了？"

"我身后就你一个人，不是你还能有谁？"

"都说了我没有，你没凭没据的，别瞎冤枉人。"

"我是没证据，有证据我早把你拉派出所了，变态！"女生说着又踩了林屿一脚，这才愤愤地走了。林屿被这么一踩，痛得直跳脚，谁料跳着跳着，又磕到了马路牙子，一个重心不稳，直接摔了个狗吃屎："这都什么事啊！"抓狂之际，听耳边响起一声轻笑，可他猛地扭头，旁边除了空气还是空气。难不成刚刚是他幻听了？林屿纳闷歪头，再一联系刚刚发生的事，心里瞬间有了计较。

这时，天空淅淅沥沥下起了小雨。林屿抬头就见刚刚发出笑声的地方被雨水冲刷出个隐隐约约的人形来。果然，有人在用"隐身"状态卡！

也亏得这人坚强，虽说三月已经开春，但脱光了在街上裸奔还是有点儿冻人的，再加上这会儿又下起了绵绵细雨……林屿这么想着，就听那人又打了个喷嚏。林屿装作没听见，淡定地从地上爬起来，直到眼见着雨中那影影绰绰的人影跑远，这才缓缓地跟了上去。

林屿这一跟，就又跟到了男澡堂。进入澡堂后，没有雨水帮忙显形，林屿顿时失去了方向。他正微微着急，就见不远处的一个衣柜自动拉开柜门来，然后一件件衣服裤子悬空地"飘"了出来。伴随着对方穿衣服的动作，其样貌也渐渐显出形来——眯眯眼、塌鼻子、外加圆胳膊圆腿，这不是李鹏飞又是谁！

所谓仇人见面分外眼红，知道是李鹏飞陷害自己后，林屿当即怒火冲天："好你个死胖子，原来刚刚是你在整我！"

这头李鹏飞正在穿外套，见林屿突然蹦跶出来，吓得捂住了胸口："呜呼哀哉，汝个大淫贼！竟然偷窥我穿衣！"

林屿"呸"了一声，随即道："咱俩谁是淫贼你心里最清楚，掀女生裙子才是臭不要脸！"

李鹏飞闻言也不抵赖，叉腰就道："就是我掀的，何如？这次是对汝小小的惩戒，若下次汝敢再犯，吾定当……"

"定当你个头！"这头，林屿不等李鹏飞说完就打断他道，"你要真不爽我，有什么事直接冲我来啊！揣别人女生的油来报仇，你算哪门子爷们儿？有脾气咱俩找时间单挑！你有什么状态卡想怎么招呼我，尽管来！"

"这可是你说的！单挑就单挑。"

林屿原本就那么顺口一说，谁料李鹏飞还真应了下来，当场腿有些软。要知道，手气非常差的他手上除了"变羊"卡就是"变羊"卡，单什么挑，被别人单方面完虐还差不多。

"明天下午四点，东湖凉亭边不见不散。"李鹏飞甩下战书后潇洒离开，林屿这才意识到，这次自己真的玩脱了。

Part 5 漏洞上线

俗话说得好，自己选的路，跪着也要走完。虽然知道前去赴会会被李鹏飞虐成渣，但碍于这是男人之间的约定，翌日下午四点，林屿还是准时赴约。可奇怪的是，林屿在凉亭里左等李鹏飞不来，右等也没影，最后他干脆去了李鹏飞的寝室，得到的回答却是这货一大早就出门了。莫名被李鹏飞放了鸽子，林屿百思不得其解。就在他纠结去哪儿找李鹏飞时，高兴的微信过来了："快到学生超市，出大事了！"

等林屿到学生超市时，超市门口已经被围了个里三层外三层。林屿好不容易才在人堆里找到高兴，一看到对方他就开门见山道："什么情况？"

高兴道："今天下午，学生超市门口突然长出一块大石头，而且这石头声称，自己也是S大的学生。"

石头是长出来的？而且还声称？林屿上前拍了拍高兴的脑袋："你当我傻是不是？"

高兴抱头低号："不是，那石头真的是……唉，走，我带你进去看看你就全明白了。"

高兴仗着人高马大，一路带林屿挤到了最前边。到了门口，林屿见柜台旁还真多出一块石头来。这石头除了个子高点儿，跟普通的石头没什么两样，但奇就奇在，眼下这石头面上正犹如手机屏幕般不断地刷着屏——

你们别光是看热闹啊，倒是想想办法啊。我说的都是真的，不信可以去法学系二年级一班查我的资料！我叫王宇！救命！

除了不断被刷出来的对话，聊天记录最上面还置顶了一条消息。林屿根据这条置顶消息，以及不断刷出来的对话，把事情了解了个七七八八。

这个叫王宇的男生是法学系大二的一名学生。不久前，他发现状态盒子 App 是有漏洞的。状态盒子规定，玩家每天可以免费抽取三次状态卡，三次次数用完，就得再等明天。为了能早日获取更多的状态卡，王宇通过人工设置手机的时间，使得游戏时间加了速。这样一来，王宇就不受时间限制了，他想抽多少次状态卡就抽多少次状态卡。发现可以无限刷卡后，王宇变得肆无忌惮起来，通过作弊行为，他手上的 SSR 状态卡越来越多，其中数量最多的就是"隐身"状态卡。想到学生超市的老板娘曾跟自己发生过口角，无聊至极的王宇干脆对自己使用了"隐身"状态卡，以偷窃实施报复。有一就有再，再而生其三。可就在今天王宇第三次进行偷盗行为时，他却意外地被定在了学生超市门口……

据王宇说，他当时得了手正准备离开，可刚走到柜台旁脑子里突然响起一个机械的声音："监测到数据异常，现在开启封号处理。"然后下一秒，王宇就发现自己无法动弹了。

系统对我使用了"石化"状态卡，这张状态卡的效果持续时间是永久，救命啊！我不要一辈子待在这儿当石头啊！求各位师兄师姐师弟师妹都帮帮忙，帮我问问谁有"净化"状态卡，现在只有这张卡能帮我解除卡面状态了。

看着王宇刷出来的话，众围观同学也是叽叽喳喳地发表着自己的想法。

"'净化'卡？说得轻松，这是最高级别的卡，哪儿有那么好抽？你以为咱们都跟你一样有作弊器啊？"

"就是！我好像还从没听谁拿到过那张卡呢！"

"难道就没有别的办法？"

"王宇你等等，我先帮你发个朋友圈问问……"

大家议论纷纷，林屿陷入了沉思。不知道为什么，林屿总觉得哪儿不太对劲，好像自己忘了点儿什么。这时，高兴推了推林屿，问："小屿你怎么了？"

"没事，"林屿摇头，"热闹看完了，我们走吧。"

高兴忙不迭点头："嗯嗯，回头咱们也帮忙问问，看有没有人手上有'净化'卡。我早说了嘛，怎么会有人这么暴殄天物，居然拿'隐身'卡去偷东西，原来是因为手上的卡多不值钱。嗳，对了，都忘了问你，你今天不是跟那胖子约好了干架吗？怎么样？谁赢了？"高兴噼里啪啦说了一大堆废话，这才发现身后没了声，他一回头就见林屿定在不远处。

"原来是这样！"不等高兴问，林屿猛地大叫一声，然后转身往凉亭的方向跑去了。

林屿气喘吁吁地跑到凉亭前，对着凉亭边上的某块石头猛看。没错，不对劲的地方就是这个！以前凉亭周围是没有石头的，而且看这石头的个头、颜色，和王宇的那块相似，该不会是……林屿边想着边围着那块石头绕了一圈，果不其然，在靠湖的那面石头上发现了四个大字——救吾小命！

见来者是林屿，石板又唰一下黑了屏，重新换上了四个大字——来日再战！

这文言文风格，除了李鹏飞也是没谁了。

Part 6 团战团战

一天之内，S大出现了七起石化事件。除李鹏飞和王宇之外，还有另外五人也是因为利用漏洞刷状态卡而遭到了系统封号处理。一时之间，S大人心惶惶，不少胆小的女生直接卸载了状态盒子App。校内论坛里也没人再求攻略。大家唯一关注的，就是怎么找到"净化"卡，去解救这七个石头人。

许立道："再这么下去，估计学校就瞒不住了。一旦有媒体介入，这事就不好办了。"林屿闻言正想说什么，就听许立接着往下道，"到时候全国人民都知道我堂堂S大居然只有七个人发现了这个漏洞，实在是太丢脸了。"

林屿暴走："都什么时候了，你的关注点能不能正常点儿？现在最重要的，是找到'净化'卡啊'净化'卡！"

其实只要找到一张卡就行。卡自带群治疗效果，一旦使用，方圆十里以内的状态效果都会被一次性清除。可问题就在于，校方翻遍了整个S大，别说一张，连影子都没找到。

林屿挠头："其实我倒是有个办法，就是得需要人配合。"

许立抬头："你的意思是？"

林屿道："状态盒子不是可以利用漏洞来无限抽卡嘛，咱们就来个以毒攻毒，借用这个漏洞抽卡，一直到抽到'净化'卡为止。"

闻言，许立拍案而起："就这么定了。"

敲定主意后，许立在论坛发了个召集帖。S大的同胞们倒也给力，当晚，凉亭边聚集了百来号人，这其中除了应招来参团作战的，还有一小批是围观群……不对，是围观羊群。不知道是谁起的头，所有来观战的同学都使上了"变羊"卡。眼见着突然出现这么多人和羊，已被石化的李鹏飞激动不已，一个劲儿刷屏喊救命。奈何大家都忙着团战准备，根本没人搭理他。

许立作为总指挥，站在石椅上一一安排待会儿的战略。首先，明确林屿作为输出上阵，辅助组则分为幸运辅助组、防御辅助组以及加速辅助组。在林屿上阵刷卡前，先由幸运辅助组给林屿加满幸运值，以确保其在抽卡的过程中能最大程度地抽到高等级状态卡。其次，防御组不断给林屿加防御效果，以确保其不被"石化"状态卡击中。除此之外，当然是越快速抽到"净化"卡越安全，所以加速辅助组要做的就是不断给林屿加速，使其能在最短的时间内获取"净化"卡。一切准备就绪，林屿爬上了石桌。

就连旁边李鹏飞也忍不住在石板上刷起了金刚经。所以这货的意思是……给自己念金刚经加持？林屿哭笑不得之际，团战已一触即发。

"幸运组，上。"许立一声令下，幸运组的同学瞬间将手机对准林屿。

没过半分钟，一女生就叫道："幸运值已经满了，我们这边加不动了。"

"加速组，防御组，快快快！"许立下令之时，林屿拿起了自己的手机，开始迅速刷卡。

一次抽卡，没有。两次抽卡，没有。三次、四次……没有、没有，统统都没有！林屿眼疾手快地操作着，可来来回回上百遍，依旧没有抽到传说中的"净化"卡。该死，这破卡到底在什么地方？总不能这卡根本就没有吧？

思忖间，听许立的声调突然扬了起来："防御组在干什么？加速跟上！跟上！林屿的脚已经出现石化状态了！"

闻言，林屿下意识低头，这才发现自己的脚真的被冻住了。呃，千算万算，没算到惩罚会来得这么快。心底掠过一丝丝慌张，林屿深呼了一口气，又接着埋头继续抽卡。加油，林屿，越是这种时候越是不能怕。你身后还站着整整一个团的辅助呢！为了S大的荣誉，为了围着你的这几十号人，拼了！

这头林屿加速操作着，那头许立也开始做出战略性的调整："加速组别加林屿了，把所有加速效果加到防御组身上。防御组速度补上！一定不能让林屿石化。备战组呢？都给我过来，把你们手上的'隐身'状态卡统统给林屿加上！"

饶是如此，还是来不及了。在林屿数次点击抽奖键后，他感觉背脊倏地一僵，一股凉意缓缓从脚攀爬上来,到底……还是被石化了。

看着完全石化状态的林屿,所有人都发出遗憾的感叹声,还有几个女生小声地啜泣了起来。这头李鹏飞更是绝,直接用狂草在石面上龙飞凤舞地写了句:"风萧萧兮易水寒,壮士一去兮不复还。呜呼哀哉!呜呼哀哉!"

林屿咂舌。呃,"壮士一去兮不复还"后面一句好像不是"呜呼哀哉"吧?不对,重点是谁让李鹏飞的对话面板对着自己的,他要求转个头啊!念及此,林屿正琢磨着在自己的石头面板上说话,就听不远处传来一阵高昂的羊呼声:"咩哈哈,成功啦!"说话间,一圈浅绿色的光芒从远处扩散过来,那光芒刚到林屿脚边,林屿就能动了。

另一边,同样被绿光波及的李鹏飞也一个跟头摔在了地上。见自己又能蹦跳了,李鹏飞一时之间还有点儿反应不过来,怔了怔,这才道:"这是、吾这是……"

林屿上前拉起李鹏飞,一掌拍在他的脑袋上:"死胖子,这时候你还拽什么文?还不感谢爸爸我,要不是我,你能恢复吗?"

与此同时,一只戴着鸭舌帽的小羊驼也欢快地蹦跶到了林屿跟前,用灵活的小羊蹄冲林屿比了个"耶"的动作。看着眼前这一幕,众人你看看我,我看看你,皆是一脸茫然。

一直没吭声的许立解释道:"大家不用慌,这也是我们本次团战中的一个战略。"

其实从一开始,林屿就和许立商量好了,由高兴来做真正的抽卡人。林屿这边团战之时,高兴也在不远处跟另一波辅助打着团战。为了更好地隐蔽核心目标,高兴这边的战团提前伪装成了"围观羊群",以此来放松系统的戒心。别问羊驼们到底怎么操作手机,这群天天变羊的变态们早就练就了拿羊驼手吃饺子的本领。至于林屿的作用嘛,不言而喻,团战嘛,怎么可能有奶有战士却没有肉盾(游戏术语,游戏中能够承受大量伤害的职业)?他就是那个肉盾,作用是拉仇恨、吸引战火。当系统全身心对付林屿之时,那边高兴已经暗度陈仓,顺顺利利地抽到了"净化"卡。

刚刚那波绿色的治愈之光就是高兴使用"净化"卡后所发出的!

一切真相大白,游戏圆满结束!作为总指挥,许立拍手宣布:"此次作战,完胜!"此话一出,众团员们终于欢呼起来。

正欢呼着,不知道谁突然说了句:"好奇怪,手机里的状态盒子 App 没有了。"

"咦,真的,我的也不见了。"

"这次真是系统崩溃了吧?"

眼见着大家议论纷纷,林屿埋头看自己的手机,奇怪的是,他手机里的状态盒子

App 还好端端的，开启关闭都十分正常。难道是因为自己之前违规操作过的原因？

念及此，林屿看向旁边的李鹏飞，一问，李鹏飞手机里的 App 也消失了。

虽然搞不懂对方到底想干什么，但考虑到状态盒子的危险性，林屿还是主动选择了卸载。可诡异的是，他点击卸载后，弹出来的对话框却是华丽丽的一句——

恭喜，你已通过第一关测试。

Part 7 尾声

跟团友们庆祝完，再回到家时，林屿已累成一摊烂泥。原本林屿还琢磨着洗洗就睡了，可他刚往床上一躺，就听一个久违的机械女声响起："二、货。"

听见这熟悉的声音，林屿知道是人工智能阿一回来了。林屿噌一下从床上蹦了起来，大概也觉得自己表现得太激动，起身后不由得咳嗽了两声，这才道："呵呵，你还知道回来。"

"不要、说得、自己、好像、深宫、怨妇、一样。"阿一一开口就是熟悉的揶揄，林屿正想反诘，阿一狡猾地转移了话题，"状态、盒子、的、事情、我、已经、知道、了，这次、事件、你、处理、得、不错。虽然、没能、回收、到、任何、黑、科技、产品，但你、成功、解救、石头、人，也算、给、对方、一个、不小、的、打击。"

林屿忍不住微微蹙眉："你的意思是说，这次事件不是你搞的鬼？"

"不是、我。"听见阿一的答复，林屿越发纳闷。如果说这次的事件不是阿一设下的回收师考验，那今晚他收到的信息又是怎么回事？恭喜他通过测试，通过什么测试？这世界上到底哪儿来这么多测试？林屿暗自想着，这头阿一又道："对了，这次、我回、总部、升级、系统、还、得到、一个、重要、情报。对方、也、开始、培养、接班、人了。"

"接班人是什么鬼？"

"就是像你一样的人。"阿一改用正常语调道，"只不过我们培养的是回收师，而他们培养的是测试师。而且就连挑选测试的方式也跟我们一模一样，你没发现这次的状态盒子跟你当初的测试一样，突然出现在你手机里，测试完成后又突然消失吗？"

闻言，林屿瞬间醒悟过来。这么说，他收到的那条信息的意思大概、应该、可能……是自己一不小心通过了测试师的第一关考验？所以，自己现在的身份，既是准回收师，又是准测试师？亦正亦邪，双面间谍，真是好刺激哦呵呵……

念及此，林屿只觉一个头两个大。为什么你们一个两个的都不肯放过我？

第九章

撤回消息

S大的深夜，寂静而阴森。一排排梧桐树犹如长了爪牙的妖魔鬼怪，随风摇摆。

　　刚刚看完电影归来的林屿忍不住加快了脚步，盼着能早点儿通过这段林荫小路。可不知道为什么，他总觉得旁边小灌木林有异动。伴随着"沙沙"的声响，有东西离自己越来越近、越来越近——

　　"错觉，一切都是错……哇啊！"林屿正自我安慰着，就见灌木丛里蹦出一个人来。

　　林屿定睛一看，瞬间噤声。呃，这是什么鬼，无脸男吗？只见对方穿着一件无脸男的连体衣，手上还举着个卖萌的龙猫灯笼。

　　见林屿呆立原地没什么反应，无脸男摘下了头顶的帽子，怨念满满："居然没被吓着。"

　　林屿汗颜。本来氛围挺好的，出其不意的效果也不错，可一看大哥你这身装束，瞬间就出戏了好吗？念及此，他正想说什么，就听对方道："胆识过人，遇事冷静，很好，不愧是未来与我并肩作战的男人。"

　　闻言，林屿当场炸毛："别一上场就说这么暧昧不清的话好吗？呃不对，请问您到底是哪位啊？"

　　无脸男将灯笼拎高，在温暖的烛光下露出他那张精致俊美的脸庞，道："苏、衍。"

Part 1　撤回消息

林屿一听"苏衍"这个名字，就明白是怎么回事了。

故事还得从头讲起——

林屿，男，19岁，S大大一学生。在这个分分钟会被卖片的盯上的时代，林屿却被一款叫"阿一"的人工智能给盯上了。林屿原本以为自己被阿一盯上然后被迫进行劳什子回收师测试已经够惨了，谁承想，不久前自己竟在无意间又通过了测试师的第一关。

自从通过测试师考验后，林屿彻底体会到了已婚男人出轨后的心情。这些天，他是吃不好也睡不安，总担心阿一发现自己在外面"偷了人"。可真要跟阿一坦白吧，他又不知道该怎么开口。在他纠结着怎么解决这件事的时候，邻市突发一起大规模黑科技事件。为平息事态，阿一只能前往邻市调查解决。谁料阿一前脚刚走，林屿就发现手机里多了一个叫"撤回消息"的App。

撤回消息App的说明书里明确写着，现测试师第二关副本已解锁开启，等着玩家前往开荒。且此次副本是二人副本，而系统为林屿随机匹配的队友正是苏衍。

苏衍，男，21岁。按照资料显示，他也是S大的学生，现正读教育系大三。可资料上没有说明的是，这个长得一本正经的家伙说起话来竟然中二满满。

"很好，既然你已经知道我的身份，我就不再重复了。我亲爱的队友，让我们跨越高山和大海，遵从血之盟约，释放体内的黑暗力量一块去创造惊奇的世界吧！"苏衍说着说着展开了双臂，其自带的背景板也闪现出万丈光芒来。

在充分感受到队友的豪情壮志后，林屿确定，这人脑子有病。他"哦"了声，然后道："朋友，你的龙猫灯笼被烧了。"

苏衍忙着扑火之际，林屿转身开溜，可他还没走出两步，就听身后苏衍喊道："等等我！"

"知道了知道了。"林屿打断了苏衍，"我们的征途是星辰大海，对吧？不过不好意思，小爷我对什么测试不感兴趣，惊奇世界还是留给你一个人去创造吧。"

林屿话音刚落，不远处传来了一记咆哮声："谁在纵火？给我滚出来！"

一听这声，就知道是守后门的老魏来了！林屿当即暗叫不好。要知道这老魏可是学校出了名的暴脾气，要被他逮着，受个处分也说不定。

"你还愣着干什么，走啊！"见苏衍还傻愣在原地，林屿一把拉起他往小树林里狂奔。

奈何老魏是头倔驴，居然也跟着追了过来。林屿拉着苏衍躲进了灌木丛里，老魏的脚步声渐渐逼近。

苏衍悄声道:"用撤回吧。"

林屿不解地回头:"纳尼?"

林屿这模样反倒让苏衍感到意外,他问道:"难道你安装撤回消息后,一直没用过?"

林屿一时语噎。呃,还真让这货说中了。身为"已婚男士",自然要拒绝"莺莺燕燕"的投怀送抱,所以,林屿一见这 App 是测试师那边开发的,就秉持了作为准回收师的自觉性,再也没打开过。

苏衍道:"来不及解释了,你先打开 App,我教你。"

林屿依言打开撤回消息 App,就见一个顶着他名字和头像的账号连着给他发了四五条信息。戳开一看,只见上面每条都记录着他的近况。

20:23 看电影。

22:07 在林荫道上遇见苏衍,与之交谈。

22:10 苏衍灯笼着火,引来老魏。

22:12 两人躲进灌木丛中,老魏追来。

……

林屿正讶然这玩意要怎么用,苏衍道:"长按信息,系统会出现撤回的选项,直接点击撤回就行了,快!"来不及多想,林屿一咬牙就上手了。顿时,只见最后两条信息都更新成了——你撤回了一个事件。

事件成功被撤回的同时,老魏逼近的脚步声也就消失了。

见状,林屿微微傻眼。

撤回消息林屿并不陌生,他们班微信群经常玩,毕竟时不时有教授和辅导员在群里出现。难道说这 App 也是同理,只要及时点撤回,发生过的事情就会和发出去的消息一样被撤回?只需轻轻一点,人生便可读档重来。

"说来说去,这就是黑科技版的后悔药嘛!"林屿一脸不屑地说。

苏衍点头:"没错,所以你现在想要跟我一起……"

这头林屿不等苏衍说完,就"啊啊"敷衍了两声:"像我这种敢于直面惨淡人生、把毒鸡汤当白开水喝的人,后悔药什么的,完全不需要。只有像你这种……"林屿扫视了苏衍那张让人嫉妒的俊脸,"天生的赢家,才无法接受这残酷世界的考验。"

苏衍:"……"感受到了世界对颜霸的恶意。

Part 2 惊奇社团

虽然撤回消息 App 功能逆天，但为了保住自己的节操不碎成渣，林屿想了想，还是拒绝使用，更拒绝与苏衍为伍。虽然如此，但并不影响林屿燃烧的八卦之魂——围观偷窥其他人啊！

因为跟苏衍是队友关系，所以林屿的撤回消息里除了自己的账号，还能看到苏衍的账号。是以每天，林屿都能清楚全面地了解到苏衍在干什么——

3月6日22：00

穿着无脸男连体衣从背后拍吴俊的肩，意图吓对方，失败。

（该事件十分钟后被苏衍撤回）

3月7日22：00

穿着无脸男连体衣从树后面跳出来，意图吓唬吴俊，失败。

（该事件十分钟后被苏衍撤回）

3月8日22：00

穿着无脸男连体衣一路尾随吴俊，意图以此吓唬吴俊，失败。

（该事件十分钟后被苏衍撤回）

……

连着追了几天的更新，内容都千篇一律，八卦组组长林屿终于怒了。这神经病到底是有多喜欢无脸男连体衣啊！还有这个叫吴俊的到底跟你什么仇什么怨，你要一而再再而三地吓唬人家？整蛊吓唬也就算了，偏偏还这么没水准，从背后拍别人的肩？冷不丁从树后面跳出来？你以为这是幼儿园过家家吗？

"要想吓人，首先得明确这人到底怕什么，然后再根据其性格和软肋来设套，懂？"看不下去的林屿找到苏衍，拉着他就是一通吐槽。

听完林屿的话，苏衍竟然乖乖摸出笔记本来边听边记笔记，还点头附和道："然后呢？"

"然后就是氛围，你这个恐怖氛围营造的吧……"林屿话说到一半，才发现自己被苏衍带偏了，他抱头抓狂，"谁要跟你科普如何吓人啊！我就是想问问你，你到底是有多无聊才会一直死咬着这个叫吴俊的不放？吓到他对你有什么好处？"

苏衍嘴角露出一丝神秘的微笑："吓到他，惊奇世界才能重获新生。吾等仰望的黑暗之王才能从烈焰的深渊中苏醒。"

林屿头顶一串问号："麻烦说人话。"

苏衍中二气质骤消："吓到他我可以进惊奇社团了。"嘴角还露出了一丝神秘的微笑。

原来，以整蛊出名的惊奇社团最近正在招新，苏衍看到海报后前往报名。谁料惊奇社团社长吴俊一看苏衍这模样，就不耐烦道："我们这儿只招长得张牙舞爪的，你这样的小白脸，帅拒。"

奈何苏衍毅力可嘉，连着缠了吴俊四五天后，对方这才松下口来："你要真想加入我们社团也可以，拿出你的实力来，吓到我一次，我就让你进社团，怎么样？"

如此这般，这才有了林屿围观的这一幕。因为吴俊说了，只给苏衍一次机会，所以每次苏衍吓唬吴俊失败后，都会使用撤回消息对事件进行撤回。

听完这个悲伤的故事，林屿的关注点再次歪掉了："呃，我想先采访采访你，是什么给了你信心，让你觉得自己能够吓到别人？"从苏衍吓人的套路和装扮来看，这货根本就没这方面的细胞啊。

谁料苏衍的回答却出人意料，他道："我有吓人的天赋。"

这时，刚好有两个女生经过两人身边。苏衍见状摸了摸下巴，道："知道你不信，等着，我这就让你见识见识我的本领。"说着迈开大长腿走到了两位女生面前。

两个女生见苏衍外貌出众，本来就频频往这边回头，这会儿见帅气欧巴主动走了过来，都显得有点儿不好意思。其中一个女生清了清嗓子，壮着胆子道："你、你好，请问有事吗？"

"你好，我就是想问问你们三个，去图书馆怎么走？"

"我们三个？"两位女生闻言，面面相觑。几秒之后，两人怔了怔，这才双双反应过来苏衍是在跟她俩开玩笑。

"啊啊啊，你坏死啦！""讨厌了啦！"两个女生一边尖叫一边娇羞地推开苏衍走远了。

看了眼两人离去的背影，苏衍这才得意扬扬地向林屿挑了挑眉："你看，她们有多害怕。唔，只是不知道为什么我每次吓人只对女生奏效，在男生那儿完全行不通？"

面对此情此景，林屿一口老血哽在喉咙里，你真的确定那些女生是在害怕而不是在撒娇？你到底懂不懂兴奋和恐惧的区别啊？所以长得帅有什么用？活脱脱就是个智障啊！

林屿解释的话都到了嘴边，可看着苏衍那张脸，打算放弃了。

"算了，咱们换个话题，你确定这么玩没有问题？"

苏衍一脸不解地问："什么？"

林屿震惊脸："你千万别告诉我你不知道，那个撤回消息的说明书里可明明白白写着建议每周使用撤回消息的次数不要超过三次！你这周光是用在吴俊身上就已经六次了！"

苏衍闻言还是一脸的茫然："有这条说明吗？"

"……"林屿彻底放弃了挣扎，眼下唯一祈求的，就是不要出什么乱子。

Part 3 失忆，就是这么简单

正所谓怕什么来什么，这头林屿正祈祷着别出乱子，那头吴俊就出事了。

自从林屿提醒苏衍以后，苏衍暂时停止了对吴俊使用撤回消息。可即使如此，两人依旧发现，吴俊变得有点儿不对劲起来。停止使用撤回消息的第一天，吴俊的右手臂上出现了浅浅的抓痕；停止使用撤回消息的第二天，左手臂上也出现了奇怪的抓痕；停止使用撤回消息的第三天……眼见吴俊身上每天都会新添不少诡异的抓痕，林屿终于坐不住了。

这天，趁着惊奇社团在路边摆摊招新，林屿凑了上去。

坐在吴俊身边的寸头男以为林屿对自家社团感兴趣，立马就来了精神："同学，喜欢恶作剧吗？惊奇社团了解一下。"

林屿微囧地摇了摇头，又指着吴俊道："我不是来报名参加社团的。我就是……呃，我就是想问，你脸上这些伤是怎么回事。"

闻言，寸头男立马紧张起来，一个劲儿地冲林屿挤眉弄眼。

这边吴俊听了这话却是一脸莫名其妙："什么伤？我脸上哪儿来的伤？你有病吧！"话虽这么说，但吴俊还是下意识地拿出手机照了下，见自己的鼻梁、额头上真的有长短不一的抓痕，当即叫出声来，"啊，这是怎么回事？为、为什么又出现了？"

吴俊崩溃之际，寸头男将林屿拉到了一边，满脸歉意地说："不好意思啊同学，我家社长……最近遇到点儿事，你别介意。"

林屿问："跟脸上的抓痕有关？"

"对，跟脸上的抓痕有关。"寸头男沉重点头，"说出来你别害怕，我家社长最近得了失忆症。他想不起来每晚十点到十点半这段时间的事情。更诡异的是，每晚这个时间段他身上、脸上都会出现新的抓痕。"

"十点到十点半？"林屿微微咂舌，这个时间段不正是苏衍玩撤回消息的那个时间段吗？思及此，某个念头也在林屿脑海里一闪而过。

为了印证自己这个想法，当晚林屿拉着苏衍做实验。实验对象选了守后门的老魏。

天刚擦黑，两人到了老魏的守卫室。这时候因为没什么事情，老魏都会边听收音机边喝茶。两人到达守卫室时，老魏正抱着茶盅，跟着收音机的音乐哼哼唧唧地唱着。

林屿看了苏衍一眼，说："准备好了？"

苏衍默默点头，然后径直走到了老魏跟前，趁着对方没回过神来，从口袋里掏出一把盐撒进了老魏的茶盅里。

"你干什么？小兔崽子！"老魏发飙欲打人之际，林屿就见苏衍的撤回消息里出现了一条新信息——20：37 将盐撒进了老魏的茶盅里。

按照系统制定的组队法则，林屿也能操作苏衍的信息，是以见到信息更新，林屿当即点击了撤回。事件成功撤回的同时，举起手来正想揍人的老魏猛地一怔，蒙圈地看向眼前的苏衍："你干什么？"

苏衍面不改色心不跳，说："不干什么，就是掉了串钥匙，想来找找。"

"找东西去失物招领处，我这儿只管收报纸和快递。"老魏说着端起茶盅喝了口，然后下一秒，噗的一下喷了出来，"是谁在我的茶里下了盐？是不是你小子？别跑……"

苏衍仓皇出逃之际，林屿盯着撤回消息也微微震惊了。原来自己的猜想是对的——撤回消息根本就不是什么读档重来，只是简单粗暴地删除了目标对象的记忆而已！如果撤回消息真的做到了时光倒退，撤回发生过的事情，那么刚刚老魏茶盅里的盐也应该消失，可事实证明盐味儿依旧在，这 App 只是单纯地删除了老魏的记忆！

这么说来，系统建议玩家每周使用撤回消息的次数不要超过三次理解起来就很简单了。删除记忆次数多了，脑部肯定有不可逆转的损伤啊！吴俊就是悲催的例子。因为苏衍对其一而再、再而三地进行删除记忆，使得其脑子混乱，所以才有了记忆空白的事情。

理清线索，林屿忍不住扶额。这次真的是玩脱了。

Part 4 亡羊补牢

为了解决吴俊失忆的问题，作为重度网络依赖症患者的林屿去网上咨询了众网友的意见。众网友给出的建议是：在特定的时间内，给予吴俊强烈的刺激，使得大脑在这段时间内复活，再次重启记忆功能。虽然这个建议看着不太靠谱，但林屿还是决定死马当活马医。可要怎么给予吴俊强烈刺激呢，林屿一时半会儿没想好。

这时，苏衍道："这事让我来。"

"你来？"林屿有些不确定地挑眉，"你怎么来？"

苏衍星眸凝视前方，卖关子道："到时候你就知道了。"

时间拉到当晚十点，按照苏衍事前的嘱咐，林屿早早躲在了小树林的假山后。根据苏衍提供的信息，吴俊每晚都会去图书馆看书，然后在九点五十分左右离开，十点的时候他必会出现在这条路上。

十点整，吴俊果然出现在小道上。与此同时，一阵阴风刮过，树木发出沙沙的轻响声。

林屿屏息凝神，一时间，紧张得连瓜子都没办法好好嗑了。很好，就连老天爷都在帮他们。这阴风，这鬼魅的树影幢幢，简直就是恐怖片的前奏曲，气氛满分！

林屿思索之际，就见一个人影鬼鬼祟祟闪到了吴俊身后，悄无声息地跟着吴俊，既不言语也没半点儿动作。见状，林屿的心瞬间提到了嗓子眼，要不是提前知道这是苏衍在搞鬼，他都要魂飞魄散了好吗？如此的鬼魅随行，如此的不动声色，演技简直就是满分！接下来，应该是出其不意攻其不备，在吴俊不知情的情况下，突然冲上去咬他一口又或者……

哎？林屿还没脑补完，只见苏衍冲了上去，夺过吴俊手里的手机就跑。他跑出一段路之后，突然又停了下来，转身冲着身后蒙圈的吴俊道："怎么样，被吓到了吧？"说着得意地扬起手里的手机。

林屿问号脸，这就是苏衍说的必杀技？你丫到底是吓人还是挑衅啊！

这头吴俊一见是苏衍，当即火冒三丈。他三步并作两步地冲到苏衍跟前，夺回手机，甩下一句"你有病啊"就悻悻地走了。

林屿见状也从假山后出来，抱头抓狂道："你到底在干什么？"

苏衍一脸认真地说："这不是你教我的吗？"他一板一眼地背着林老师的警句名言，"要想吓到人，首先得明确这人到底怕什么，然后再根据其性格和软肋来设套。我查过吴俊的软肋了，他有手机依赖症，最怕手机没在身边，所以我刚刚抢了他的手机，这没毛病啊。"

听了这话，林屿的嘴巴从V形变成O形，已经不知道该怎么教导这名优秀的学生了，最终认输道："算了，先别管怎么刺激吴俊让他恢复记忆能力了，咱们先跟上去，看看这家伙到底是怎么弄得一身伤的。"

Part 5 虐猫事件

林屿和苏衍一路跟着吴俊到了男生宿舍楼下，可眨眼的工夫对方就没了人影。林屿和苏衍正纳闷，就听旁边小花园里传来阵阵猫叫。

此时正值初春，S大的流浪猫们发情，叫叫春倒也正常。是以最开始听到猫声，林屿也没在意，谁料那猫声越叫越响亮，渐渐地，还发出"呜呜"的警告声。

林屿察觉到不对劲，拉着苏衍，道："走，去看看。"

两人循着猫叫声进入小花园，这不看不知道，一看吓一跳。只见吴俊正挥舞着书包，不断地驱赶着一黑一白两只流浪猫。白猫胆子略小，夹着尾巴躲在黑猫的身后，而黑猫则冲着吴俊，一个劲地呜呜直叫。

这头的吴俊倒也不甘示弱，一边驱赶着猫一边骂："滚蛋，你还好意思骂我？我还没骂你呢！你凭啥扰民？凭啥虐狗？还骂，信不信老子这就把你阉了？"

闻言，白猫低低地"喵呜"了一声，转身跑出了小花园。黑猫见状，冲着吴俊竖了竖尾巴，也跟着白猫跑远了。看着两猫溜走，吴俊还不过瘾，一边抚摸着手上新添的伤口，一边嚷嚷道："喵了个咪的，等着就等着，老子还对付不了你们两只畜生！"话毕，他微一转头，发现路口站着两名呆若木鸡的观众。

看到林屿和苏衍，吴俊怔忪一番，说："呃，事情不是你们想的那个样子……"

"乖乖。"不等吴俊说完，林屿接过话茬儿道，"最近学校论坛一直都在传，说有人虐猫，晚上听见猫叫得特别凄凉。原来，罪魁祸首是你啊！"

苏衍附和地点头，又看看吴俊身上深浅不一的抓痕："神秘抓痕事件也破案了。"

见两人误会自己，吴俊急得舌头都快打结了："不是，我没有虐猫，是它们虐狗！"

"啥？你不仅虐猫，还虐狗？狗呢？该不会被你吃了吧？"

"我没有虐狗，我说的虐狗，狗……就是我啊！"

闻言，林屿和苏衍互看一眼，彻底晕了。见越说越乱，吴俊一跺脚，道："哎呀，我干脆全说了吧，其实我有特异功能。呃不对，是我手机里有个叫'翻译字幕'的App。"

说来话长。原来，吴俊也是这次测试师第二关的闯关者。不同于林屿和苏衍，吴俊和队友抽到的闯关黑科技是"翻译字幕"App。这款黑科技产品的功能在于，一旦开启App，玩家的视野里会出现翻译字幕。从普通人类到猫猫狗狗，甚至于花草树木，该App都会把它们的语言翻译成文字字幕，显示在测试者视野的最下方。

吴俊安装了这款App后，最开始感觉还不错。能够知道花花草草平时都在聊些什么，能够知道女生话里话外都是什么意思，吴俊觉得异常新鲜和好玩。可悲剧就悲剧在，春天来了。不知道从什么时候开始，吴俊的视野里出现了这样的对话——

"亲爱的白白，我那毛光水亮丰臀肥乳的白白，我为你猎到了最新鲜的臭袜子，看在我诚心诚意的分上，今晚约会怎么样？"

"讨厌啦，人家不想。"

"喵喵喵，你撒娇说不的样子真可爱。"

"不要啦喵，你要是再这样，我真不理你了。"

"好啊小宝贝，我等着你，超期待的。"

林屿崩溃了："不要再写下去啦！再这么玩，就算不被读者骂划水，也会被编辑以谈恋爱的罪名毙掉稿子啊。"

吴俊抹了一把辛酸泪："现在你们知道我的心情了吗？白天被寝室的室友虐狗，好不容易熬到了晚上，以为能睡个清净觉，没想到还要被猫虐。同为畜生，相煎何太急啊！我实在是忍不下去了，所以才出来棒打鸳鸯。刚刚你们也都看见了，我被那小黑抓得遍体鳞伤，根本没讨到半点儿好。而且你们不知道，它刚刚骂我骂得有多难听。所以这哪儿是我在虐猫，根本就是它们在虐我啊！"说完作揖哀求道，"求求你们千万别说出去，我这也是第一次，以后再也不敢了。"

听了这话，林屿瞬间明白了。对于失忆的吴俊而言，自己今天是第一次棒打鸳鸯。身为一名单身狗，被情侣猫们虐得寝食难安，驱赶一下对方也不为过。可对于小黑小白而言，吴俊就有点儿过分了。这丫天天骚扰它俩谈恋爱，小黑不挠你才怪！

真相大白之时，林屿挠了挠头，正琢磨着怎么跟吴俊解释这事，耳边突然传来一声猫叫。那声音低低沉沉的，明显带着警告危险的意思。

苏衍"咦"了声，环顾四周，道："小黑这是又回来了？"

林屿正想回应，就听吴俊道："糟了！"

林屿道："又怎么了？"

吴俊颤巍巍地说："刚刚小黑走之前，说要去叫兄弟，我还以为它说着玩……"吴俊话还没说完，他们的四周此起彼伏地响起了猫叫声。

盯着树上一连串闪光的猫眼，林屿惊叫："小黑这是把整个 S 大的流浪猫都叫来了啊！"

Part 6 猫的报复

不知道是故意还是无意，在如此紧急的情况下，吴俊还抽空对林屿和苏衍开启了"视野共享"功能，一时之间，林屿和苏衍也能看到翻译字幕了。

小黑站在一棵两米来高的树上，一边踩着猫步示威，一边骂道："你这个人居然敢打扰本喵大爷谈恋爱，你知道我追这个妞花了多大工夫吗？又是臭袜子又是死老鼠的，献殷勤都整整献了一个月！你倒好，被你这么一搅和，它现在不和我好了，你赔我臭袜子和死老鼠！"

此话一出，周围猫叫声顿时响起一片。

"赔臭袜子和死老鼠！"

"喵呜呜，说得我也好想吃死老鼠！"

"忍住！吃货！这可是在干架！"

……

眼见战势一触即发，林屿第一个站出来当叛徒。他举起双手以示没有敌意，道："嗨，各位猫大佬，那个……在开打之前，咱能不能先商量个事？你们看冤有头债有主，既然你们找的是这位仁兄，那能不能先让我和我朋友离开？我们就是个过路的，跟这事没……"

不等林屿说完，小黑率先扑了下来，嘴里发号令道："干他！"

"哇哈哈，本喵好久没跟人类打过架啦！"

"为了臭袜子和死老鼠，为了S大流浪猫们的尊严，冲啊！"

……

一阵混战，三人被围攻，只听林屿哭号道："救命啊！"

吴俊："活该，让你做人类的叛徒！啊，你居然敢咬我，死肥猫！"

被围攻的三人里面，苏衍最为镇定稳重。因为当林屿和吴俊被猫攻击之时，苏衍身边的猫居然在打滚卖萌。只见苏衍此刻半蹲在地上，一边撸猫挠其下巴，一边还道："乖。"

现在连猫欺负人都看颜值吗？林屿气不打一处来，一面避开某只进攻自己的肥硕花猫，一面喋喋不休道："你们都是青光眼加白内障吗？那边还站着个大活人你们看不见吗？去咬他啊！去扑他啊！光欺负我俩算怎么回事？你们猫界也这样看脸真的好吗？"

虽然被林屿拖下水，苏衍居然也不恼，他托腮思忖一番，这才道："我想到一个办法。"

"什么办法都不管用！"吴俊急吼吼道，"赶紧去宿舍楼叫人才是真的！我就不信了，咱们堂堂人类还干不过几只猫！"

这头苏衍跟没听见吴俊说什么似的，他从怀里掏出一样东西来，一把扔给了林屿："接住。"林屿以为苏衍是给自己什么装备，顺手一接，正想说谢了，这才发现苏衍给自己的居然是只电动玩具老鼠:"这种时候你给我这个干什么啊!"

见那电动老鼠在自己手上一蹦一蹦的,还不断发出吱吱的叫声,林屿的心瞬间沉入深渊。莫不是,苏衍这智障想要牺牲他来保全大家?呵呵,还真是……好计谋啊!

林屿发呆之际,流浪猫们也发现了林屿手上的"好"东西。

"喵呼呼,有老鼠!"

"蠢货,那是假的!啊啊,虽然这么说,可是依然好想扑倒是怎么回事?"

"小黑你在干什么?说好的打团架,怎么你先去抓老鼠了?"

"喵呜!小黑你耍赖,那只老鼠是我的!"

……

伴随着千奇百怪的猫叫声,霎时,林屿被流浪猫们团团围住了。

林屿想要扔掉手上的电动老鼠,可偏偏好死不死,老鼠的尾巴缠在了手腕上。林屿一边要防着流浪猫的攻击,一边又要解开手上的老鼠尾巴,顿时手忙脚乱,顾头不顾尾。

"苏衍你给我等着,我不会放过你的!"

这头苏衍闻言,却依旧不疾不徐,他举起手上的手机,对着林屿说了一个字:"跑!"

看着手机屏幕上显现着撤回消息的界面,林屿脑子里"叮"的一声响,瞬间领悟了苏衍的意思。这是要用撤回消息救大家啊!这货的智商终于上线了!

如果苏衍当着吴俊的面撤回了流浪猫攻击的事件,哪怕这群猫咪暂时失了忆,但天天见的小黑眼看着仇人吴俊当前,依旧会袭击对方。所以唯一解除战斗的方法就是转移仇恨值。先让所有流浪猫都攻击林屿,林屿再带着流浪猫们跑到别的地方,到时苏衍使用撤回消息。而等流浪猫们失忆后,发现眼前只有一个陌生人林屿,自然而然就散了!

"好主意!可你怎么不上啊?"

吐槽归吐槽,但箭在弦上,不得不发。林屿话音落下,拔腿跑了出去。一路跑到学校后门,一直追着他的流浪猫们才像集体魔怔似的停了下来,喵喵叫着散开了。

见状,林屿摸出手机,果然见苏衍撤回了"流浪猫袭击"的事件。紧急情况解除,林屿长舒一口气,一屁股瘫坐在了地上:"今天这小命都差点儿交代在猫界了!"

Part 7 尾声

事后,吴俊的失忆症居然奇迹般地康复了。据他本人描述,应该是当晚被流浪猫们群体攻击受到的刺激太大，所以才恢复了记忆。

林屿意难平："受伤害最多的是我，他居然还好意思说受到的刺激太大。"

苏衍附和地点头："没错。最过分的是，我救了他的命，他还是拒绝了我进入社团的申请。活该他没通过这次测试师的考核。"

闻言，林屿的耳朵当即竖了起来："没通过考核？你是怎么知道的？"

苏衍不紧不慢地说："考核是否通过都会发送通知啊，你没收到吗？唔，不过你收没收到问题都不大，因为系统已经通知我第二关闯关成功了。我们是组队刷的副本，我通过你自然也通过啦！要知道，征服星辰大海从来都不是靠一个人单打独斗出来的，与队友携手并进才是王道。"（林屿：最后一句实在是太中二了，给我撤回了啊混蛋！）

知道自己通过测试师第二关考验后，林屿当场吓跪，挂断电话赶忙去看自己的应用栏。谁料这头撤回消息 App 还没找到，一个熟悉的机械女声骤然响起："别找、了，我、已经、帮你、卸载、掉了。"

听见这声，林屿心里"咯噔"一声响，半响才结结巴巴道："阿、阿一，你、你回来啦？"感谢苍天，感谢大地，继已婚男士出轨之后，林屿现在又体验到了被捉奸在床的真切感受。

阿一冷哼一声，说："少、在这、跟我、装蒜，我、什么、都、知道、了。"

原来，什么邻市出现黑科技事件是假，阿一想要试探林屿才是真。早在大半个月前，阿一察觉到林屿不对劲——原本有什么说什么的性格，现在说起话总是支支吾吾，原本睡得像猪，现在偶尔还会做噩梦，甚至还会出现心跳加速。更重要的是，阿一通过系统检测到，每次她提及"测试师"时，林屿的心跳都会加速，血压也会跟着上升。为了调查出真相，聪明的阿一编了这么一个谎话，说自己"出差"，把"家"留给了"丈夫"和"狐狸精"。谁承想林屿这么不争气，还真把"狐狸精"领回了家。

林屿百口莫辩，反复解释道："这不关我的事，都是他们找的我，我是被逼的！"

阿一啐道："推卸、责任，臭不、要脸，渣男！我、跟你、过不、下去、了，离婚！"

林屿正想解释，听了这话又觉得哪儿不对劲："离什么婚！别瞎诌我们俩的关系，读者会当真的啊！"

"总之，我、不管、了，你、太、让我、失望、了，我要、出门、一个、人、静静。"

林屿苦苦挽留："阿一不要这样子，我错了，真的错了！"

就算你要离家出走，也没必要清理我手机内存啊！

救命，为什么受伤的总是我？

第十章

气氛播放器

透明玻璃前，林屿有些莫名其妙地望向眼神警惕的食堂大妈。他不自在地挠头："老三样。"

食堂大妈抱着铁勺纹丝未动，林屿正纳闷，听到对方低声道："暗号。"

"哎？暗号？我怎么不知道？"

闻言，食堂大妈转身要走。

"别别！"林屿见状急了，扒拉着窗户道，"暗号是……呃，麻烦你们下次做西红柿炒月饼的时候少放点儿辣椒，我口味清淡。"

食堂大妈听了这话，这才满意地点头："嗯，的确是我们学校的人。"说罢，用塑料袋装了几样东西递给林屿。

林屿刷完饭卡正想打开口袋看看，一个女生朝这边走了过来。

见有人过来，食堂大妈满脸慌张，挥舞着手臂道："快走快走！千万别让人发现！"

见状，林屿也被气氛所感染，变得紧张兮兮起来。他捂紧手上的东西，疾步出了食堂。一路走到无人的角落，他才小心翼翼地打开口袋，这才察觉好像有哪儿不太对劲，口袋里装着的是——豆浆、油条以及茶叶蛋。

至此，林屿回过神来："我就是去食堂买个早饭，为什么要紧张得跟演《潜伏》似的？"

Part 1　气氛大姨妈

　　林屿发现，不仅食堂气氛诡异，整个S大都怪怪的。实验室里，教授带着学生们一边解剖小白鼠一边悲恸落泪；操场上，跑步摔跤的同学一边抱着受伤的腿喊痛一边魔性地大笑；图书馆里，管理员更是夸张地带着来自习的同学们在轰趴……

　　就在林屿怀疑人生之际，一个叫"管理员2810"的家伙在校内论坛发帖，宣称测试师系统将对此次事件负责。原来大家之所以变得怪怪的，都是因为气氛乱入惹的祸！教授哭着解剖小白鼠是因为错搭上了悲伤气氛；跑步的男生受伤还大笑是因为误配上了兴奋气氛；而图书馆轰趴事件则是因为欢快气氛跑错了片场。

　　"所以说来说去，就是气氛君来了大姨妈，并且大姨妈还不幸紊乱，才造成了此次事件。"苏衍如是总结道。

　　林屿吐槽不能："你这都是什么鬼比喻啊！长得帅的同时能不能长长脑啊？"

　　苏衍就跟听不见林屿说什么似的，一边看着网上的帖子一边又道："这个管理员2810说，我们有一周时间调理气氛君的大姨妈。只要在规定的时间内调理好大姨妈，就算通过第三关测试师的考验。"

　　林屿："我叫你住嘴啊，你到底听见没有？"

　　很显然，苏衍的答案是否定的。苏衍摩挲着下巴，又道："考虑到气氛君紊乱的情况比较严重，红糖水和益母草已经救不了急了，官方还给我们准备了道具，超贴心的说。"

　　"混蛋！身为钢铁直男你到底是怎么知道这些的？还有你，"林屿吐槽吐到一半，这才发现重点地"咦"了一声，"什么道具？"

　　"气氛播放器。"苏衍冲着林屿扬了扬手机，解释说，"这是专门修复气氛的道具App。管理员2810说，已经把App下发到每一位准测试师的手机里了。所以，你应该也收到了吧？"

　　闻言，林屿紧忙打开自己的手机看，然后下一秒就猛拍了一下自己的额头。他还真收到了。

Part 2　融洽气氛

　　林屿，男，19岁，S大大一学生。在这个分分钟都会被卖片的盯上的时代，林屿却被一款人工智能给盯上了……不对，自从林屿莫名其妙参加测试师考验以后，人工智能阿一就气得离家出走了，本来上次她选择了回家，只是发现林屿又参加了第二关考验气得再次离家出走，至今下落不明。饶是如此，为林屿和阿一的关系制造了障碍的测试师系统还是没打算放过林屿，第三关测试师考验的邀请函发到了他的手机里——

气氛播放器，又名气氛调节器。光从App界面来看的话，这玩意儿跟普通音乐播放器没什么两样。唯一不同的是，此播放器里自带了二十来首音乐。这些音乐的名字也是异常的简单粗暴，分别被命名为愉悦、兴奋、恐怖、尴尬等。只要播放这些音乐，四周就会受该音乐影响，转换为跟该歌曲名一样的氛围。而且音量开得越大，四周受到的影响也就越大，反之则越小。

自从装载气氛播放器App以后，苏衍等准测试师就开始了调理大姨妈的……啊呸，是修复气氛漏洞的工作。看见哪里出现气氛异常，就用气氛播放器将气氛调节回正常状态。

当所有人都在积极修复漏洞时，林屿却在"不务正业"。没事的时候就去小卖部播放一曲"开心气氛"，老板娘豪气万丈，账单全免；上课的时候来两首"颓废气氛"，教授一沮丧这课也就不用上了；闲得无聊蹲在马路牙子上，看见情侣过来就在两人身边播放"尴尬气氛"……总之，林屿就是打定主意绝不通过第三关测试师考验，想怎么胡来怎么胡来。

这天，林屿去取钱，还没走到取款机前就见队伍已经排到了街对面。林屿好奇地走到队首，这才发现原来是两个男生因为插队问题吵了起来。不过两人吵架的画风是这样的——

高个子男生死守着取款机，盯着眼前的眼镜男道："我怎么就插队了。刚才我不是跟你说了吗？有急事麻烦你让我一下，是你同意了我才站到你前面的！"

眼镜男辩解："我是同意了，但你还没问后面的其他人啊。你插队占用的不仅仅是我一个人的时间，还有后面三十来人的时间好吗？"

高个子男生"呵"地冷笑了一声，鄙夷地抬头："这队伍有三十来人？你文学系的吧？请注意听题，已知这支队伍至少有十米的长度，而每个人占队伍长度大概约二十厘米，求问，十米除以二十厘米，这支队伍能站多少个人？"

"你是想说这队伍至少有五十人？呵，你是数学系的吧？"闻言，眼镜男扶了扶黑框眼镜，镜片闪光道，"麻烦你睁眼看看，虽然普通人占用队伍长度的确只要二十厘米就够了，但人与人之间是需要安全距离的！大家稀稀拉拉地排着，这支队伍怎么可能会有五十人？还有中间那几个胖子，你觉得他们占用二十厘米的队伍长度真的够吗？"

"够了！"目睹了整个吵架过程的林屿咆哮道。

毋庸置疑，这俩蠢货是被严谨的"学术气氛"给干扰了。好端端地吵个架，还已知求问地做起算术题来真的好吗？要想知道队伍里到底有多少人，你们俩倒是直接数啊！还有，请向文学系和数学系的同学郑重道歉！最重要的是，照他俩这个吵法，自己到底要什么时候才能排队取到钱啊！这么爱吵架就去吵个痛快，顺便速战速决好吗？

　　念及此，林屿下意识地摸出手机来，打开气氛播放器，准备修改现场气氛。找到"激烈气氛"音乐，正准备播放，动作却一顿，又停了下来。等等，自己还站在这里等取钱，万一他们气氛过于激烈，以自己的倒霉体质又会被殃及吧？

　　这么念想着，林屿的食指就从"激烈气氛"下移到了"融洽气氛"。唔，只要这两个二百五别再吵架，自己赶紧取到钱，应该不会有什么问题吧？

　　林屿点击播放"融洽气氛"，顿时，刚刚还争辩不休的两人齐齐怔住。

　　过了好一会儿，高个子男生缓下语气道："呃，听你这么一说也对，的确是我疏忽了。"

　　眼镜男也谦虚地说："是我太得理不饶人了才对，我向你道歉。"

　　"不不，是我向你道歉才对。"

　　"我道歉。"

　　"我对不起。"

　　两人互相弯腰道着歉，头就撞到了一块。听眼镜男"哎哟"一声叫唤，高个子男生忙紧张道："你没事吧？"

　　眼镜男抬头正想回应对方，见对方也刚好在看自己，瞬间羞红了脸："没、没事。"

　　高个子男生笨拙地抓了抓耳朵，结巴道："那个，所谓不打不相识，要不然咱们、咱们互留个微信？"

　　"好啊。"

　　饶是林屿的角色存在就是为了吐槽,面对此等局面也有点儿无从下口了。在"融洽气氛"的撮合下，两人的确是不吵不闹了，但你们有没有觉得……他俩融洽得有点儿过了头呢？

　　这头，高个子男生留完微信后察觉到了不对劲："我怎么觉得好像有哪里不太对。"

　　"没错。"眼镜男点头，"怎么空气中全都是粉红泡泡呢？我先申明，我有女朋友！"

　　"啊，该不会是有人恶搞，故意调节了我们俩之间的气氛吧？"

　　两人一唱一和地说完，齐刷刷地看向林屿这边。林屿手握着手机，冲两人眨了眨眼，再眨了眨眼，这才"嗨"地打了声招呼，话毕，不等两人回应，嗖的一下蹿了出去。

　　见状，两人也回过神来。高个子男生横眉怒喝："追！"

Part 3 恐怖气氛

林屿一路跑到湖边，才喘着粗气停了下来，发现身后早没了人影，忍不住嘚瑟起来。跑了这么远，对方就是体力再好也不可能追上来了。开玩笑，也不看看他是谁，逃跑小王子怎么可能……"输"字还没蹦出脑海，一回头，就见眼镜男已默默站在了自己跟前。

"别怕，我不是来找你算账的。"奶茶店里，自称叫宁平川的眼镜男安慰林屿道。

林屿歪头："那你找我是？"

闻言，宁平川有些局促地搓了搓手，这才道："其实我来找你是想请你帮忙的……"

说来话长。自从学校爆发气氛乱入事件以后，宁平川频频被恐怖气氛骚扰。今天他跟高个子男生吵架，意外发林屿可以修复气氛漏洞，所以想请林屿帮忙彻底解决这件事。

听完来龙去脉，林屿微微蹙眉道："被恐怖气氛骚扰？"

"没错。"宁平川认真点头，"你都不知道，第一次看见镜子里出现鬼影的时候，我差点儿没被吓死。"想到当时的情景，宁平川心有余悸地摸了摸胸口，"最开始我还以为是自己撞到了什么脏东西，贞子姐姐我见过了，楚人美姐姐也来我家开过演唱会了，伽椰子阿姨也爬过我家楼梯了，什么丧尸僵尸干尸更是我家常客……看完论坛帖我才知道，不是我撞了脏东西，而是恐怖气氛在作祟。"

林屿的关注点习惯性跑偏："为什么贞子和楚人美是姐姐,到伽椰子那儿就成阿姨了？"

"毕竟伽椰子当妈了嘛……"

"……"

两人聊着聊着从奶茶店里走了出来，时至初春，夜风吹着还微微有些凉。

静谧的走廊上早已空无一人，只剩下幽冷的灯光照耀着漫漫前路。透过尽头的窗户，只见外面漆黑得不见五指，黑沉沉的夜里，连半点儿微弱的星光都没有。

林屿跟宁平川并肩走着走着，脚步忽地一顿。等等！什么漆黑不见五指、空无一人的走廊，他们刚刚不还在大学校园的路上吗？哪儿来的走廊？又是哪儿来的窗户？

这头林屿正琢磨，就听宁平川颤巍巍道："那个……恐怖气氛好像又找上门了。"

林屿上牙打下牙："没……这么……巧吧？"

可眼见着老旧空荡的走廊、发出嗤嗤声响的白炽灯，林屿就是想不承认也不行，这妥妥的就是拍鬼片的节奏啊！偏偏这头宁平川还没心没肺道："也不知道今天是哪位小姐姐来看我。希望是欧洲的，最近遇到的全是亚洲队的，有点儿审美疲劳了呢！"

林屿正想叫宁平川闭嘴，就听对方"嗷"地号了一嗓子。

　　林屿吓得一激灵，拉着宁平川的胳膊骂道："你叫什么叫？本来就够惊悚的了，你还叫！你知不知道人吓人吓死人啊？"

　　这头，宁平川却早已说不出话。他抖着唇挣扎了半天，这才道："那个……我想，我已经知道答案了。"宁平川异常严肃地扭过头来，"你玩过《寂静岭》吗？"

　　闻言，林屿顺着宁平川手指的方向看过去，当即手脚并软了。只见破败的白墙上不知何时已爬满了血手印，而不远处的走廊正传来诡谲的嘎吱声。伴随着那声音越来越近，林屿透过忽明忽暗的灯光也看清了——一个浑身缠满绷带的护士正推着轮椅朝两人缓缓走来。这就是《寂静岭》里恐怖指数第一的护士怪啊！

　　林屿吓尿之际，这边宁平川居然还得意地打了个响指："我就说不是亚洲队的嘛！"

　　"闭嘴啊你个乌鸦嘴！"林屿恨不能一掌把宁平川拍死在墙上，"是不是亚洲队这根本不重要！重要的是赶紧跑啊！"话音落下，拉着宁平川往楼梯的方向跑。

　　不幸中的万幸，两人冲到楼梯口时，护士怪还差两人一步之遥。见状，林屿抢先一步蹿下了楼，可其身后的宁平川却迟迟没有跟上来。林屿正纳闷，就听楼上传来宁平川的鬼哭狼嚎声。原来这二货临到楼梯口居然摔了跤，然后顺利地摔进了护士小姐姐的怀抱。

　　"啊，你别过来，救命啊！比起你，我还是更喜欢《感染》里的护士啊！"听见宁平川在楼上变着法儿地喊救命，林屿一咬牙，转身往回跑，待他返回楼梯口时，宁平川已被逼坐在轮椅上，护士怪正举着绷带"细心"地替他包扎。

　　林屿眼疾手快掏出手机，打开气氛播放器来了首"科学气氛"。没料到点击播放后，传出来的不是音乐声，只听一沉稳的男中音不慌不忙地念道："富强、民主、文明……"

　　不过不管怎么说，"科学气氛"克"恐怖气氛"和"迷信气氛"的效果还是杠杠的。还没等男中音念完，护士怪的动作就停了下来。周围的墙壁也变得越来越透明，带血的地板也渐渐显露出原本的水泥地来。知道一切幻象即将结束，林屿终于松了一口气。

　　可就在这时，原本已石化的护士怪又突然动弹起来，一个箭步冲到宁平川跟前，掐着他的脖子道："还来！把硬币还回来！"

　　"啊！"一切发生得太突然，林屿还来不及反应就见护士怪化作一阵风消失得无影无踪。

　　而四周也恢复成了本来的样貌，宁静的校园马路、不远处的奶茶小铺，以及时不时经过的路人甲乙丙丁。见状，林屿悬着的心这才放了下来。

　　扶起瘫坐在地上的宁平川，林屿问："你没事吧？"

宁平川煞白着一张脸，既不点头也不摇头，显然是被护士怪的最后一击给吓傻了。

林屿看他这样子，正思忖着怎么办，宁平川突然紧握住他的手，喃喃道："我知道了，我终于知道自己为什么会不断遇到恐怖气氛了！都是因为这个！"说着，宁平川从兜里掏出一样东西，递到林屿跟前。

林屿接过东西瞅了瞅，狐疑道："哈？因为一枚硬币？"

宁平川眼睛闪亮："是的。"

Part 4 惊悚硬币

宁平川交代，几天前，他曾去过学校后门的小树林。彼时在树林深处，他见到了一座被废弃的小型喷泉。因为看见喷泉底座有不少硬币，宁平川鬼使神差地带走了其中一枚。

"就是这一枚。"宁平川指着林屿手上的一元硬币道，"现在想想，是我拿了这枚硬币以后才源源不断遭到恐怖气氛骚扰的。刚才你也听见了，护士怪嚷嚷着让我把硬币还回去。所以，只要我把这枚惊悚硬币还回去，应该就不会再遭到干扰了吧。"宁平川说完眼睛闪闪发亮，祈求得到林屿的认同。

林屿举着硬币左看右看，怎么看这都是一枚普通的硬币啊！

"没错，一定是这样的。"宁平川话说到一半，又做为难状地摸了摸耳朵，"所以你看，你能不能好人做到底，帮我把这枚硬币还回去？你也知道的，小树林那地方闹鬼，我这些天实在是经历太多了，那种地方我是坚决不敢去的。"

林屿将硬币往空中一抛，又利落地接住，这才幽幽道："在接受你的请求之前，我想先问你个问题。你刚刚说，小树林那地方闹鬼你不敢去对吧？那既然这样，之前你为什么会只身一人前往小树林，还一路走到了小树林深处？"

闻言，宁平川蓦地一怔，僵在原地说不出话来了。

"还有，这么不巧，我前不久也去过小树林。你说的那个什么喷泉，我怎么没见过？"

宁平川支支吾吾："呃，就在小树林深处啦。大概、大概是你没注意到。"

林屿点头："行，就算这点你讲得通，你好端端的，拿别人池底的硬币干什么？"

宁平川又是一噎："不都……不都说了吗？鬼使神差地就拿了。"

"拿了就一直放在兜里？等着这一刻好拿出来给我看？喂，这是不是太巧合了点儿？你骗鬼呢还是骗我呢？"林屿一面说一面晃了晃手上的硬币，"还有最重要的一点，按你的说法，你被各种鬼姐姐纠缠是因为你偷拿了这枚硬币。那之前贞子姐姐、楚人美姐姐，还有伽椰子阿姨都不提醒你把硬币还回去，偏偏今天你和我一块遇到了护士怪，她就警告你该把硬币还回去了？嗯？"

宁平川被问得哑口无言，最后干脆抱头跳脚："该死的剧情组，就知道拖稿和卖腐，也不知道把剧情编得圆满一点儿！为难我们表演组到底是闹哪样啊？"

林屿被宁平川这没头没脑的话弄得满头问号，他正想追问清楚，宁平川突然跑了。

"喂，你这是要去哪儿？"

宁平川脚步不停，一边跑一边挥手道："不要问那么多，总之把惊悚硬币还回去就对啦！我下线领盒饭啦，再见。"

"你……"林屿闻言，还想再说什么，可前方哪儿还有宁平川的影子……

面对此情此景，迟钝如林屿也觉得不太对劲了。抛开之前的种种巧合不说，正常人能跑得这么快？他一闭眼再一睁眼的工夫，这家伙就跑得看不见影儿了？这么说起来，今天宁平川追上自己也是突然出现在自己跟前的……林屿正梳理着思路，就听旁边树丛中传来轻微的响动声。

"谁？"闻声，林屿霎时屏住了呼吸。他蹑手蹑脚地靠近，正欲往里探个究竟，就见一个穿着无脸男连体衣、拎着龙猫灯笼的男人缓缓地从树丛后走了出来。

关键词——无脸男连体衣、龙猫灯笼，外加无懈可击的俊颜。这样的男人，除了苏衍，还能有谁？

这头苏衍见来者是林屿，也微微昂了昂头，"哟"地打了声招呼。

林屿松下戒备，问："怎么是你？"

苏衍道："出来碰碰运气，没想到没撞见NPC（游戏术语，不受玩家操控的游戏角色），倒是遇见你了。"

林屿皱眉："什么NPC？"

苏衍歪头："你还不知道？我们找到这次考验的攻略了。"

话得从头说起。自从苏衍等准测试师拿到气氛播放器以后，一直进行着气氛漏洞的修复工作。可很快众人发现，这次的漏洞没那么简单。有准测试师统计过，基本修复完一个气氛漏洞，校内会再生出三个新漏洞来。

苏衍："这次的大姨妈来势汹汹，延时还量大，超不好调理的说。"

林屿崩溃道："大姨妈的梗你到底还要玩多久？"

发现问题以后，准测试师们开始寻求其他解决漏洞的办法，就是这时候，苏衍在网上发现了攻略。

"测试师考验是以学校为单位来进行的，所以我在网上联系了几大高校，很轻松就找到了C大的同行们。他们测试的速度比我们快，所以我找他们一问，攻略就出来了。"苏衍摸出怀里的万能小本本，一条一条地讲给林屿听，"C大同行说了，光是修复气氛漏洞没用，这玩意儿会源源不断地生成。要想彻底消除气氛紊乱的问题，必须找到干扰来源。"

"干扰来源？也就是说这好比病毒源一样，只有消除了病毒源，所有病毒才会消失？"

"没错。"苏衍颔首，"不过干扰来源也不是那么好找的。同行们说，咱们得先找到隐藏在学校里的NPC，通过他才能触发后面的剧情，接到任务。接到任务以后，非玩家角色会给我们一个道具，通过这个道具，我们才能进入副本，找到干扰源。"

林屿听着听着忍不住蹙了眉，啧，他怎么越听越觉得这剧情耳熟呢？与此同时，苏衍也继续往下说："C大的人说，非玩家角色给的道具是……"

"一枚硬币。"这头，林屿不等苏衍说完，接着往下道。

闻言，苏衍有些震惊地抬起头来："没错，你怎么知道？"

林屿扶额，哭笑不得道："因为我已经接到这个任务了。"话毕，林屿举起了那枚惊悚硬币。

什么叫有心栽花花不开无心插柳柳成荫？这就是啊！直到这一刻，林屿才后知后觉地发现，宁平川宁平川，其名字的拼音首写正是NPC啊！剧情组果然又懒又不靠谱！

Part 5 气氛副本

正所谓怕什么来什么，林屿不肯好好使用气氛播放器，怕的就是参与第三关考验。可没想到，自己反倒误打误撞接到了去小树林归还惊悚硬币的任务。知道真相后，林屿的眼泪流下来……并不是啦！知道真相后，林屿第一反应是把惊悚硬币送给苏衍，让这货去开启后面的副本。

可诡异的是，林屿把硬币拿给苏衍，没一会儿，硬币就会自动消失，又重回林屿的衣兜里。再试，还是这样。最后两人总结分析，这枚惊悚硬币已被林屿绑定，无法交易，无法销毁。这次，知道真相的林屿眼泪真的流下来了。

事已至此，林屿也只能硬着头皮上了——

目的地：小树林深处

　　任务目标：消灭干扰源（0/1）

　　听着苏衍给自己定下的目标，林屿默默点头："道理我都懂，可你能不能告诉我为什么好端端的队伍里又多了三个人啊？"林屿暴跳如雷地指向了苏衍身边的路人甲、乙、丙。

　　"他们都是参加这次考验的准测试师。"苏衍介绍道，"而且最重要的是，这是五人副本。"

　　面对帅气逼人的苏衍大大，林屿已经不知道该说什么了。

　　这时酷酷的路人甲啐了口唾沫，不耐烦道："废什么话！到底还下不下本啊？不下我找别人组队啦。"

　　"就是。"路人乙挺了挺傲人胸脯，也娇媚哼哼地开口道，"身为毒奶，我可是超抢手的！"

　　林屿抓狂道："混蛋，别给自己加戏！"

　　虽然槽点多，还莫名其妙多出三个队友来，但最终林屿还是跟着苏衍等人进了小树林。

　　小树林因为连接着荒野的小山坡，本身景色也不咋的，一直为本校学生们所嫌弃。渐渐的，这里还传出各种闹鬼事件，至此，这地界越发没人来了。林屿等人进入小树林后，按照宁平川给出的提示，一直往深处走。一路无惊无险。可让人郁闷的是，众人把小树林翻了个底朝天，依旧没找到宁平川口中的小型喷泉。

　　大家围着小树林转第三圈的时候，路人乙率先扛不住，一屁股坐在石头上不肯起来："不走了，说什么都不走了！"一边捶着腿一边抱怨道，"这都找第几遍了，哪来的什么破喷泉。我说，别是你听错了吧？"

　　见路人乙质疑，林屿忙辩解道："没错，就是小树林，我当时听得真真儿的。"

　　路人甲也坐在了路人乙旁边："可如果真是这里，怎么一点儿动静都没有。你们见过谁下本没怪出没的？"

　　苏衍托腮："或许是因为我们还没找到真正的副本入口？"

　　"随便。"路人乙道，"反正我是不走了。想想也真是没意思，好端端的我参加什么考验？在寝室睡个美容觉多好。"

　　"是啊。"路人甲也附和道，"还不如去网吧吃两盘鸡。"

　　甲乙两人都开始唱反调了，林屿干脆看向路人丙："那你呢？你是什么意见？"谁料一回头才发现，路人丙早就已经靠着树干睡着了！见状，林屿和苏衍互看一眼，终于意识到情况异常了。谁说他们没有进入副本？谁说副本里没有怪？眼下他们正是遇怪状态啊！

　　苏衍道："如果我猜得没错，这附近应该被释放了'颓废气氛'，所以你们三个人才会变成这个样子。"

闻言，路人乙也醒悟过来："难怪我突然这么丧，我可是元气美少女呢！"可转瞬，又叹了口气，"唉，无所谓啦。反正都这样了，我也不想继续了。"路人甲点头。

看着懒散的三人，林屿直接风中凌乱了。这算几个意思？虽然作者懒得连你们三个人的名字都没取，可既然上线了就好好表现啊！这还没开始打就直接领饭盒算怎么回事？

路人甲道："不了，我们还是在哪跌倒就在哪躺下吧。不过我超好奇，为什么你俩一点儿事也没有？你们就不觉得沮丧颓废吗？"

"哎，还真是。"林屿也反应过来，"我们怎么没事？"

路人乙"喊"了一声："这还不简单？你下本之前没看这俩货的人设吗？一个天然呆无法轻易融入周边的氛围，一个则是反射弧超长后知后觉的笨蛋，在这种情况下，这两种设定反倒成优点了。"

听了这话，林屿定在原地怔了怔，再怔了怔，这才跳脚道："你说谁后知后觉呢？"而另一边，苏衍则依旧面瘫着脸，好像根本没听众人在说什么。

路人乙冲路人甲摊了摊手道："看，我说的吧。"

林屿跳着脚要跟路人乙拼命，只听"哗"的一声响，前方原本的死路开出一条小径来。

路人乙"嘘"了一声："看来副本第一关你们过了，接着往前走吧。"

有了第一关的教训，接下来，林屿和苏衍变得谨慎了许多。可有句话怎么说来着？该来的还是会来的。穿过小径后，两人来到了小丛林。周围枯树枝密密麻麻，两人穿梭其中，明显感觉到悲从中来。

没错，这句话没毛病，就是感觉到悲从中来。大概是感受到了苏衍和林屿这俩蠢货自带防御效果，副本系统加大了气氛的感染力。两人一进入这地界，就感觉到阵阵压抑。所幸两人都还撑得住，一路相互扶持着继续往前走。转折出现在即将走出这片丛林之际，彼时林屿只听"刺啦"一声，一回头见苏衍的无脸男衣服上被划拉出了一道口子。

林屿看了看苏衍衣服上的口子，正想说接着往前走，一抬头就见苏衍已是泫泪欲泣。

"大哥，你没事吧？"

苏衍微微阖眼，声线颤抖："没事。"

林屿点头，正想说"那就好"，谁料苏衍接着往下道："怎么可能没事？这件无脸男连体衣跟了我整整43天零6个小时，我一直视它为珍宝，它也一直视我为知己，呵护我，温暖我。可现在，它已、经、离、我、而、去！"说着说着，"扑通"一下跪倒在地，看得林屿直接目瞪口呆："苏衍你个蠢货,给我清醒点儿,只是一件衣服啊衣服。"

"衣服怎么了？"苏衍抬头,神情悲痛万分,"就算它只是一件普通的衣服,我也爱它！"

"好好好,我败给你行了吗？"林屿举手投降,"祝你俩百年好合早生贵子,没人阻拦你们自由恋爱。不过既然这样,大哥你倒是先起来往前走啊！"

苏衍摇头："我不走,我要留在这里,我要陪着它！"

林屿强忍住揍苏衍的冲动,顺着他的思路哄道："陪什么陪,它又没死！它就是小小地被划伤了一下,咱们赶紧离开这儿,说不定还能帮它抢救一下？"

"你懂什么！"苏衍眼眶泛红怒吼道,"它已经破了碎了,已经不是原来那个完整的它了！我可爱的无脸男连体衣,你告诉我,一个破碎的你要怎么拯救一个破碎的我啊？"

林屿听连琼瑶奶奶的经典台词都出来了,就知道这货彻底没救了。爆了句粗口,林屿狠了狠心,起身往前走,可他刚迈出脚,苏衍一把拽住了他。

林屿以为苏衍重新振作了,满眼期待地看向苏衍,只听苏衍悲痛欲绝道："帮我和无脸男连体衣——报仇！"

林屿一脚踹在苏衍脸上,头也不回地走了。

穿过丛林,林屿被一阵强光刺得睁不开眼。隐隐约约的,他听到前边传来哗啦啦的水声。林屿试着睁眼,只见周遭出现了一座欧式的小花园。花园中间伫立着一座小型喷泉。大概是年久失修的缘故,喷泉底部的砂岩已裂开好几处,头顶的美人鱼雕像也呈现出颓败的灰白色,清澈的池底可以看到大大小小的硬币。

宁平川口中的许愿池,应该就是这个了。

林屿摸出口袋里的惊悚硬币,深呼了口气,对准池子投了进去。听见硬币跌落在池底发出清脆的碰撞声,林屿也双手合十,祈祷："赶紧让学校恢复正常吧！"

话音落下一秒、两秒、三秒……周围并没有任何动静。林屿有些尴尬地僵在原地,不知所措。呃,这是不是就算任务结束了？他需要回学校去看看效果？正纠结着,就听头顶的美人鱼雕像突然道："不是、每座、喷泉、都叫、许愿、池。"

听着这熟悉的音调和这一成不变的毒舌,林屿瞬间瞪大了眼睛："阿一？怎么是你？"话毕,他下意识地往后退了步,"难道这次气氛漏洞事件是你？"

话还没说完,阿一打断他道："如果、是我、的话,我、一定、让、护士、怪、先、掐死、你。"

Part 6 尾声

原来,阿一跟林屿闹别扭出走以后,并没有离开S大,而是暗中观察着林屿。不久前,阿一发现学校出现了气氛漏洞,一路追踪到了这里。

阿一解释道:"这个小型喷泉其实是情绪吸收器。它通过池底的硬币吸收方圆百里各式各样的情绪,然后再加工成对应的气氛储存在硬币里。每枚硬币对应着一种气氛,当你们使用气氛播放器时,其实就是相对应的硬币在给你们提供匹配的情绪和气氛。"

林屿点头:"我懂了,这就跟用电是一个道理。这喷泉其实就是个小型发电站。"

"没错。我发现这个喷泉时,发现相对应的惊悚硬币不见了。也正是因为这枚硬币的丢失,导致了整个气氛池的平衡被打乱,所以才造成了S大的气氛紊乱事件。"

后来的事就不言而喻了。阿一调查得知这是测试师系统对准测试师们的一次考验后,就待在喷泉附近,按兵不动了。

"为什么按兵不动?"林屿不解,"你完全可以通过各种手段召回惊悚硬币吧?"

"可以是可以,但这样一来,你就没办法顺理成章地通过测试师考验了。"

听阿一要自己通过测试师考验,林屿眼珠子差点儿瞪出来。他是不是听错了?呃,测试师和回收师不是对立的两个系统吗?

"你没有听错。"阿一道,"我就是要你通过测试师考验。你以为自己一直不被气氛所干扰真是自己迟钝的原因吗?要不是我暗中相助,你早就被踢出局了。"

"说了半天还是你在搞鬼?该不会我这么巧触发剧情也是你在操纵吧?"林屿吃惊道。

"是的。我希望通过你,了解对方的动向和最终目的。"

闻言,林屿终于懂了。说来说去,还是要他做双面间谍啊!林屿苦笑:"你们到底把我当什么?测试师也好,回收师也罢,我能不能把两边的考验都放放,安静做我的学渣?"

"可以。"没想到阿一竟然答应得这么痛快,但还有下一句,"既然、这样、之前、我、离家、出走、带走、你、手机、内存、一些、小、视频、和、种子、就、不、还、你、了。"

"什么?你说那些资源你都没删?"话说完,林屿才觉得哪儿不对劲,抱头又嚷嚷开,"混蛋!你是故意把话说得这么暧昧的是吧?读者们不要误会,那些种子都是漫画和电影的种子,不是'哔'种子,不是'哔'的小视频啊!"

阿一:"这么、一、消音,感觉、更加、暧昧、了呢、23、3。"

第十一章

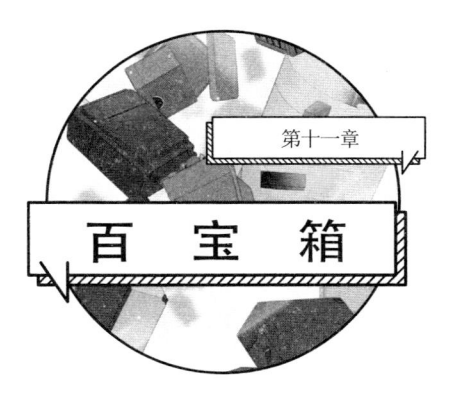

百 宝 箱

你想过把人品攒起来吗？

你想过把自信攒起来吗？

你想过把好心情攒起来吗？

开心岛"探秘宝箱"主题活动约你来战（攒）！

Part 1　揭秘百宝箱

开心岛主题公园大门前，林屿数次想扇自己的脸。他到底是有多想不开，才会答应高兴来这里过周末？

一个月前，高兴买杂志《小说绘》时被附赠了两张开心岛的门票，一直嚷嚷着要林屿一块过来玩。最终林屿实在赖不过，这才答应过来。原本林屿还安慰自己，这开心岛主题公园地处偏远，游乐设施又过于老旧，应该没什么游客，自己就当过来清静清静好了。可谁承想——人不要太多！

望着园区门口人山人海的游客，林屿咂舌："这什么情况？难道大家都跟你一样，买《小说绘》送免费门票？"

高兴挠头，还来不及说话，两人就听身后响起一清悦的男声："除了高兴这种自带幸运光环的变态，谁还能抽中免费门票？现在黄牛党手里开心岛的门票都被炒到两百本杂志一张啦！"用杂志本数做计量单位的，林屿只认识一个人。果不其然，他一回头，就见死对头刘博文站在那里。

两人因为心声朋友圈事件结怨以后，有点儿不对付。是以这会儿一见刘博文，林屿下意识地皱起眉："怎么是你？"

刘博文抱胸哼哼道："先回答你第一个问题，开心岛之所以这么多人，是因为园区内在搞'探秘百宝箱'的活动！而我，是来参加活动的。"

原来，为了增加人气，园区方最近搞了个"探秘百宝箱"的活动。园区方在岛上藏匿了十二个宝箱，只要游客能够找到宝箱，就能把宝箱直接带回家。

刘博文说完，睨视林屿："只是没想到这么倒霉，一来就碰到你们。"

林屿呵呵："彼此彼此。"

这时，高兴难得地情商智商双上线，打破僵局，问："宝箱里有什么，是现金吗？"

刘博文摇头。

"那就是珠宝？奢侈包？值钱的东西？"

刘博文还是摇头，最后一脸鄙视地看着眼前两位白痴同学："宝箱里什么都没有。这次活动的奖励品就是宝箱本身。"

"宝箱本身？"

"没错！开心岛上的百宝箱可不是徒有虚名哦。据说这箱子可以装下任何你想要储存起来的东西，有实物的也好，没实物的也罢。当然，储存容量是有限的……"刘博文说着说着捧脸做花痴状，"想想简直不要太棒啊。把平时的运气一点点积攒起来，然后再在抢限量手办的时候拿出来用，或者把平时用不着的节操存起来，等跟小立立约会的时候再拿出来一次性使用。两个字——完美！"

林屿满头黑线。喂，节操这种东西你真的有？还有这死肥宅怎么还敢想着许立？看来上次被打掉一颗小虎牙还不够！最重要的是，为什么这百宝箱的套路听起来这么耳熟？自己该不会这么倒霉又遇上黑科技产品事件了吧？

林屿心里直打鼓，但面上还是强装镇定道："什么百宝箱，这种鬼话你也信？一听就是园区方搞出来的噱头啦。"

听了这话，刘博文居然没恼，反倒认真道："刚开始很多人也这么说，所以园区方找了个主播试用。那位主播用宝箱存了半个月的人气，然后在直播睡觉打呼噜时一次用掉了。"

"直播睡觉打呼噜？"林屿咂舌，"这么无聊的节目能有人看？"

刘博文颔首："上亿的点击率哟，而且她呼噜打得越响，打赏的人越多。"刘博文摊手，"所以你看，利用百宝箱积攒起来的人气，连直播睡觉都有人买单，这就说明百宝箱是真的！正是因为这样，才会有那么多人来寻宝嘛。"话说完，刘博文才反应过来地拍了下嘴，"我去！我跟你个废柴废什么话？果然白痴是会传染的，走了走了。"话毕，转身往园区里走。

高兴见状，急吼吼地追了上去："小文等等我，咱们一起啊！小屿快跟上！"

眼见着高兴和刘博文走远，林屿这才压低声音道："阿一。"话音落下，手机里传出一道机械女声："跟我、没、关系。偶然、事件。此次、事件、不仅、跟、回收、师、没、关系，我、查了、下、跟、测试、师、考验、也没、关系，就当、普通、回收、工作、处理、好了。"

林屿"呃"了下，无言以对。当普通回收工作处理是怎么个处理法？他根本就没正儿八经做过回收工作好吗？

阿一道："简单。游客、们、不都、在找、宝箱、吗？只要、把、宝箱、都找、出来，我、自然、有、办法、销毁、这批、黑、科技、产品。"

林屿认命："知道了，那我就跟大家一块儿，努力找宝箱。"

"恭喜、经过、十篇、故事、的、洗礼，你、终于、有了、第二、人设。"阿一并没有夸奖他态度端正，反而吐槽道。

"纳尼？"

"柯南、体质。"

林屿顿了顿，这才反应过来。柯南是走哪儿哪儿死人，而自己身为准回收师，是走哪儿哪儿出现黑科技产品的体质了。念及此，林屿仰天长啸："这人设还不如柯南好吗？"

Part 2 纸箱

阿一在系统内部查了一下这百宝箱的来源。

百宝箱的本名叫睡眠储存器。发明的初衷是为了帮助人们提神，白天犯困的时候把睡眠储存起来，等到晚上休息时再进行释放。后来随着版本的更新换代，睡眠储存器能储存的东西越来越多，渐渐变成了现在的万物储存器，可以储存一切你想要储存的东西。当然，为了防止恶性事件发生，储存器只能储存绑定者自身的东西，而提取物品时也需要输入相对应的密码。

第十一章 百宝箱

既然要专心寻宝，林屿也就跟上了高兴和刘博文的步伐。进入开心岛以后，三人登记了酒店房间，放下行李箱兴冲冲地出了门。寻宝之旅正式开启！

可三人逛了一上午，依旧一无所获。最后几人累得走不动道儿，商量着先吃午饭。这头林屿和刘博文刚点好面在面馆坐下，见高兴抱着一大箱矿泉水吭哧吭哧地过来了。

高兴把纸箱往桌子上一放，林屿手上的筷子都惊得掉了下来："我叫你买三瓶水，你买一箱回来干什么？"

高兴无辜地眨眼："我想着反正要喝，就一次多买点儿！"林屿"退掉"两个字还没说出口，高兴已"嗤啦"一声撕开了纸盒外的透明胶。然后，奇迹就在这一秒发生了——

只见高兴打开纸盒，顿时一个悬浮控制屏弹了出来。一个机械男音响起："物品绑定中，请稍后……绑定已成功。高兴你好，欢迎你使用百宝箱。"

机械男音话音落下，这头刚刚还热闹非凡的面馆突然安静了。看了眼四周犹如被点穴的食客，再瞅瞅面前的悬浮屏，高兴一脸蒙圈："呃，这什么情况？"

林屿死死地盯着悬浮屏，喃喃："这是……"这是高兴踩狗屎运找到百宝箱了啊！

刘博文激动地蹦跶了起来："快！快试试百宝箱，看是不是跟传说中的一样。"说话间，面馆的食客、过路的游客，乃至面馆老板都围了过来。

"就是，快试试。"

"哎呀妈呀，这就是传说中的百宝箱吗？"

"有人找到箱子了？在哪儿？哎，前面的人别挡道。"

"……"

面对大家七嘴八舌一团乱，高兴显得越发蒙圈了，他挠头问："该怎么试？"

"你随便提取点儿什么非实物的东西储存进去就行，提取方法是……在心里默念想要提取的东西。"

高兴问："那该提取什么？"

面馆老板提议："就人品好了！"

林屿正想吐槽高兴踩了这么大坨狗屎运怎么可能还剩人品值，这头机械男音已经出声了："监测到人品值1000点，是否确认提取并储存？"

眼见着悬浮屏上出现确认对话框，众人又是一阵倒抽气。找到百宝箱已经算中头等奖了！可这二货身上居然还有1000点人品值！果然是欧皇（游戏术语，运气极好的玩家）高兴！这人品也是没谁了！

倒霉星人林屿泪奔到角落去画圈圈了。

高兴点击确认键的同时，园区内的广播也响起了。伴随着欢快的背景音乐，一御姐的声音从喇叭里传来："恭喜游客高兴绑定百宝箱，园内还剩十一个宝箱，请大家再接再厉！"

Part 3 行李箱

受高兴的启发，当天下午，找宝箱活动有了突破性的进展。大家不再搜寻各式外形精美华丽的木箱，而是直奔超市，把一箱箱未开封的方便面、矿泉水抢了个空。另一边，各式储物箱、收纳箱，甚至配电箱也备受青睐，游客们跟过境蝗虫一样，走到哪儿就野蛮地把箱子开到哪儿。至此，该活动正式更名为：开箱子游戏。

经过大家一下午的努力，剩下的十一个箱子陆陆续续被找到。当然形态方面嘛，也是千奇百怪。有化妆箱、储物箱、急救箱……最夸张的，居然还有一个水箱！没错，就是那种楼顶上用来专门蓄水的不锈钢大水箱！

林屿一边感叹游客们都是人才，连水箱都不肯放过，另一边也松了口气——既然十二个百宝箱已经集齐，那他的任务也就算完成了，可以高枕无忧了。

谁料，阿一却道："任务、并、没有、完成，还有、一个、宝箱、没有、找到。"

"纳尼？"林屿怔松，"不是说园区内只有十二个百宝箱吗？"

"是的，"阿一道，"官方、是、这么、说的。可我的、监测、系统、显示，园区、内、应该、有、十三、个、百宝、箱、才对。"

林屿正想启齿，阿一已经看穿他的想法，泼冷水道："对方、安装、了、反、监测、系统，我没、办法、监测、到、具体、位置。""啪叽"，心底最后那点儿小希望也幻灭了。

跟阿一沟通完，林屿从后花园返回房间。可他刚到走廊，只见刘博文兴冲冲地往外走，其嘴角还不自觉地上扬着。林屿挑了挑眉，第一反应就是有诈。这货因为没有找到百宝箱，懊恼得晚饭都没吃，一直在房间里摊尸。现在怎么又原地复活了？念及此，林屿就冲对方打了声招呼："这么晚了去哪儿？"

刘博文遮掩一番，末了转转眼珠，直接叉腰道："喊，告诉你也不怕。反正以你这废柴的人品和运气，是妥妥找不到的。"

"什么？"莫名被吐槽，林屿一脸蒙圈。

刘博文拉着他悄声说："实话告诉你吧，百宝箱不只十二个，还有一个宝箱没被找到。"

林屿震惊，正想问刘博文是怎么知道这件事的，只见他从手机里翻出一张照片来："我连百宝箱的形态都打听好了，是行李箱！这消息我是从岛民那打听来的，绝对真实有效！"

原来，刘博文上岛之后通过某社交软件结交了一位开心岛的原住民。两人闲聊的过程中，这位原住民告诉刘博文，其实岛上有十三个百宝箱。可当刘博文问及细节，对方却支支吾吾地不肯说。

"最后在我又是扮女生、又是释放撩汉大法的努力下，才得到了这张照片。虽然其他情况还不太清楚，但至少最后一个百宝箱的样子是打听到了！"刘博文一脸得意。

"混蛋，不要把扮女生去撩汉说得这么正义凛然好吗？"吐槽完，林屿才接过手机来看，只见照片上的行李箱呈黑色，PC材质，怎么看都是X宝爆款，"瞧你那嘚瑟样儿，知道还有个百宝箱又能怎么样？这种行李箱别说满大街都是了，咱们现在住的房间就有个现成的，这次高兴来开心岛时拖了个同款同色的行李箱⋯⋯"林屿说着说着声音小了下去，另一边刘博文也倏地怔住："你说什么？"

"我说，高兴有一个这样的行李箱⋯⋯"两人面面相觑之际，外出买夜宵的高兴也回来了。见两人都僵着，高兴微微"咦"了一声："你们不回房间，都站这儿干什么？"

林屿和刘博文互看了一眼，这才扭头望向高兴，异口同声道："说！你上岛后开过你的行李箱吗？"

高兴歪了歪脑袋，说出的答案倒是出乎人意料——"那行李箱不是我的哎！"

立夏后下了好几场暴雨，冻得S市市民们恨不得把压箱底的秋裤翻出来重新套上⋯⋯

"停！没人对天气和氛围什么的感兴趣，请你给我说、重、点！"

高兴"呃"了一声，又说："那天我去买《小说绘》回来的路上，在路边捡了一个行李箱。"

刘博文静默半晌，见高兴依旧不说话，才道："然后呢？"

"然后就没有然后啦。"高兴说完，兴冲冲坐到桌边开始吃夜宵。

彼时，高兴看行李箱崭崭新新的，不像是被人遗弃的，怀疑是不是有人落在那儿的，可他在周围问了一圈，又拜托路边便利店的老板帮忙留意，依旧没有找到失主。

"还好我当时在旁边草丛里发现了一张开心岛工作人员的工作牌，所以我猜这是岛上哪位工作人员丢的。反正我也是来开心岛，就把行李箱一块儿给捎来啦。"高兴嘴里塞满了食物，说着又从兜里掏出一张工作牌。

林屿看了一眼高兴递来的工作牌，心里默道了句"不对劲"。如果这行李箱是岛上工作人员遗失的，怎么这么久也没见人去找？而且又这么巧合，阿一口中的"第十三个百宝箱"和眼前这个刚好长得一模一样……最奇怪的是,那位岛民是怎么知道最后一个百宝箱的形态和模样的?又是在哪种契机下拍下那张照片的?

面对林屿的质疑,刘博文的态度却是大手一挥:"管他的呢!现在最重要的是绑定百宝箱,先下手为强!"说着,想去开行李箱。

高兴面有难色道:"别人的箱子我们打开真的好吗?再说行李箱上有密码的。"

林屿沉吟一会儿,想了想阿一阐述的任务,说:"开吧!多半就是那什么百宝箱了!密码?我来看看。"说着走向箱子。

就在这时,只听外面"嘭"的一声响,接着传来女人的叫骂声。

Part 4 水箱

林屿出门就见楼道尽头围满了人,走近一看,才发现是两个女生在吵架。高个子女生正是绑定了水箱百宝箱的水箱姐,而矮个子女生则好像是跟她同行的闺蜜。林屿正琢磨着这是怎么回事,就听绑定了急救箱百宝箱的急救箱哥一个劲儿地嚷嚷"女人真可怕"。

这一听就是知道内幕的,林屿忙拉着急救箱哥问:"求前情提要。"

根据两人吵架的内容,以及急救箱哥的前情解说,林屿这才搞清楚来龙去脉。

原来,水箱姐绑定百宝箱后,跟其他绑定者一样,尝试性地存了 800 点好心情值进去。可谁料她回屋睡了个午觉,再到水箱百宝箱前查看,发现里面的好心情值已经被盗了。

"等等。"不等急救箱哥叙述完,林屿急急叫停,"这贼是怎么偷走百宝箱里的东西的?不是说提取物品必须输入密码吗?"

急救箱哥吐槽道:"提起那破密码就生气!就两位数,还是纯数字的。有心人只要随便试试,那密码就被解开了。"

"就是。"这一观点引起了围观人群的附议,"咱们绑定化妆箱、急救箱什么的还算好,大不了把箱子随身带着,防着点儿小偷就行了。可水箱姐这个大水箨要怎么携带?所以发生偷盗事件后,大家都劝她别再往里面存东西了。可她偏不听,才有了眼前这档事……"

第一次被盗后,水箱姐气愤难当,所以今天下午她故意把自己脸上的痘痘、黑头、黑眼圈以及肚子上的脂肪游泳圈都储存进了百宝箱里,然后又设置了"开箱后自动提取箱内所有物品"的功能,就等着请君入瓮。原本水箱姐是想惩戒下小偷,谁料,最后倒是闺蜜顶了一脸的包。毋庸置疑,偷东西的贼不是别人,正是自己的闺蜜。

听完故事，林屿的关注点习惯性地走歪："嗯？痘痘？黑头？还有游泳圈？"水箱姐身上有这些东西吗？他怎么记得水箱姐那张小脸白生生的，腰也是标准的A4腰啊。

"这你就不懂了吧？痘痘黑头什么的，有遮瑕膏遮瑕笔粉底液这些化妆品帮忙。游泳圈不太严重的话，束腰裤紧身裤也能帮忙完美掩盖。哎呀，总之这些东西你以后谈了恋爱就懂了，小兄弟。"急救箱哥说完拍了拍林屿的肩膀，语气中还带着对单身狗的怜悯。

而这边，两个女生也越吵越厉害了。

"我早该猜到了，你就是嫉妒我！"水箱姐一脸鄙夷地说道。

闺蜜瞪眼："我嫉妒你？你别自恋了！你哪样比得过我，哪样值得我嫉妒，是身材、样貌，还是人气啊？我只是好奇你在百宝箱里放了什么，所以才上来看看。没想到你这么阴险，居然在里面放这些鬼东西，害得我现在变得这么丑！"

"你活该！要不是你动了坏心思，这些痘痘啊粉刺啊也长不到你脸上。"

"痘痘粉刺我认了，可你居然还放脚气，你不要以为大家不知道这脚气是你的……"

听着越来越没节操的吵架内容，林屿直接给跪了。求别再说下去了！你们俩再这么吵下去，女生之间的那点儿小秘密全被你们暴露了啊！

眼见着气氛越来越尴尬，林屿转身离开。急救箱哥跟在林屿身后，还在絮絮叨叨："女人就是麻烦。不过话说回来，这水箱姐也够聪明的哈，把不好的东西存储在百宝箱里，既美了自己，又坑了小偷。"说着说着摸了摸胡子拉碴的下巴，"下次我老婆再说我胖，我就可以把肥肉什么的扔进百宝箱里。只是这玩意始终还在箱子里，包裹栏的格数又有限，总不能我也给百宝箱设置个自动提取，到处去骗人开箱吧？"

闻言，林屿微微蹙眉，所有线索一瞬间突然串联起来，储存负面物品、格数不够、自动提取，以及第十三个百宝箱和神秘的密码……想到某种可能，林屿脸色急转直下："糟了。"

与此同时，高兴和刘博文正坐在行李箱前。伴随着数次拨动密码轮，只听"咔"的一声，密码锁终于解开了。

Part 5 潘多拉的魔盒

酒店走廊上，林屿正飞奔回自己的房间。趁着四周没人，阿一也大胆出声："现在、你、总算、懂了、吧？"

刚刚得知百宝箱提取密码的设定以后，林屿心里还有些犯嘀咕。既然这百宝箱都绑定使用者了，储存物品也只能储存绑定者本人的。那干吗不再多做一个功能，让提取者也必须是绑定者本人？这提取密码的设定简直就像跟小偷商量好了似的，故意做的漏洞。

可现在林屿懂了，这根本就不是什么安全漏洞，而是开发者故意的啊！如果设置了提取者必须是本人，那么储存在箱子里的物品只能从哪儿来再回哪儿去。可如果不限制提取者的身份，那么在箱子里储存一些不好的东西的话，就可以转移到别人身上！所以，高兴手上的行李箱如果真的是最后一个百宝箱的话，有没有可能它已经被人绑定了……细思极恐！所以决不能让高兴打开行李箱！只怕这不是百宝箱，而是潘多拉的魔盒！

这么思索着，林屿加快了脚下的步伐。

林屿冲回房间时，高兴正独自坐在地上，而其跟前正是那个来历不明的行李箱。庆幸的是，行李箱依旧紧紧关着，并没有打开。林屿微松了口气："还好，幸亏你没打开这箱子。"

高兴赧然："可是小文打开了……"

"纳尼？"林屿震惊出声。与此同时，卫生间的方向传来动静。林屿甫一回头，只见脸上布满皱纹的刘博文蹲坐在地上，发出嘶哑苍老的哭泣声。

事实证明，林屿的猜想是对的，高兴捡到的这个神秘行李箱的确是百宝箱。

彼时高兴和刘博文解开密码锁后，为方便绑定，刘博文独自一人打开了行李箱。他一打开箱子，就见悬浮屏赫然映入眼帘，一机械男声道："已开启自动提取箱内所有物功能，物品提取中。"虽然还有些搞不清状况，但刘博文当即直觉不好欲关上行李箱，但说什么都晚了，他只见自己白皙娇嫩的手上布满了岁月的痕迹。不仅漂亮的脸蛋上长出了法令纹，原本婀娜的身躯也变得臃肿不堪，除此之外，他还明显感觉到了腰酸背痛腿抽筋、空虚寂寞外加冷。

听完前因后果后，林屿冷漠脸道："虽然在这种时候不该说这种话，但你刚才对自己原本外貌的描述恶心到我了，谢谢。"

刘博文这会儿已经没精力跟林屿斗嘴了，只接着哭："这么说，我变不回去了？以后我都是这副又丑又老的样子了吗？那我怎么追到我的女神小立立啊？"

又来！"你就算长之前那样也追不到许立，你就死心吧！"林屿吐槽道。

刘博文选择性耳鸣，继续哀号道："救命，我还没有看到《银魂》大结局，我还想知道柯南到底会不会长大，我还不想死啊！"说着说着，又认真地摸了摸下巴，"不过话说回来，银他妈这么一直没完没了地演下去也不错啊。"话毕，他想了想，又道，"不不不，还是完结的好。超想知道神乐最后结局的说。"再隔了一会儿，又道，"不不不，还是别完结了。"

"蠢货，谁允许你在这纠结这些有的没的啊！"林屿一脚踹到刘博文脸上，这才将话题拉回正轨,"有没有试过把这些东西再储存回百宝箱?"

刘博文怨念地瞥了林屿一眼:"你以为我没试过吗?"说着,他冲悬浮屏喊了句"眼角皱纹",百宝箱接收到信息后"嘀"了一声,然后响起冷冰冰的机械声:"非本人操作,命令无法执行。"

"你看。"刘博文哭丧着脸。

"用你之前找到的箱子呢?"林屿问高兴。

"也试过了,绑定后就没办法换人操作。"高兴答道,又问,"那现在该怎么办?"

林屿微微眯眼:"既然要本人操作,那就找到本人好了。"

Part 6 绑定者

想要找到行李箱的主人倒不难。

林屿让阿一帮忙调取了高兴捡到行李箱当天附近的监控记录。在阿一的超速甄选下,没一会儿就找到了当天早上的视频。视频里,一个戴鸭舌帽的少年偷偷摸摸地把行李箱放在了路旁,然后匆忙离开了。离开时因为太过慌张,不小心让灌木丛的树枝钩出了裤兜里的工作牌,就此给高兴留下了线索。让人意外的是,这少年是这家酒店的前台小哥。

林屿拿着监控视频就去找前台小哥对峙。前台小哥看完视频后倒是出人意料的平静,温和地笑道:"还真别说,这人和我长得还真挺像的。"

林屿盯着前台小哥,说:"不是长得像,就是你。"

小哥摇头道:"我真没去过S市。今天早上的事我也听说了。听说最后一个百宝箱里装的都是皱纹和肥肉?那这宝箱的绑定者一定是个上年纪的人,你可以在岛上打听打听,问问大家我是本来长这样,还是后来才变年轻的。"

闻言,林屿心里"咯噔"一声响,想想也对啊,如果行李箱的绑定者真的是前台小哥的话,他怎么还敢留在这儿招摇撞骗?可视频又明明白白地摆在那儿,他相信阿一的能力,不会甄别错误。那这一切到底是怎么回事?林屿怔忪间,小哥又弯眼笑开了,说:"要不然我拿身份证给你看看?证明一下我真的只有二十二岁?"

林屿抿唇:"身份证就不必了,不过我想请你试用试用行李箱,你敢吗?"

说着,高兴拖出行李箱来。

小哥笑笑,倒也不推脱,接过行李箱打开盖子来。只见其随意戳了戳悬浮屏上的设置按钮，霎时，屏幕上弹出"非本人操作"的对话框来。见状，小哥冲林屿耸了耸肩。

而这头，林屿的脸色早已铁青。

知道前台小哥不是行李箱的绑定者后，刘博文彻底死了心，打算回去上山跟外公一块养老。可这头林屿死活都想不通，在房间里憋了一上午，最终决定再去找小哥谈谈。

可等林屿和高兴到了前台，却没看到小哥人影，反倒是旁边休息室里传来了小哥隐约约的斥责声："你自己说说这都第几天了？家，家你不回；岛上的事你也一概不管。我告诉你，今天工会那边又来电话了，问你收益情况！你再这样，我也帮你瞒不下去了！"

前台小哥骂完，就听一女声低声道："好儿子，你再帮妈妈几天，S市警察那边说是已经有线索了，我有预感，这次一定能……"

"不要再说了！我都跟你讲过了，那东西就是害人精，丢了是好事，不要再去找了！你自己看看，自从有了它，你都变成什么样了！"

"儿子，你怎么能这么说，你明明知道，妈妈没有它，根本活不下去！"

……

听见屋内传来啜泣声，林屿抓了抓耳朵。听这对话，大概是小哥跟老妈因为什么事起了冲突，不过这毕竟是别人的家事，自己偷听不太好。林屿决定待会儿再来找小哥，拉着高兴没走两步，身后传来"嘭"的一声巨响，两人下意识回头，只见一个长发女人从屋内冲了出来。

发现门外有人，女人也是一愣，在原地顿了顿，这才转身离开。

偷听被发现，林屿也是囧得不行，拉着高兴："快走。"

这头高兴倒是一步三回头，眨眼道："刚才那人是前台小哥的妈？好年轻呀，说是他姐我都信呢！"话音落下，林屿迈出去的腿又默默收回来了。

高兴见状满脸疑惑："不是说要快点儿走吗？怎么又不动了？"

林屿看向高兴，眼神幽幽："你刚才说什么？"

"我说前台小哥的妈年轻啊！"

"没错，就是这个！"林屿激动得一掌拍在高兴肩上，"高兴，快去把他妈追回来！"

高兴得了令，一溜烟跟着追出去。

与此同时，前台小哥也从屋里出来了。见林屿站在门外，小哥也是一惊："你……"

这次，不等小哥话说完，林屿强势道："你的确不是行李箱的绑定者，但丢行李箱的人是你，我说的没错吧？"小哥还想狡辩，林屿抢在他前头道，"我朋友已经去追你妈了，你猜，待会儿你母亲大人试用行李箱，会不会再次失败呢？"

闻言，小哥瞳孔蓦地紧缩，过了半晌，才挤出一脸苦笑。

故事的真相倒跟林屿想的不太一样。小哥的妈妈是开心岛的经营管理者，这几年因为各种原因，开心岛的人气急剧下降，直到上上个月，开心岛已经严重亏损到发不出员工工资的地步了。因为实在无力承担，小哥妈妈动了关闭开心岛的念头。谁知这时突然冒出来一个年轻男人，说是有办法让开心岛起死回生。他提供了十四个百宝箱，一个给了直播播主试用加宣传，另外十三个则直接隐藏在了岛内。小哥妈妈按照年轻男人的意思，做了策划案和宣传海报，"探秘百宝箱"的活动就这么轰轰烈烈地开始了。

"最开始我也觉得扯淡，什么百宝箱，想想都觉得不可能。那个男人说是在岛内藏了十三个百宝箱，可我根本没见有人运箱子到岛上来。直到那天晚上，我妈帮我收拾屋子，无意打开了那个黑色行李箱……"

刚开始绑定行李箱时，小哥的妈妈还没做什么出格的事，最多也就是拿箱子存存运气自信什么的。可自从知道了百宝箱还可以储存负面物品以后，一切变得不太对味了。

"你也懂，女人到了我妈这个年龄，其实内心还是很在意容貌和身材的，所以她开始一次又一次地利用百宝箱储存皱纹和脂肪，偶尔心情不好还储存焦虑和烦躁。"

可就像急救箱哥说的一样，百宝箱的储物空间是有限的，所以小哥老妈打起了坏主意。她把箱子设置成"开箱后自动提取箱内所有物"以后，将箱子随意地扔在岛上。等有人开启箱子以后，再将箱子重新回收。岛内本来人就不多，渐渐的，大家都知道小哥老妈的把戏了。大家拍下行李箱的照片，互相传递警告，这也是刘博文那张照片的由来。潘多拉的魔盒失去了开启者，潘多拉也失去了原本的魔性。于是她将目标锁定向了岛外。

"我知道我妈这么做不对，可我又阻止不了她。所以我想了个办法，那天我看她拖着行李箱出了岛，悄悄跟在她身后。她把箱子放下以后，我趁她不注意转移了箱子的地方。其实我当时的想法是彻底扔掉箱子，让它不要再祸害我妈和其他人。为了不让箱子里的东西再见天日，可谁能想到，这箱子在S市转了一圈，居然又回开心岛了……发现你朋友被箱子里的东西腐蚀变老后，我也很内疚，可是我真的不想它再毒害我妈，所以才……抱歉，是我太自私了。"

知道一切真相后，林屿有些啼笑皆非："你知道这箱子为什么又会回来吗？因为你不小心把你的工作牌落在草丛里了，恰好遇到了我的热心朋友。"

闻言，小哥默了默，更内疚了。

151

Part 7 尾声

高兴追回小哥老妈后，林屿把事情原委告诉了对方。

对于林屿要求小哥老妈必须把释放在刘博文身上的皱纹和肥肉重新储存回去的事，小哥老妈爽快地答应了下来。对于她而言，现在没有什么比百宝箱更重要。比起老妈的兴高采烈，反倒是小哥显得更加愧疚。一路将林屿等人送到码头，小哥还在跟刘博文道歉。

刘博文大度地握握小哥的手，道："行啦，这事其实从本质上跟你也没多大关系，最多算个误伤。我原谅你啦！再说，我要是不贪心也不会中招啦！"

小哥苦涩地笑道："其实我倒是没什么，只是我妈……"

林屿拍拍小哥的肩："放心，也就还剩最后半小时。再忍忍，待会儿你妈就恢复正常了。"

等刘博文恢复以后，阿一启动了百宝箱销毁功能。只不过销毁系统不像炸炸弹，"嘭"一下就完事了，还得有点儿缓冲时间。眼见着没剩多长时间，林屿这才说出来宽宽小哥的心。

可显然小哥没懂林屿的意思，歪着脑袋问："什么？"

"到时候你就知道啦。"林屿又冲小哥挥挥手，终于踏上船离开。

百宝箱被销毁之时，林屿正独自一人站在船头吹风。伴随着呼呼的风声，阿一道："十四、个、宝箱、已经、全部、销毁。"

林屿"嗯"了一声，想了想又道："我离岛前跟小哥打听过了，他说那个给他们百宝箱的男人后来没联系过他们。而且奇怪的是，谁也不记得他的长相。这人是你说的对方吗？"

说起正事，阿一习惯性地恢复了正常的语调："是。这一批百宝箱都是从对方那里输出的。为了防止我察觉，他们还隐去了部分代码和定位。不过有件事你得注意。"

"纳尼？"

"黑科技产品其实是有等级划分的，等级越高，黑科技含量也就越高，相对应的，危险系数也越大。以前对方散播出来的黑科技产品都是些C或B级的，但这次的百宝箱，已经属于蓝装A级。"

"不要动不动就说游戏术语，不打游戏的读者看不懂！"林屿吐完槽才头痛地戳了戳太阳穴，"总之说来说去，就是我挑战的怪物级别越来越高了，是这个意思吧？"

"没错，这也意味着你离最后关卡越来越近了，加油。"

林屿双手架在围栏上，彻底泄了气，还加油？他都快漏油了啊！神啊，这个周末过得真是好累啊！

第十二章

驱"蚊"器

林屿到音乐公园的时候，刚好晚上七点整。

　　广场舞曲激情唱响着，一群大妈正在欢快地唱着跳着。但引起林屿注意的，是舞场边坐着的一位不太合群的大妈。大妈时不时蹙起眉头，有时还无奈地摇头。

　　看来也是深受广场舞大妈打扰的同路人，林屿心想。他整了整衣衫，又深呼一口气，这才鼓足勇气走到大妈跟前："阿姨您好，不好意思打扰您一下。我能占用您一分钟，给您介绍一款驱蚊软件吗？"

　　"啥？"大妈满脸都写着疑惑，"驱蚊软件？"

　　"我们这个可不是普通的驱蚊软件哟，普通的驱蚊软件驱的是蚊，我们这个驱的则是人。"林屿一边说一边摸出手机来，将 App 调出来展示给大妈看，"在我们的日常生活中，常会遇到一些不太喜欢的人，这时候我们的驱'蚊'App 就派上用场啦。您只需选中需要驱赶的对象，然后点击确认，两小时内，您附近不会再出现被您驱赶的对象了。您看，咱们这款软件里有各式各样的被驱赶类型，跳广场舞的大妈啦、又哭又闹的熊孩子啦、碰瓷老人啦、戏精杠精人精啦……除此以外还能进行自定义。"

　　林屿噼里啪啦说了一大堆，唯恐大妈不相信，亟亟又道："您等着啊，我演示给您看看。"说完，抬头搜寻目标。只见对面木凳上刚好坐着一个抽烟的老大叔，其手里的烟雾一阵阵地往旁边飘，惹得下风口看书的姑娘连连咳嗽。

　　见状，林屿直接在下拉菜单里找到"烟民"选项，然后点击了确认。

154

确认完毕的瞬间，林屿和大妈就见老大叔放下了二郎腿，挺直背脊瞪向了这边，然后，老大叔像是看到了什么极恐怖的东西，"啊"的一声惨叫，起身拔腿就跑。

望着老大叔绝尘而去的背影，大妈的眼睛顿时亮了，她一把拿过林屿手上的手机，兴奋道："噢噢噢，没想到科技已经发展到这种程度了，驱蚊器除了驱蚊还能驱人？"林屿正想回答"没错"，就听大妈接着往下道，"只要有了这宝贝，我岂不是可以赶走广场上所有的老娘们儿，自己一人独领风骚，舞遍全场？"

使用方法完全错误！说来说去，您老也是扰民的广场舞大妈啊！不过这会儿，林屿也顾不上吐槽了。顺着大妈的话，林屿咧嘴笑道："怎么样？这驱'蚊'软件厉害吧？现在抢购只要 998 元。998，998，你买不了吃亏买不了上当，走过路过千万不要错过。现在下单还送六神花露水哟！"

背完广告词，林屿率先受不了，怒摔花露水道："这破 App 跟花露水有半毛钱关系啊！"

Part 1 驱"蚊"器

林屿，男，19 岁，S 大大一学生。继被人工智能阿一盯上以后，最近林屿又被测试师系统给缠上了。前天对方正式发来了第四次测试师考题，要求所有参与者推销一款黑科技产品——驱"蚊"器。一个月以内，售出驱"蚊"器 App 数量最多的前十名即视为通过考试。

为打入敌人内部、搞清楚对方到底想干什么，林屿不得不强打起精神来，想办法通过这次考试。也正因此，他才会跑出来四处推销驱"蚊"器 App。可出师不利的是，林屿跑了一天也没拉到半个人，所有人只要一听到 998 元这个价格立即表示"谢谢，不需要"。

林屿琢磨着是不是自己目标定位不对，学生党太穷，于是才跑来公园碰运气。谁料大妈一听说这玩意儿居然要钱，溜得比学生党们还快！

"明明、是、被你、摔、花露、水、给、吓跑、的。"面对阿一的吐槽，林屿只当听不见，收拾收拾东西准备打道回府。

阿一又道："果然、活宝、都是、成对、出现、的，苏衍、那边、也、还没、卖、出去。"

苏衍也是准测试师，两人因为撤回消息事件而结识。这会儿听说苏衍的销售额也是鸭蛋，林屿心底稍感安慰，他正准备打开销售排行榜来看看，就听前边广场传来了争吵声。

林屿往争吵的方向走去。

走近了，只见一大群大妈正围着个男生，七嘴八舌吵得不可开交。这男生穿着格子衬衫搭休闲短裤，方方正正的脸上还架着一副黑框眼镜。这不是班长夏毅吗？

原来，夏毅家在这附近，好死不死他的房间窗户正对着这个广场。大妈军团天天在这载歌载舞，严重影响到了他的休息。几次投诉无果后，夏毅终于忍无可忍，一个人跑来舌战群儒……不对，是舌战群妇了。

一见林屿，夏毅顿时犹如见到了救兵："林屿，怎么这么巧在这儿遇上你？正好正好，来来来，你帮我跟她们理论理论，在这儿跳广场舞是不是不对？"

为首的鬈发大妈啐道："我们在这儿跳广场舞怎么不对了？是占你家地儿还是踩着你家狗尾巴了？这公园是公共场地，凭什么不许我们来跳？"

"就是！"大妈A附和道，"现在的年轻人啊，把尊老爱幼的传统美德都丢光了！依你们的意思，我们这些老太婆活该没有娱乐项目，最好在家蹲着等死咯？"

大妈B接力浇油："唉，我们这一代的人命实在是太苦了，辛苦赚钱一辈子，老了还要洗衣做饭带孙子。最后居然连个锻炼身体的权利都没有。"

林屿闻言，当即跪服。这是赤裸裸的道德绑架外加偷换概念啊！好一招"我老我有理"，瞬间将仇恨值统统都拉到对手身上了。眼见着大妈军团隐隐占了上风，林屿欲发起攻势，谁料这头他技能才输出一半，鬈发大妈冲出来打断了技能条："真是让人寒心啊，一把屎一把尿地把你们喂大，存了一辈子的积蓄也拿给你们付了房子首付，老人的一生都奉献给你们了，现在不过是想跳个广场舞，这么小小的愿望你们都不能满足？"

谁是一把屎一把尿喂大的啊？还有麻烦不要自动代入柔弱老妈的角色好吗？林屿再次准备启齿，却又再次被打断。另一边的夏毅也好不到哪儿去，三个身材魁梧的胖阿姨直接把他圈在了中间，一边推搡着他一边飙脏话。

即将团灭之时，一个体态丰腴的大妈跑了出来，指着林屿道："哎，我是说你怎么这么面熟，你不就是刚刚给我推销驱'蚊'器的那个小伙子吗？"

闻言，林屿醍醐灌顶。对啊！有驱"蚊"器App这个外挂在，他还跟这些老阿姨们废什么话啊！念及此，他打开驱"蚊"器App，找到"广场舞大妈"选项点了确认。

几乎是同时，刚才还喧闹无比的广场安静了下来——

伴随着大妈们此起彼伏的尖叫声和嘶吼声，没半分钟，大妈军团一哄而散。其他吃瓜群众不明真相，也跟着跑了个精光。霎时，偌大的广场只剩下了夏毅和林屿两个人。

看着空荡荡的广场以及被大妈们遗留下来的大喇叭，夏毅还有点儿回不过神，隔了半响，他一脸震惊地问："这……这是怎么回事？"

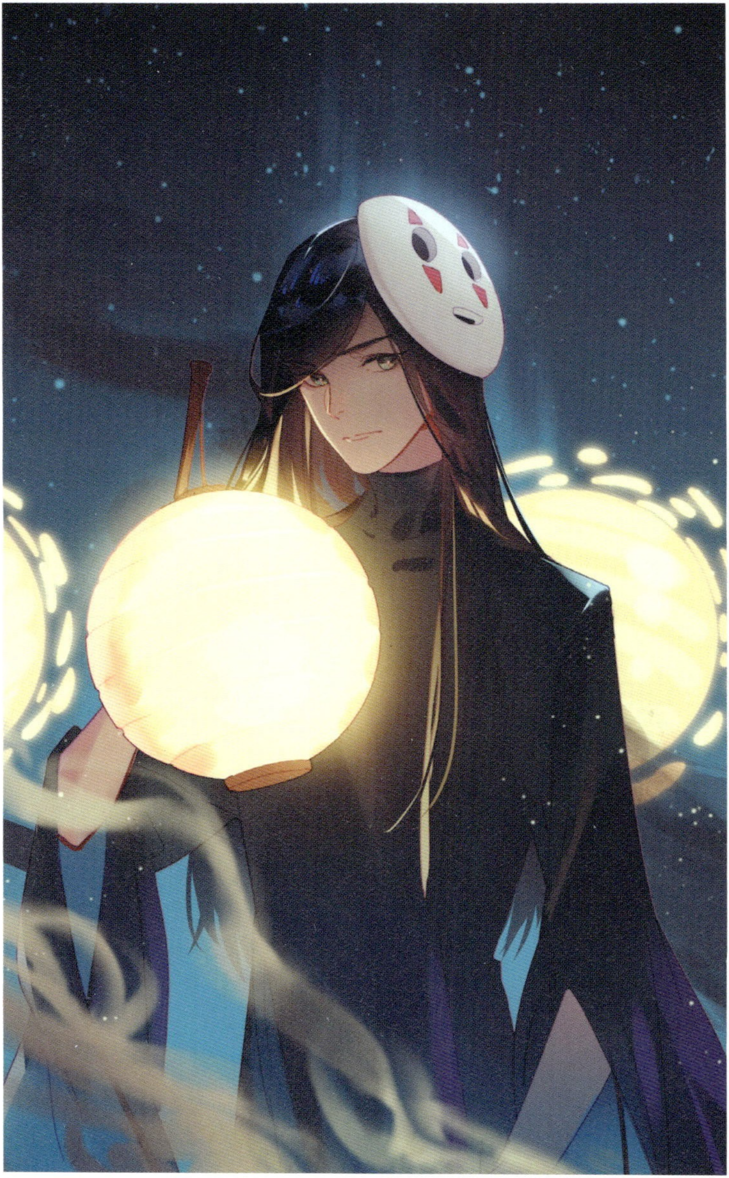

《回收师》Written by 睡懒觉的呷　　Illustrated by 空晃

这么好的推销时机，林屿怎么可能错过？他将手机屏幕面向夏毅，赶忙打广告："是我刚才使用了驱'蚊'器App，把烦人的大妈们都赶跑啦。少年，要来一发吗？现在购买App还送摔碎的花露水瓶哟。"

Part 2 小人退散

以林屿对夏毅的了解，连洗脚水都舍不得倒掉一定要留下来浇花花草草的班长大人，是绝对不会花钱买驱"蚊"器App的。（夏毅：你懂什么？我这叫节约水资源！）但凡事都有例外。这次夏毅还真咬牙买了，不仅买了，没过两天又来光顾了第二次、第三次……直到第六次夏毅提出要一口气买一百个驱"蚊"器的时候，林屿终于察觉出不对劲了。

"你要这么多干什么？这玩意儿是App，又不会下崽，你是打算买来拌着吃还是炒着吃？"林屿盯着夏毅，质疑道。

"啊，是这样的。"夏毅边搓手边解释，"我用了这个App以后觉得不错，就安利给我表哥，我表哥又推荐给我姑姑，我姑姑又推荐给她大哥，她大哥又推荐给他儿子……"

"停！"捉漏洞小能手林屿上线，"你姑姑的大哥的儿子不就是你吗？你丫糊弄谁呢！"

夏毅闻言一顿，挥手："哎呀，总之这东西很好，推荐来推荐去搞得我们家族都想要一个，所以我才又来找你嘛。"

林屿想了想还是有些想不通，又问："你家有一百多号人？这是把上至八十下至三个月的都算进来了吗？而且……"

不等林屿话说完，夏毅不耐烦道："哎呀你问这么多干什么，卖App就好好卖，只要收到钱不就行了吗？"

林屿想想也是，没再多问，确认金额无误后把驱"蚊"器的软件安装包以及一百个激活码发送到了夏毅的手机里。

而转机则发生在当天下午。

自从有了夏毅这个大客户以后，林屿的销售排名突飞猛进，一下子从最后一名蹦跶到了第十五名。林屿琢磨着自己再努力努力这次的考试也就通过了，是以当天下午，他又信心满满地背着花露水出去揽客了。

可他到了公园，跟人广告词都还没念完，对方从鼻孔里"嗤"了一声，不屑道："驱'蚊'器？怎么会有这么土的名字？拜托，就算要山寨，也山寨个像样点儿的名字啊。"

"哈？"林屿表示茫然。

对方给了林屿个了然的表情："行啦，你们那套李鬼扮李逵的把戏是个人都懂。不过不好意思，我已经安装了正版App。"话说完，将手机屏幕展示给林屿看。

林屿只见其应用栏里，有一个叫"小人退散"的App，而里面的内容、界面都跟驱"蚊"器App如出一辙。这驱"蚊"器App才出来多久，竟然就有李鬼出来混淆视听了？

这头被推销的女生见林屿一脸错愕，还误以为他是被抓了现行感到难堪，她咳嗽了一声，又说道："刚好我这里还有一份'小人退散'的广告宣传单，你看看，也学着点儿。那什么998还送花露水，都是多少年前的广告词了，简直弱爆了好吗？"

林屿接过传单一看，只见上面赫然印着——看剧遇到剧透党？聊天遇到杠精？吃饭遇到恩爱党？"消除"你身边的小人，刻不容缓！小人退散App，守护你的身心健康。

看着宣传单右下角明目张胆写着的"建议零售价：1998元"，林屿直接气到原地爆炸。而对于这个李鬼的身份，他也了如指掌，因为宣传单最顶端直接明了地写着——

联系人：夏毅

联系电话：138××××××××

Part 3 李鬼·夏

"我是说你买这么多App，还跟我说什么全家人手一份，人手一份你姑姑他哥的儿子的腿儿！说了半天，你就是从我这儿拿了货去倒卖！"知道真相后，林屿直接去了夏毅家，见到夏毅就开始掐。面对铁一般的事实，夏毅也供认不讳。

其实，刚安装驱"蚊"器App的时候，夏毅也没动邪心，他把软件安利给表哥，也是真的。但一切都是从表哥那儿开始转变的。

彼时，表哥拿到夏毅帮自己买的驱"蚊"器App以后，忍不住说了句："这软件好是好，就是名字土了点儿。要是能换个高端大气上档次的名字，说不定身价还能再涨点儿。"

正所谓说者无意听者有心，夏毅听了这话当即反问做程序员的表哥："那如果重新换名的话，你可以对界面内的文字内容进行调整更正吗？"

表哥抱胸哼哼："那要看这软件有没有设置密码锁了，如果没有锁定内容的话，直接把软件扔进编辑器里编辑就行；如果锁定了内容的话……哼，有我在也不是什么难事。"

事实证明，表哥的牛皮还是没有吹破的。夏毅拿到更名为"小人退散"的App以后，又自己写了文案，找人做了宣传单……

"然后再后面的事情，你都知道了。"夏毅垂首交代，"不过我必须声明，我也没赚到一千的差价，毕竟设计宣传单、调试软件，以及宣传单印刷都是有成本的。"

"你丫还有理了！"林屿气不打一处出，作势要揍夏毅，可还没等拳头落下去，两人就听外边传来阵阵骚动。

听见外边又是跑步声又是尖叫声，夏毅第一反应是："地震了，快跑！"

"地震啥呀，"林屿拍夏毅脑袋，"要真地震了你家鱼缸水会不晃动？估计是有人在外边打闹吧？"话这么说，林屿还是开门走了出来，夏毅也跟着走出来。两人循着发出骚动的方向走去，没一会儿就到了专门晒衣服被子的公共平台。

只见平台上不少衣服、床单都掉在地上，边上还倒了两盆已被踩烂的绿萝。林屿讶然，正想说这是怎么回事，就听这头夏毅惊呼道："李姐？"

李姐是夏毅的邻居。此时此刻，她正抱着个洗脸盆，一脸呆若木鸡。

"这怎么搞的？"林屿问。

李姐吞了吞口水，将事情原委告诉了两人。

刚才李姐洗完衣服到天台来晒，可到了才发现没位置了。刚好有两个大姐正在晒被单，于是李姐灵机一动——"我不是在小夏那买了小人退散的 App 嘛，我就想，把她们赶跑我不就有位置了？可不知道为什么，我设定对大家进行驱赶后，她们就尖叫着跑掉了。"

林屿咂舌："驱'蚊'器……不是，你那个小人退散的 App 里有这个被驱赶的类型吗？"

"是没有啊，"李姐眨眼，"但 App 里有自定义功能啊，只要在自定义里设置好了，什么样的人都能被驱赶啊。"

闻言，林屿蓦地一怔，稍时才霍霍磨牙道："夏！毅！"

夏毅叫冤："你凶我干什么？这都是李姐……"

"我发誓我什么都没做。"一听夏毅提起自己名字，李姐举双手表示清白，"我看她们不对劲就把 App 关了。不关我的事！真的不关我的事！"李姐一边说一边逃离了现场。

目送着对方离开，夏毅"呃"了一声，弱弱地说："既然没什么事，我也就……"

林屿一记刀眼飞过来："你还没什么事，你知不知道你闯大祸了？"

夏毅还云里雾里："什么大祸？"

"你刚没听说吗？驱'蚊'器是可以自定义的！这也就是说这玩意儿可以对任何人进行驱赶！要是这 App 落在普通人手里还好，要是落在逃犯、强盗手里，你觉得会怎么样？"

"那他们就可以利用驱'蚊'器来对警察进行驱赶，为所欲为，逍遥法外！"话毕，夏毅也意识到事态的严重性，惊恐地捂住了嘴巴。

林屿扶额："我简直就是脑子进水了才会把驱'蚊'器卖给你！"

Part 4 漏洞上线

意识到驱"蚊"器的危险性以后，林屿当即停止了销售，另一边也督促着夏毅召回所有售出的 App。可每次林屿询问夏毅进展，他都顾左右而言他。这天，林屿再次登门询问。

门后的夏毅睡眼蒙眬，一脸敷衍着："快了快了。"

林屿怒了，一把揪住夏毅的衣领："你知不知道这星期咱们学校后门的美食街已经发生七起骚动了？我去看过了，说是你卖了 App 给烧烤摊的老板。这厮倒也精明，先是拿驱'蚊'器对付城管，后来干脆跑到别人的摊子前去驱赶客人。有三家烧烤摊被他闹得关门大吉了！你说，他的 App 你为什么没收回？"

夏毅抱头，终于说了实话："你让我拿什么去收回啊，之前收的钱我都拿去买球赛了。"

最近正是世界杯，大家都忙着看球赛，看球的同时，大家还会押比赛的输赢。当然，运道衰的林屿向来不参与，因为穷。

林屿抱着最后一丝希望问他买的哪支队，夏毅含泪说出了两个字："德国。（2018 年，德国以 0：2 的成绩输给韩国小组赛出局，成为最冷球队。）"

"啪叽"一声，最后一点儿希望化作泡泡，破灭了。

"小爷我今天先揍到你哭！"两人正掐得起劲，就听身后"嘭"的一声巨响。

原本虚掩的门被踹开了，门外一众男男女女气势汹汹地瞪着屋内。领头穿 V 领衫、紧身提臀裤的蛇精脸男叉着腰，开门见山道："奸商，还我们血汗钱！"

这个长着网红整容脸的蛇精脸男正是夏毅的表哥。

"等等，"故事才一开始，林屿忍不住打断道，"你说这位是你表哥？我怎么记得上一段你说你表哥是个程序员啊？"

闻言，表哥竖起两道韩式半永久眉跳起来骂人："你什么意思？程序员怎么了？程序员不能拥有对美的追求吗？程序员不能开眼角垫鼻梁丰唇丰臀丰胸了吗？"话毕，见大家都满脸惊奇地往自己胸口瞄，表哥这才意识到有哪里不对，忙捂着胸口娇羞道，"最后那个是比喻啦！"

咳咳，故事继续——自从表哥买到驱"蚊"器 App 以后，生活的确清静了不少。熊孩子在地铁里大吵大闹，使用驱"蚊"器驱"蚊"；熊大妈在小区里跳广场舞扰民，使用驱"蚊"器驱"蚊"；有八婆对自己的长相打扮指指点点，使用驱"蚊"器驱"蚊"；想吃火锅的时候发现前面还排了一百来号人，使用驱"蚊"器驱"蚊"；临时想上大号却发现厕所里没位置，使用驱"蚊"器驱"蚊"……（林屿发动吐槽光波："最后两个句式跟前面的完全不一样啊！还有你到底是多没公德心才会对那些上厕所上到一半的人进行驱赶？"表哥："再打岔就拖出去斩了！"）

可渐渐的，表哥发现了一个问题——邻居看他的眼神越来越恐惧，慢慢的，居然发展到没人敢跟他同坐一部电梯的地步。对此，表哥百思不得其解。直到某天他回家，一开门他奶奶就对着他的脸撒了一把盐，嘴里还念念有词地说着"恶灵退散"，表哥这才醒悟过来。

"我是说为什么每次使用驱"蚊"器以后，那些人都吓得哇哇乱叫。说来说去，这破 App 就是给人制造幻觉，让人看到心底最恐惧的东西！"

使用驱"蚊"器 App 以后，有邻居看到表哥身后跟着红衣女鬼，有熊孩子看到表哥变成了自家数学老师，更有一老太太坚称自家死了十来年的老头子蹲在表哥头顶拉屎……

林屿冷漠脸："我说，就算想要我吐槽也不用这样吧？还有中间那个熊孩子，为什么你的恐怖之源是数学老师，最恐怖的明明应该是教导主任才对啊！"

表哥摊手："总之，大家都认定了我有特殊体质，会招邪。"

正所谓三人成虎五人成章，因为邻居和亲戚们的闲话越说越多，渐渐的，奶奶也相信了他中邪的谣言，这才请了"得道高人"回来作法。

"因为这样，我家现在是乌烟瘴气。那个江湖骗子不仅逼我天天喝符水，还跟我奶奶说什么我是蛇精附体，让我奶奶悄悄把雄黄粉混进我的眼影粉里面。你们知道我的眼影粉有多贵吗？你们说，这笔损失该怎么算？"

"就是！"跟表哥一块前来的长发女生道，"因为你这破 App，吓得我老板心脏病都发了。我因为这个被辞退，现在连吃饭的钱都没有了。"

"还有我，"矮个子男生也冲着夏毅嚷嚷，"我用了你们这个软件后，被人错认成狼人，事后还被抓去了研究所。我今天还是悄悄逃出来的。"

胖乎乎的女生也加入卖惨队伍："我更悲催，跟我合租的女生说我满身沾着大便，不肯跟我同住了，现在要求我退房。"

"还有还有，我因为用了你们这破软件，编辑已经一个星期没找过我啦！"本来众人

驱"蚊"器　第十二章

都义愤填膺地讲着自己的情况，可听到最后一位大叔的抱怨，都忍不住纷纷回过头来。

林屿不解道："呃，别人的情况我还能理解，你这……编辑不来催稿不是挺好的吗？"

大叔羞涩挠头："我只是想多拖两天稿而已，可编辑要是彻底放弃我了，我吃什么？"

林屿暴跳如雷："你直接说你是受虐狂，喜欢被编辑抽打好了！"

根据大家反馈的情况，林屿终于明白了驱"蚊"器运作的原理。普通的驱蚊器是利用超声波模仿蝙蝠的声音。因为蚊子惧怕蝙蝠这个天敌，是以一听见驱蚊器发出的声音，会自动选择逃避。而驱"蚊"器 App 跟其原理是一样一样的，App 利用幻觉，让目标对象看到内心惧怕或者厌恶的东西，从而达到使其离开的目的。

表哥不耐烦地拍桌："我管你什么原理，现在大家都受到了损失，我们要求退款！"

"没错，退款，赔钱！还有精神损失费！"

"还有我的稿费！"（大叔滚开啦！）

面对众人的质疑，夏毅只喊头大，眼见着表哥上来拉扯自己，夏毅只能发出阵阵惨叫："表哥你能不能再皮点儿？我给你的是内部价啊，一分钱都没赚。而且最重要的是，你忘了这 App 你参了股吗？我每卖出一份你就要提百分之一啊，你也跟着要退款是闹哪样？"

闻言，表哥这才犹如大梦初醒，慢慢放开夏毅的衣领："嗯，这样吗？那要不就算了？"

算了？怎么可能？说话间，其他人已将夏毅围了个水泄不通，作势要将其生吞活剥。

见夏毅被众人东拉一下西拽一把，林屿除了干着急还是干着急："你们别这样，有话慢慢说。"他正琢磨着上前拉开众人，就见大家忽然一顿，纷纷僵在了原地。看着这情景，林屿只觉眼熟，果不其然，他一回头，只见夏毅正举着手机操作着，然后下一秒，刚刚还气急败坏的众人纷纷作鸟兽散。

"你疯了！"听见林屿出声，夏毅霸气回复："啊，倒是把你给忘了。"说着，打开自定义，将驱逐对象改成了"所有人"。霎时，林屿只见夏毅的脑袋突然来了个 360 度转动，他还来不及惊呼，《电锯惊魂》里的经典面具出现了，与此同时，一个嘶哑的声音也骤然响起："I want to play a game.（我想玩游戏。）"

Part 5 计谋

使用驱"蚊"器 App 以后，夏毅犹如打开了新世界的大门。但凡上门要求退款的，统统驱"蚊"器伺候之，林屿也不例外。

这天，林屿又一次被夏毅吓下楼后，看见上次那拨要求退款的客人正坐在花坛边。彼此确认了眼神，同为天涯沦落人。

林屿盯着表哥，拧眉道："其他人也就算了。可夏毅不是说，小人退散 App 你有入股，那你怎么还跟他们一队？"

表哥吹胡子瞪眼："说到这个就来气！说是入了股，可到现在我也一分钱没见着！这种人谁要跟他一个战队啊！我现在的目标只有一个——退钱！"

"没错，"其他人纷纷点头，"必须退钱！可问题就在于，我们接近不了他啊。"

林屿摩挲下巴："其实真要接近他的话，也不是没有办法。唔，怎么样，要组队吗？"

林屿的办法就是请君入瓮。夏毅因为买球输光了钱，现在正哭穷。是以林屿申请了微信小号，以要买小人退散 App 为由，把夏毅约了出来。碰头地点定在了音乐公园后面的老胡同。这胡同因为近期准备拆迁，里面的住户早已搬了个空，最近刚好荒废着，拿来收拾夏毅正合适。跟夏毅约定好后，林屿和表哥等人提前隐蔽在了附近。

表哥一边拍着身上的蚊子一边嘀咕："那小子真的能来？是个人都会察觉这是个陷阱吧？明明交易线上就能完成，偏偏还要见什么面，而且还约在这种鬼地方……"

普通人自然能发现这其中的猫腻，但对于急需钱的夏毅那就不一定了。所以他们只能赌这一把。林屿正想把这个道理解释给表哥听，就听表哥扬声道："来了！"

果不其然，林屿一抬头，见夏毅走进了胡同。大概是察觉到了气氛不对劲，走了一小段路后，夏毅突然回头，想要离开。

好不容易大鱼上钩，怎么可能放过？见夏毅想走，众人当即从角落里闪了出来。

表哥一脸怪笑，一边缓缓迈步走向夏毅一边道："要去哪儿啊？"

看着眼前的表哥，再看看其身后那些要求退货的和林屿，夏毅哪儿还能不明白的："表哥你到底要我说几遍？'小人退散'你可是有参股的啊！你为什么又站错队？"

表哥吹胡子瞪眼："你还好意思说！说是参了股，可钱呢？这笔账不能就这么算了！"

"废什么话，上！"正说着，其他几人就冲了上来。眨眼间，几个人扑了上来，将夏毅团团围住。矮个子男生一边搜夏毅的身一边道："手机在哪儿？赶紧交出来！"

夏毅被几个人挠得又痒又难受，一边喊救命一边哈哈大笑，但再怎么挣扎也是于事无补，在几个大男人的围攻下，夏毅的手机还是被找到了。离了手机，没了驱"蚊"器 App，夏毅犹如被拔了爪牙的老虎，任人宰割。

看着这一幕，林屿摇了摇头，正想招呼大家收工，见夏毅突然扑了过来。与此同时，听表哥的尖叫声响起："快拦住他，林屿手上也有手机！"

林屿哪儿还有不明白的。夏毅这小子分明是想硬抢他手上的手机啊！说时迟那时快，眨眼的工夫，夏毅已经扑到了林屿面前。林屿转身护住手机，道："臭小子你是不是真疯了？"

其他人见状，也冲上来帮忙。

"快，快拉住他的胳膊。"

"啊，你拉我胳膊干什么？"

"脚，谁踩我脚了？"

"等等，夏毅人呢？"

众人乱作一团时，林屿才惊觉夏毅已经闪到了一边。他微惊，再一看手机还在自己手上，这才稍稍松下一口气来。

夏毅"呵呵"笑出了声："你的手机是没抢到，可有人手机却不见了。"说罢，他晃了晃手上的手机。见状，大叔摸了摸自己的裤兜，这才拍脑袋道："呃，大意了……"

夏毅抱着手机发出哈哈大笑："想退钱，等下辈子吧！"

夏毅话音刚落，林屿闻到身边传来了阵阵尸腐臭，甫一回头，见一只血肉模糊的丧尸正冲自己咧嘴笑着……这头，表哥等人也好不到哪儿去。

大叔指着夏毅结巴道："是隔壁老李，你、你不要过来！我都已经跟你解释过很多遍了，那晚、那晚我喝多了，我真不是故意的……不是故意啃掉你家仙人掌的，啊！救命！"

林屿抓狂万分："我裤子都脱了你跟我说啃仙人掌？还有隔壁的为什么不姓王啊？"

另一边，表哥的眼前也出现了幻觉，他只见站在胡同中央的夏毅消失了，原地只剩下了一头面目狰狞、穿着女式睡裙的狼……"啊！狼外婆啊！"

听到与恐怖气氛极为不合的名词后，众人一时都忘记了害怕，纷纷朝表哥行注目礼。

表哥微微脸红，瞪眼轻咳："干什么？童年阴影不行啊？都这个节骨眼了你们还管我看到了什么吗，最重要的是——跑啊！"一声令下，当即众人作鸟兽散。

Part 6 解决方案

夏毅对所有人开启了驱赶模式。胡同外面，林屿等人眺望着里边的情景，皆不知所措。

胖乎乎的女生道："现在怎么办？实在不行，我们打 110 吧？"

大叔摇头："打 110 没用，警察哪里有空处理这些。"

林屿汗颜："那依你的意思？"

大叔豪气万丈："求人不如求己，既然已经知道一切都是幻觉了，还有什么好怕的？只要内心强大，无懈可击，他就奈何不了我。"说着，大叔雄赳赳气昂昂地走进了夏毅设置的驱逐区，"你们都等着，我这就去把这小子逮下……呕！"只可惜这头话还没说完，一进入驱逐区，大叔就歇菜了。

林屿道："所以都别讲那么多废话了，要是内心的恐惧真那么好克服，还叫什么软肋？"

大叔吐着被人搀扶出了驱逐区，偏偏还不死心，拉着林屿道："我又想到一个办法，这小子不就是靠幻象吓唬人吗？你们快去给我找块布，我蒙着眼睛进去收拾丫的。"

林屿叹息，不中用的。驱"蚊"器App除了能让人看到幻象，还能让人产生别的幻觉。刚才他因为离"丧尸"太近，还嗅到一股尸腐味。

表哥着急："这也不行那也不行，那怎么办？总不能他在里面一辈子，我们也在这等一辈子吧？这胡同里可早断了电，晚上特别瘆人。"

"这根本不是天黑不天黑的问题，就算没……"林屿话说到一半突然顿住，少时才"咦"了一声，又道，"你刚刚说断电？"

话毕，林屿脑中灵光一闪，拍掌道："有了。"

众人不解其意，歪头问："啥？"

林屿深呼一口气："咱们就在胡同口等着好了，等过段时间，危机自然就解除了。"

没错，从某种角度而言，驱"蚊"器App是无敌的，它可以通过视觉、听觉甚至知觉来制造恐惧，可再牛的App也脱离不了电啊！只要手机没了电，夏毅设置的驱逐区自然而然就破解了。等到时候，自己进去跟他解释清楚，然后再胖揍他一顿！

打定主意，林屿打了个响指："就这么办！"

Part 7 尾声

最后的结局毫无悬念。一小时后，夏毅还没耗完手机里的电，就自己出来了，理由是"里面的蚊子实在是太多了，看把我咬得这一身包"。

林屿一脚踹飞夏毅："该！"

倒不用夏毅再召回那批卖出去的App了。因为第四次测试时间一到，所有客户手机里的App就自动消失了。之前付的钱也退回到了个人账户里。不过因为夏毅加价倒卖，那部分多余的钱他暂时给众人打了借条，只能以后分期慢慢还。

一切都很好很圆满，唯一遗憾的是，这次测试林屿名落孙山了。

看着跟自己名次紧挨着的苏衍，林屿微微皱眉："我名次掉到最下面也就算了，怎么过了这么久，苏衍这货的业绩还是这么惨？"

阿一："你、看看、他是、怎么、推销、产品、的、就、懂了，等着。"

话毕，林屿手机里弹出一个视频来。

视频里，苏衍正面无表情地跟眼前的女孩背着广告台词。也亏得苏衍有个颜霸的人设，女孩才没有抬脚就走。苏衍背完广告台词后，终于到展示产品阶段了。他打开驱"蚊"器App后道："我演示给你看看你就懂了。比如我不喜欢那些肤浅只看脸的人，那么我就在目标对象里选择'颜值'这个选项，然后点击确认——"伴随着苏衍的话，面前的姑娘大惊失色，一声惨叫拼命跑远了。而这头，苏衍却淡定如常地望着姑娘远去的背影，说完了下半句台词："你看，这个App的效果真的很好呢。"

看完视频，林屿哭笑不得。效果好？好你个头啊！

将手机扔到一边，林屿平躺在床上："忙来忙去最后还是一场空，实在太虐了。"

毒舌阿一竟没有讽刺，反倒温柔安慰道："没关系，测试师不要你，回收师要你。经过我们回收师测试组组委会内部评估，你总体表现良好，已经提前转正了，恭喜。"

闻言，林屿震惊到从床上蹦了起来："你的意思是说我现在已经是正式回收师了？"

阿一轻描淡写地"嗯"了声。林屿嘴角抽搐，已经不知该做何反应。按照一般小说套路，自己不是应该过五关斩六将，再来个大反转大高潮，最后才通过测试的吗？这么随随便便就转正是闹哪样？这主线任务到底是有多随意？还有——

"什么内部评估又提前转正的，你说的组委会该不会从头到尾就只有你一个人吧？"

原本林屿也就随口那么一说，谁料阿一却一口答应下来："没错。"

"纳尼？"林屿再次震惊，"原来说了这么久，什么组委会什么测试都是你丫唬我的？"

"谁规定的一个人不能成立组委会？你也看到了，对方不断对外投放黑科技产品，我又要调查对方下落又要回收黑科技产品，分身乏术，培养个回收师有什么毛病？"

阿一理直气壮地说完，又给林屿发来网红表情包，上面赫然写着——林屿，你已经是个成熟的回收师了，该学会自己回收物品了。

面对阿一的无耻，林屿气到直冷笑："什么正式回收师，我拒绝！"

有些、事情、可、由不、得你，哈哈、哈。

第十三章

梦 境 人

如果能够控制梦境,你希望做什么样的美梦呢?

在百度刷到这个问题时,男生想都没想就在下面敲字回答:"当然是绑架富坚老贼(富坚义博,漫画家,因爱拖稿读者对其又爱又恨)啦!把他关进小黑屋,不填完坑就不许他出来。"

回答完毕,男生将此事抛到了脑后,可当他准备关机睡觉时,却意外发现自己刚刚发表的那条回复被采纳为了最佳答案。

提问者"梦境人"在下面回复他道:"美梦今晚送达。"

Part 1 梦境人

深夜,S市。

林屿蓦地睁开眼睛,感受到周围黏糊糊的空气,这才想起自己在公交车上。

今天高兴生日,林屿跟众同学撸了顿串、唱了场 KTV 后各回各家各找各妈。上公交车后没一会儿,林屿迷迷糊糊地睡着了。谁知道再醒来,外面已下起淅淅沥沥的小雨。

抹了把额头的细汗,林屿拧开矿泉水咕噜咕噜灌下去一大半。蓝牙里传来了毫无起伏的机械女音:"你做、噩梦、了。"

因为是在车上,林屿没有直接回应阿一,手握成拳抵在嘴边咳了咳。

阿一接着往下道:"你、是不、是、梦见、自己、绑架、了、富坚?"

岂止！除了绑架富坚老贼，林屿还把他关进了一栋别墅里。别墅里什么都没有，只有一个深不见底的巨坑。林屿就每天逼着老贼填坑。请注意，这里说的"填坑"并不是引申意义的填坑，而是真真正正的填坑！每天林屿就守着富坚老贼，看着他一铲一铲地往坑里撒土……这不是脑子有毛病吗？要真有机会逮到富坚老贼，必须跟他切磋麻将技术……呃不对，是逼着他画完《全职猎人》啊！

林屿吐槽完，这才后知后觉地怔住，压低声音问："你怎么知道？"

"蠢货，来、活儿、了。"阿一话音落下，手机界面就调到了某问答平台的主界面。

最近，S市出了件不大不小的怪事。

每晚九点，一个叫"梦境人"的家伙都会在平台上询问众网友——如果能够控制梦境，希望做什么样的美梦？然后，他会在众多回答中挑选出一个，采纳为最佳答案。而邪门的是，这个最佳答案的内容会出现在当晚所有做梦者的梦境中。

"今天、被、采纳、的、最佳、答案、是、囚禁、富坚、迫使、其、填坑，所以、刚才、你才、会、梦到、绑架、富坚。"

逼富坚填坑就真的让他在梦里挖土填坑？这梦境人的理解能力也是感天动地。

佯装成打电话的样子，林屿扬眉道："这又是黑科技产品搞的鬼？"按照以往的惯例，黑科技产品总会借鉴一款知名App出位，所以这次惨遭模仿的是百度知道？

可阿一给出的答案却是否定的："这次、的、情况、跟、以往、有点、儿、不同。我、检查、过、问答、平台、的、后台，并、没有、找到、黑、科技、产品、的、影子。"

"那这是？"林屿微微蹙眉，"总不是这个叫梦境人的家伙真有特异功能吧？"

"Ta、有、没有、特异、功能、我、不、知道，但Ta、手上、有、梦境、编辑、器。"

梦境编辑器，顾名思义，就是一款可以编辑梦境的App。使用者只需将文字、视频，甚至游戏发表到App上，当天晚上，使用者设定范围内的做梦者都会梦到相对应的内容。根据阿一的猜测，梦境人应该是利用问答平台玩了一个征集活动。每晚征集大家想要体验的美梦，然后再将挑选出来的"最佳答案"放进梦境编辑器里。

"不过，光有、梦境、编辑、器、Ap、p、是、没用、的。这款、黑、科技、产品、还要、有一、台匹、配的、信号、器，专门、用来、发射、梦境、信号，扭曲、改变、做梦、人、的、梦境。所以，作为、回收、师，你、这次、的、任务、很、简单，就是、摧毁、信号、器。信号、器的、位置、我、已经、找到、了，现在、就、发给、你。"

林屿起先还连连点头，可隔了会儿就听出不对劲来："等会儿，谁作为回收师？朋友，如果我没记错的话，我上次已经明确拒绝了你们的邀请。"

阿一略微沉吟："其实、比起、这个、你、现在、更、应该、关心、另外、一件、事。"

林屿问号脸。

阿一学着林屿的语气："朋友，你、坐过、站了。"

闻言，倒霉蛋林屿望了眼窗外，绝望扶额："信了你的邪。"

Part 2 梦境日常

因为不想承认回收师的身份，关于回收任务什么的，林屿直接选择了无视。他琢磨着，这次的黑科技产品顶多也就能帮人做做梦，就算自己放任不管，应该也出不了什么大问题吧？可谁料说打脸就打脸，不出一个星期，使用梦境编辑器的后遗症就来了——

这晚林屿睡下后，迷迷糊糊正要荡入黑甜的梦乡，耳边突然传来一个女人的声音："喜迎党建 97 周年，X 行大额存单浓情开售啦！"

女人这么欢快地一喊，吓得林屿直接滚到了床下。望着眼前身穿小西装、手拿存款单的陌生女人，林屿下意识地抱紧了怀里的枕头，怒道："你谁啊？怎么进来的？"

女人跟听不见林屿说什么似的，只一个劲地背广告词："最高上浮 50%，额度有限，先到先得！详情请咨询 X 行 S 市沙河堡支行……"

这头女人的话还没说完，另一边声情并茂的男中音又响起："房价 5000 元一坪的时候，你在犹豫；8000 元一坪的时候，你在犹豫；20000 元一坪的时候你还在犹豫！机会不容犹豫，金 X 公馆八月盛大开盘，66666 元一坪精装起售……"

紧接着，男中音广告词还没念完，旁边又是一声叹息，他扭头一看，骇得重新跳回了床上——一个穿着浴袍的女人一面按摩脸上的面膜一面道："唉，真烦人，一到夏天就出油过敏长痘痘。"

旁边化浓妆的长发女人捂嘴笑开："用这种便宜面膜，想不出油都困难。"说着，她面向林屿举起了一盒绿色面膜，"XX 牌面膜，控水出油洁面三位一体。冰冰推荐明星产品，现价 128 元一盒哦。"

看着夜幕下越来越多的人从地上爬起来，举着产品朝自己踉跄而来，林屿"嗷"的一声惨叫，跳下床去开卧室门。可不论他如何努力，卧室门就是拧不开，而另一边，广告丧尸们却已到了跟前……

"救命啊，阿一救命啊啊啊！"

后遗症症状之一：梦里也有广告轰炸，你怕了吗？懒猫牌安神睡眠茶，帮你消除多梦失眠……（编辑扔板砖：再打广告就扣稿费！）

之前，林屿有个问题一直没想通。按照阿一的说法，梦境编辑器是可以设置使用范围、进行点对点运行的。也就是说，梦境人完全可以自己一个人使用梦境编辑器，可Ta却选择了广而告之，每天不辞辛苦地帮别人制造美梦，为什么？

现在林屿懂了，彻彻底底懂了。这货是故意打造梦境平台，放长线钓大鱼！先是垄断所有人的梦境，然后再进行大肆宣传，等人气和口碑都有了，就开始无耻地投放广告了！

作为每晚必做梦的男孩，面对如此密集的广告轰炸，林屿直接养出了黑眼圈。

阿一幸灾乐祸之余，还是给了林屿台阶下："现在、反悔、还、来得、及、摧毁、梦境、信号、器、很、简单、找把、锤子、就行。"

可就在林屿微微犹豫之际，一则重要声明又蹦跶出来了。这天，梦境人照常在百度知道提问后，又在下面跟了一大段声明。Ta大方表示，已经收到来自四面八方的投诉，知道大家都对广告轰炸深恶痛绝，但取消是不可能的，但可以加入梦境会员屏蔽广告！

"一个月98元,连续包月即可降到88元,包年还可抽取价值4000元的梦境白金卡哦。"

"这算什么声明，分明就是广告好吗？而且狗改不了吃屎！这次好不容易没抄袭别人的App了，结果转头就抄袭别人的会员制度，要脸不要？"话虽这么说，但在"被迫交钱成为会员"以及"被迫接受任务承认自己回收师身份"两件事上权衡了一番，林屿选择了前者。充值成为会员以后，林屿的梦境重归平静。可没消停两天，林屿又发现了问题。

这晚他临时起夜，听见卧室外传来窸窸窣窣的翻动声。放暑假后，爸妈回老家避暑去了，家里只剩他一个人，所以外面发出声音的会是谁？林屿警觉地将门推开了一条缝，只见两个身材魁梧的男人正在客厅四处翻东西。

知道家里进了贼，林屿的心骤然提到嗓子眼。他暗暗掩上卧室门，点亮手机屏幕开始拨110。可手机不知道出了什么毛病，林屿按键后，要么蹦跶出其他数字来，要么死活没反应。

"这到底怎么回事？"林屿越是着急越是拨不准电话号码，就在他急得跳脚之时，只听"嘭"的一声，卧室门被踹开了。看着两个彪形大汉朝自己缓缓走来，林屿脑子里霎时闪过千万种可怕的念头，可彪形大汉却突然手举饮料，张口就来："着急上火就喝X老吉。新包装新设计，携带更方便！喝凉茶，请认准中国人的品牌——X老吉。"

眼睁睁地看着对方把饮料塞到自己手上，林屿脑袋里一声炸响。他倏地睁开眼睛，这才发现自己还躺在床上。墙上的挂钟滴答滴答地响着,门外静悄悄的,什么声响都没有,更没有什么小偷。花了半秒钟回神,林屿终于想起今晚梦境人采纳的最佳答案是"体验《小鬼当家》电影"。

所以刚才的一切不过是一场梦,可为什么梦里还有广告啊?气急败坏的林屿当即给客服打了电话,谁料客服却表示这没毛病。客服有理有据道:"先生,您的会员的确可以屏蔽广告,但刚刚您所描述的情况属于植入广告,并不包含在您的会员套餐里。"

林屿有骂娘的冲动:"充值会员就可以屏蔽广告,这是不是你们说的?我就问你,植入广告是不是广告?"

客服小姐依旧温柔如水:"先生,我这么跟您解释吧。您看,您充值X酷会员是可以屏蔽广告的,对吧?可是电视剧里的植入广告,您能屏蔽吗?"

林屿霎时无言以对。

"您就知足吧,比起腾X视频我们算好的了。充值腾X家的会员,看有些电影还让您另买观影券呢!"

听了客服小姐的话,林屿竟莫名生出了理亏的感觉,音调顿时弱了下来:"那……就没有解决的办法了吗?"

"办法是有的。"客服小姐的热情值瞬间翻了个番,"只要您现在一次性充值10000元,就能免费获得价值4000元的梦境白金卡。拥有白金卡后,如果在梦境里再次出现植入广告,您亮出白金卡,就可以跳过广告了。"

林屿:"……"

后遗症症状之二:梦境平台不仅抄袭视频平台的会员制度,还连对方的无耻都照搬抄袭了,这该怎么破?

因为时不时蹦跶出来的植入广告,林屿的睡眠质量每况愈下。他严重怀疑,再这么玩下去,自己会神经衰弱。

"神经、衰弱、倒不、至于,但性、取向、方面、会、不会、出现、问题、就、不得、而知、了。"

听阿一话里有话,林屿抱胸:"你什么意思?"

阿一话不多说,直接甩给林屿一个网站链接。林屿点开链接一看,头皮瞬间炸裂。内容是这样的——如果真能自我选择,我最想做的美梦当然是跟我家爱豆谈恋爱啊,为什么梦境人的那个问题下面都没人写类似的答案?

林屿秒懂。这是一位迷妹的心声,但他只是个糙汉,完全没有跟爱豆谈恋爱的幻想啊!

但该回答下面是一片叫好声。有赞许这是个好想法的,也有醍醐灌顶表示这就去写答案的,还有提议去组团刷答案的!而让林屿感到不安的是,要去刷答案的人里面十个有九个都是女的!这也就意味着林屿极有可能在梦里跟男生⋯⋯

阿一语气沉(huan)重(kuai)到连停顿都忘了:"你最好做好心理准备,X家的、XX家的,还有XXX家的迷妹们都在策划今晚刷答案的事情。她们还找人撰写了答案,我刚刚进她们的讨论组去看了,那剧情写得需要打马赛克⋯⋯"

林屿砸键盘:"你个老流氓AI不要教坏读者!未成年谈什么恋爱!"话毕,他又自我安慰道,"而且⋯⋯她们说今天梦什么就梦什么吗?那也得她们写的答案被采纳才行。"

阿一道:"这个问题迷妹们也想到了,所以她们决定今晚多叫点儿人过去刷回答,好提高被采纳的概率。"

林屿"喊"了声,就听阿一接着道:"初步估计有十万人。"眼见林屿血槽已空,阿一又补刀道,"放心,小狼狗、小奶狗、小鲜肉和老腊肉,总有一款适合你。"

后遗症症状之三:迷妹们已经开始行动了,林屿的末日还会远吗?

Part 3 无梦计划

在身心备受煎熬的情况下,很快林屿憔悴得没了人形。但饶是如此,他还在咬(chui)牙(si)坚(zheng)持(zha)。一方面实在是搁不下面子,另一方面则是因为他已经交了一年的梦境会员费了啊!他要是接了回收任务,一榔头砸下去,攒了一个暑假的零花钱说没就没了啊!

阿一毒舌道:"正、所谓、不作、不会、死,你、明明、知道、自己、迟早、会、接受、回收、任务,居然、还、一次、性、充、那么、多钱,你不、活该、谁、活该?"

被阿一这么一激,林屿从沙发上跳了起来:"谁说我迟早会接受回收任务的?小爷我这次还真就跟你杠到底了!不就一破App吗?我还就不信了,我堂堂人类还斗不过它?只要我不再做噩梦,看你们能拿我怎么着!"

话是这么说,可到底怎么样才能实现自己的无梦计划,这是个问题。

知晓事情的来龙去脉后,高兴第一个蹦跶出来出主意:"吃药,妥妥的吃药!我爷爷是老中医,祖上传下来一个偏方,是专门治疗失眠多梦的。只要你吃了,保管你不再做梦。"

"真的假的？"见高兴把胸脯拍得砰砰响，林屿心里反倒有些打鼓。

这头高兴倒是不管三七二十一，撸起袖子就干："正好我记得那个偏方，现在就给你兑。"

"嗳，兑？"林屿微微咂舌。一般所谓的老偏方不都是用中药熬制而成的吗，怎么到了高兴这儿直接给兑了？

这头林屿还来不及提出质疑，只见高兴熟练地往碗里倒了点儿洗洁精，嘴里还振振有词："洗洁精，少许。"

"洗、洗洁精？这玩意儿能吃？"

高兴不搭理林屿，又往碗里撒了些糖："糖，少许；五香粉，少许；花椒，两颗……"

听着高兴背诵的"老偏方"，林屿头顶已满是黑线。大哥你这是在做饭还是在兑火锅底料啊？乱七八糟加了一大堆调味料后，高兴又往碗里滴了两滴风油精，再用勺子搅搅，这才郑重其事地端到林屿跟前："好了，喝吧。"

盯着这碗色泽奇异、气味更奇异的"老偏方"，林屿已确定高兴是来搞笑的了。他微微笑了笑，留下一句"打扰了"就转身离开。从一开始，就不该相信高兴这个头脑简单的家伙！偏方计划，淘汰！

"高兴的话你也敢信？"收到林屿的求助信息后，许立亟亟赶来，一番女王架势的教训后，这才抱胸，"不过说起治疗失眠多梦的话，我倒真有一个办法。"

林屿闻言重燃希望，亮眼道："什么方……"这头他话还没说完，许立一个手刀劈了过来。剧痛骤然传遍全身，林屿只觉眼底一阵发黑，隔了好一会儿才缓过劲来。

等他重新恢复意识，看见许立满脸期待地盯着他："怎么样？"

"什么怎么样？"林屿咆哮，"你为什么要这么大力地打我？"

许立一记刀眼看过去，林屿的声调立马就降了下来。

"真是好心没好报，你不是想要不做梦吗？晕了不就没梦可做了吗？"

林屿"呃"了一声，挠头道："你说得好有道理，我刚晕过去那一下好像真的没有做梦……可那一下最多两秒钟，能管什么事啊？"

许立微微点头："说得也对，是我下手太轻了。"说话间，许立环视四周，最终，将目光锁定在了木桌上。

眼见着许立一步步走向木桌，林屿的心里骤然升起不好的预感，惊恐万分道："你想干什么？啊啊啊！"

只见大力怪许立直接举起了木桌，朝自己直直地冲了过来："你别怕，我会控制好力道，保证砸到你刚刚晕厥却不受伤的程度……哎，我跟你说话你跑什么？"

此时不跑，更待何时？面对生命威胁，之前还觉腿软的林屿嗖的一下蹿出了屋子。

身后许立还在穷追不舍："林屿你是不是对我不信任？是不是质疑我控制力道的能力？小兔崽子你给我站住！看我今天不打死你！"

林屿一面没命地跑一面认清了一个事实——他的朋友里没一个靠谱的，没！一！个！晕厥计划，淘汰！

一路跑出七八条街，见身后没了人影，林屿这才放心停下来。他吐着舌头喘气之际，听见身后有人打招呼道："哟。"

林屿回头，只见巷子中亮起一点儿微弱的光，少时一个穿着无脸男连体衣的俊美男子举着灯笼过来了。

"是你啊。"林屿松了一口气。

苏衍颔首："听你有事我立马就赶过来了。其实我有办法可以让你不再受梦境的骚扰。"

林屿现在听这话都怕了，他正想拒绝，苏衍抢在前头道："我想到的这个方法就是，你可以去深山老林。"

闻言，林屿眉毛直接拧成川字："哈？"

苏衍分析得头头是道："不论那个梦境人用了什么样的手段垄断了所有做梦人的梦境，他总有鞭长莫及、信号覆盖不到的地方吧？"苏衍翻出XX县地图，指着最东边的一座山川道，"我姥姥老家后面有座荒山，叫不青山，那儿没信号没人烟，进去的人几乎就没活着出来的，可谓是中国版的青木原树海。相信你去了那里，梦境人也就追踪不到你了。"

林屿微微语塞。

苏衍直接将背上的肩包递给林屿："来之前我都替你准备好了，这包里有地图、压缩饼干和电筒，到了那儿电话也联系不上了，你自己多保重。"说着，苏衍又拍拍林屿的肩，"去吧，如果你我缘分未尽，希望今生还能再见。到时候你记得把在荒山遇鬼的故事都告诉我，我好学习经验以后称霸恐怖界。"

"我去、我去……"林屿直接将双肩包摔在地上，"老子认输还不行吗？阿一，快，把信号器的地址发给我，我这就去把它砸个稀巴烂！"

话音落下，阿一却没吱声。

林屿以为阿一是顾忌苏衍在场，刻意走到角落，又低低喊了声"阿一"。

这次，阿一终于出声："晚了。"

"什么？"

阿一："不知道什么原因，我突然监测不到信号器的位置了。"

林屿一口气没顺上来，直接晕死了过去。

Part 4 漏洞声明

这篇故事的主要目的就是来虐自己的，林屿鉴定完毕。他好不容易决定接受回收任务了，梦境信号器那边却出了岔子。不仅如此，这晚梦境人也没有现身。虽然问答平台上没有任何答案被采纳为最佳答案，但这晚所有做梦者还是做了同一个梦——

梦境里，所有画面都变成了黑白色，林屿"醒"来时只见自己处在一个狭小潮湿的洞穴里，外面是哗啦啦的雨声以及雷电声。伴随着狂风骤雨，不多时，洞穴里就进了水。等他回过神来时，雨水已淹到了胸口，在恐慌和惧怕中，他被来势汹汹的雨水带出了洞穴，一路漂到了某个角落。角落里杂草丛生，道路泥泞，斜对角似乎还有块石碑。

林屿正想着怎么自救，画面突然出现了类似干扰的条纹波动，与此同时，他耳边也传来了吱吱的噪音声。画面再一闪，惊涛巨浪便从四面八方袭来……

"再然后，我就醒了。"林屿向阿一叙述道。

自打梦境人失踪以后，林屿每晚都做这个梦，大家也跟林屿一样，夜夜都是噩梦连连。因为梦境太过真实恐怖，很快就有人受不了了，他们在网上谴责、谩骂，要求有关部门出来追踪调查……另一边，梦境会员和广告商们也纷纷要求退款。

大概是出于舆论压力，噩梦事件后的第三天，梦境人终于现身，并在网上发表了一则声明。梦境人解释说，因为最近连连暴雨，搁放梦境信号器的地方进了水，这才使得信号器出现了故障，让大家噩梦不断。

"可鄙人最近因为沉迷游戏，并没有时间前往出事地抢修，就连写这则声明也是因为游戏更新才抽出空来的。

"另外容鄙人再多说一句，□□这款游戏实在是太坑爹了，买装备要花钱，买坐骑要花钱，买经验药水还要花钱，就连开个箱子都得再另花钱买钥匙。强化装备的成功率又低到让人暴躁，好不容易养个宠物吧，有效期还只有90天。

"□□公司，鄙人□你□□。"

……

看到这段槽点满满的声明，林屿也直接暴躁到摔鼠标了："这到底算哪门子声明啊！抢修时间、补偿说明、退款问题一个也没有，反倒吐槽了一大堆有的没的！而且，大哥你真的是认真的吗？梦境信号器这么高科技的玩意儿居然不知道做个防水的？还不如我家电动牙刷呢！"

"这份声明也不是完全没用。"阿一难得正经，"至少现在我们知道，我无法对信号器定位是因为它进水出了故障。"

"那个噩梦又是怎么回事？"

阿一略微沉吟："所有黑科技产品都有'黑匣子功能'，即遇到紧急情况时，记录下当时的画面和软件状态，以备日后维修人员了解情况。"

闻言，林屿微微摸下巴："你的意思是说，我梦里的画面就是信号器故障前一刻拍下来的画面？"

"没错。"阿一道，"你梦境里看到的地方极有可能就是信号器现在所在的位置。你再好好回忆回忆梦里的场景。"

"我只记得，自己顺着水流漂出了洞穴，然后落在了一个角落。角落对面的石碑上写着……不、青、山？"

林屿"咦"出声："不青山？这名字怎么这么耳熟，好像在哪儿听过？"

话音落下，林屿也想起来了——对啊！不青山！那不就是苏衍他姥姥的老家？

Part 5 不青山

确定信号器的位置后，林屿兴冲冲地赶往不青山。

阿一表示："这次、倒是、多亏、了、苏衍。这、不青、山、偏僻、荒凉，如果、没有、他给、的、地图，估计、我们、连、怎么、走、都不、知道。"

对此说法，林屿表示赞同。

可两人到了不青山山脚一看，霎时呆若木鸡。

传说萧瑟颓败的不青山山脚走哪哪是人，吃饭的、乘凉的、喝茶打麻将的……俨然就是一热门旅游景点！

林屿抓狂："说好的中国版青木原树海呢？这人山人海的，到底算怎么回事？"

阿一："看来、我、还是、低估、了、人类、的、本领。既然、这么、多人、都、寻到、这了，说、不定、现在、信号、器、已经、被人、找到、了。"

可阿一再次失算，虽然不少人根据梦境寻到了不青山，可根据林屿打听到的结果，到目前为止，信号器依旧没有踪影。

小溪边，一老头正一边钓鱼一边替林屿解惑，他指了指对面刻着"不青山"三个大字的石碑，喃喃："看到没有？这就是所有人梦里的石碑，所有人都说那什么信号器掉在这，可谁来了也没找着啊。呵呵，少年人，我看你这样子也是来寻那劳什子的吧？要不要来我家住下？一晚上只要188，入住还送我亲手钓的小虾小鱼。"

"不用了。"林屿拒绝。

呃，这梦境信号器遗落在这，反倒误打误撞地带动了这一片的旅游经济。如果让梦境人知道了这事，也不知道他是会哭还是会笑。

这边老头见林屿拒绝还在据理力争："少年人你别嫌贵，再往里走，家家户户的价格都在两百以上。今天又陆陆续续来了上百号人，你要再犹豫，恐怕连贵价房都赶不上嘞。"

林屿正琢磨着怎么摆脱对方，不知从哪儿蹿出一只中华田园犬来。小家伙倒也灵活，三钻两窜就溜到了溪边，瞅准水里的一根枝条就叼了起来。

见林屿看呆，老头再次解惑："哦，这是我们村的流浪狗。别看这畜生愣头愣脑的，抓鱼那可是一把好手！这畜生也怪，平时除了来这抓鱼，偶尔也捡捡木头木棍什么的，也不知道叼去哪。不用管它不用管它。"

闻言，林屿一激灵，脑子里突然蹦跶出一个想法。老头说这流浪狗经常到溪边来叼东西……那有没有可能，梦境信号器出现故障以后被这货叼走了，所以大家才一直找不到信号器？只要跟着这只狗就能找到信号器！

念及此，林屿匆匆跟老头告了别跟上了流浪狗的步伐。

林屿跟着流浪狗东拐西拐，没一会儿就到了一破茅草屋背后。其背后有堆稻草，看样子应该是流浪狗平时的狗窝。

"如果猜得没错，信号器应该就在稻草堆里了。"可林屿要想上前检查稻草堆，最大的障碍自然是那只中华田园犬。

所幸林屿进山前带了不少零食，此刻他掏出兜里的牛肉干，在中华田园犬面前晃来晃去："呵呵，狗狗乖。我这儿有牛肉干，吃吗？"

田园犬竖了竖毛茸茸的耳朵，不为所动。

"哎，倒是奇了怪了，还有狗不爱吃肉的？"说话间，林屿将牛肉干扔到了田园犬跟前，田园犬依旧一副"不受嗟来之食"的样子。可随着林屿不断地扔过去肉干、饼干、巧克力、公交卡……嗯，公交卡？

"啊，扔错了！"林屿正着急投错了食，谁料这头，田园犬却抱着公交卡开动了……

"这样也行？"林屿微微咂舌。有肉干和饼干不要，却偏爱公交卡？

阿一提醒："你忘了老头说的了吗？这狗平时就爱瞎捡东西，看来属于兴趣比较奇葩的那种。"

林屿微微颔首，嗯，智商优秀成这样，估计这货是高兴的亲戚吧？不过既然如此，也只能将计就计了。

林屿挣扎一番还是掏出了怀里的钱包，冲田园犬招手道："小子，看这里，这里还有更好吃的。这里面除了公交卡、银行卡，还有本大爷的身份证卡哟！"

果然，田园犬一见林屿手上的钱包，就张嘴流哈喇子了。

"你这到底什么口味啊？"林屿一面吐槽一面把钱包当铅球往外一抛，与此同时，只见一道黑影闪过，眨眼的工夫田园犬跟着蹿了出去。

调虎离山以后，林屿赶紧跑到稻草旁，翻翻找找一阵还真让他找到个废弃充电宝。阿一曾说过，梦境信号器在外形方面可能有所伪装，眼下看来，这废弃充电宝就是信号器无疑了！

正思忖，一个渔网突然伸了过来，还不等他反应就见充电器被捞了去。

林屿震惊回头，只见刚才钓鱼的老头正摩挲着手上的充电宝。

"你……"

老头呵呵笑开："少年人，我说你走得怎么这么快，原来这就是那什么什么信号器啊。这宝贝疙瘩可不能让你们找到，要不然我那188的房子还租给谁住，我还指望着下个月再涨涨价呢！这些……可全靠它发家致富了。"老头一边说一边撤退。

林屿提腿欲追，可与此同时身后也响起了低噎的呜呜声。林屿心里咯噔一声响，这才想起被自己支走的田园犬。

试问，如果你被别人哄骗出去，然后再回来时发现家里被人翻得乱七八糟，你会怎么样？林屿浑身僵硬，缓缓回头冲田园犬打了个招呼："嗨，朋友。"还冲对方露出了个自以为亲切的笑容。

林屿冲田园犬咧嘴一笑后，刚才还按兵不动的田园犬突然一阵狂吠，紧接着直冲林屿扑了过来。

"啊啊啊，你别过来！"林屿打算开溜之际才听阿一道："蠢货，你没、听说、过、不能、跟狗、直视，更、不能、冲它、咧嘴、笑吗？因为、它会、误、认为、你、这是、在、呲牙、挑衅。"

只可惜一切都晚了，眨眼的工夫，田园犬已冲到林屿跟前，血盆大口一张，直接咬中了他的小腿。

霎时，空旷的山谷上空响起了林屿凄厉的惨叫声。

Part 6 恭喜，你已成为回收师

偷鸡不成蚀把米。最终，梦境信号器没拿到，林屿反倒被狗咬了一口。等待他的，将是一针破伤风和五针狂犬疫苗。

"另外、在打、狂犬、疫苗、后，你、极有、可能、感到、乏力、肌肉、酸痛、以及、轻微、发烧。"

"纳尼？"林屿绝望地叫出声，瞬间觉得腿上的伤更痛了，"我说，这是故意玩我呢还是故意玩我呢？我到底要倒多少次霉你们才肯放过我啊？"

"等等，"阿一突然道，"你也、不用、太、郁闷。虽然、有些、波折，但、梦境、信号、器、我们、还是、找到、了。"

林屿有些不明所以，只听阿一接着往下道："你、看看、自己、手上、拿的、是、什么？"

林屿定睛看向自己的手，只见手上正握着一根——"木棍？"

原来，阿一和林屿的猜测都错了。梦境信号器并没有伪装成充电宝，而是藏在了这根伪造的破木棍里。

这根破木棍一直被扔在不青山的某个洞穴里，任谁都不会想到这就是最近四处招摇撞骗的梦境信号器。后来因为山上发大水，木棍又被冲到了小溪石碑旁，机缘巧合地被田园犬叼回了窝里。

正所谓有心插花花不开，无心插柳柳成荫，彼时林屿见田园犬扑过来袭击自己，顺手捡起了这根木棍抵挡。后来因为逃得匆忙，也没扔掉手上的木棍，谁承想阴差阳错之下，反倒歪打正着。

这一刻，看着自己手里的破木棍，林屿终于喜极而泣。

"恭喜。"阿一也松了一口气，"正、所谓、有志、者、事、竟成，绕了、一大、圈，你、

终于、还是、承认、自己、回收、师的、身份、了。"

闻言，林屿笑着笑着又有些想哭了："你给我滚！"

阿一倒是难得没有回怼，反倒耐心劝说道："虽然我在招募你的过程中的确撒了一些谎，但有一件事是真的。我曾测试过许多人类，唯独你，不会被黑科技产品的功能所迷惑。这也是我死缠着你不放的原因。"

"你丫倒是说得再义正辞严一点啊！"林屿掀桌吐槽完，这才又道，"呃，不过既然都说到这了，我倒是一直有个疑问。这幕后的人到底什么来头？他手上怎么会有这么多黑科技产品？"

阿一语气幽幽："这些黑科技产品都是他自己发明的。"

"啊咧？居然都是他发明的？"林屿嘴巴张得能塞下个鸡蛋，"这么说起来，这人还是个天才啊！"

阿一应声，结果下一秒关注点就跑歪："所以借鉴抄袭各家App的人并不是我，下次吐槽的时候记得找准对象。另外还有一件事，我已经查明，这次对方并没有投放黑科技产品，而是自己在使用梦境编辑器。"

"自己使用，"林屿托腮，"为的是什么？"

阿一："这个就不得而知了。"

Part 7 尾声

林屿和阿一百思不得其解之际，所有人的噩梦消失了。不仅如此，所有人还收到了会费退款，可让大家惊讶的是，退款是之前所缴会费的十倍之多。而另一件让大家诧异的事是，梦境人只退了会员们的会费，广告商那边却半毛未还。

有人说，这其实是一场大型公益活动，活动主旨就是"愿广告不再骚扰我们平静的生活"。也有人说，梦境人是一个高科技黑手，他在用自己的方式帮大家报复侵略我们隐私和生活的烦人广告商。

网上闹得沸沸扬扬之际，一个面容清隽的年轻男生则坐在电脑前，神情专注地打着游戏。

可打着打着，屏幕画面突然闪现出类似干扰的波纹来。男生面色未改，只是声音已冷下三分："小八，你要是敢在我下本的时候动我电脑，我保证三分钟内让你变回出厂设置。"

干扰波纹骤停，同时，电脑桌上的手机自动亮起，一个略显稚嫩的正太音从手机里传出："天天就知道玩游戏你都快跟不务正业的废柴没什么两样了！你自己说说这都多久没出门散播黑科技产品了这次要不是你被广告骚扰想要报复估计连这个梦境编辑器都不会有吧？还有你别以为我不知道第二则声明你是故意写给阿一他们看的目的就是让他们帮你去处理报废的信号器。因为打游戏不想出门所以让敌对方去帮自己解决问题这事要是传出去是要让所有人工智能都笑到短路吗？"

男生有些头疼地揉了揉脑袋："你别管别的人工智能短不短路，你能不能先把你说话不喘气的毛病改改？"话毕，男生想了想，又道，"还有话痨的毛病。"

小八反诘："像阿一那样你就喜欢？"

男生跳过这个问题，道："退款的事都办完了吗？"

"办完啦！另外按照你的吩咐那些广告商的钱不仅没退广告轰炸的噩梦还会再持续一个星期。"

小八报告完毕，手机也刚好"叮咚"一声响，有新的短信进来了。

男生拿起一看，只见短信里赫然写着："暑假优惠福利来袭，XX商场全场满300减200，限量爆款1元秒杀……"看完广告，俊美的脸上浮现出人畜无害的笑容来。

"把这个人也拉进噩梦名单。"他道。

第十四章

点 评 家

九月金秋，秋虎横行，温度表上的数字似乎也在诉说着今日不宜出门。可这样的天气，S大附近某家网红店铺前却是人头攒动。排在队伍中间的男生抹了把额头上的热汗，突然有点儿后悔跑来凑这个热闹。

队伍终于轮到他了。站在吧台前，男生不假思索地点了一份招牌豆花。豆花和所有配料都是现成的，服务员麻利地准备好东西，将碗端到了男生跟前。

看着碗里白嫩嫩的豆花以及五颜六色的丸子，男生有些不满地皱眉。他舀了一小勺送入口中。尝毕，他面无表情地放下勺子，拿出手机，点开知名美食评论App——XX点评网，将一腔怒火都发泄了出来——

"何谓网红店？食难咽，汤难辨！金碟银碗何用乎？绣花枕头一包屎。屎，亦可浇灌农作物也，然此处之食一无是处。更可恶者，豆花里竟放糖！呜呼哀哉，此举与置砒霜何异？吾为今之食客一大哭！"附赠一星差评。

就在此时，旁边传来"扑哧"一声笑："大哥你真逗，这是甜品店，你不喜欢吃糖跑这儿来干吗？"

男生扭头瞪眼，正想着怎么回怼旁边的清俊少年，就听身后一片哗然。刚刚还吃得欢快的食客们纷纷炸锅——

"这什么破玩意儿啊，这么难吃！"

"店里装修得再好、碗碟再精美又有什么用？盛上来的全是屎！"

"求别侮辱屎，屎还能拿来当肥料，这些东西能拿来干什么？"

……

男生微微愕然。大家说的不都是他刚刚评论里写的吗？怎么会……男生正不知所措，旁边的清俊少年站起身，拍拍男生的肩，顺势将手上的糖水蹭了个干净："抱歉，刚趁你不注意，对你的手机做了些手脚。"

闻言，男生赶紧低头看手机，这才发现自己刚用的根本就不是 XX 点评网，而是一款叫"点评家"的 App。

"这是？"男生正想找对方问个清楚，可一抬头，哪儿还有对方的影子？

桌上只有一张纸条，上面用标准小楷写着——

祝使用愉快。

PS：我也是咸党。比心。

——还没想好新绰号就不留名了

Part 1 点评家

点评家 App，名字和商标都神似 XX 点评网，操作界面更是神似。两者唯一不同的是，XX 点评网上接受点评的都是店铺，而点评家 App 上却可以评论各色店铺、电影、书籍，甚至时事新闻。使用者使用点评家 App 时，只需选中想要点评的对象并进行评论，一分钟后，所有人的想法都会变得跟评论内容一样。

自从点评家 App 席卷 S 市，整个城市的画风变得异常清奇。最近的热播剧从《XX 攻略》《香蜜 XX 烬 XX》摇身一变，变成了十来部由当红小鲜肉 H 主演的低分玛丽苏剧，据说这是 H 的脑残粉在使用点评家 App；走在街上，所有追逐潮流的男孩不约而同穿上了格子衬衫和牛仔裤，还必备三天不洗的油腻头发和爆款黑框眼镜，据说这是 IT 男在使用点评家 App；一夜之间，各式各样的补习班陆续倒台，代替英语、数学补习班上位的是各色游戏培训课程，其中《王者农药》《绝地逢生》等游戏成为各大培训班的重要授课教材，据说这是学渣和游戏玩家在使用点评家 App；曾经百花齐放的甜品店纷纷关门大吉，就连豆沙月饼、蜜枣粽子、芝麻汤圆等传统甜食都因无人问津而惨遭下架，此处不用据说，一看就是异端咸党分子妄图利用点评家 App 一统天下！

因为黑科技产品在城市多处出现，阿一忙着回收的事情忙得不可开交，一连几天都见不着影儿。反倒是林屿这个新晋回收师整天无所事事，游手好闲。

这天，林屿突然收到苏衍信息，说是自己要参加什么活动，请林屿去现场帮忙助阵。

林屿到了展播厅才知道，原来学校正在为下个月的迎新晚会征集节目。凡是通过评委评选的节目就可以在迎新晚会上表演，另外需要说明的是，苏衍这蠢货根本就不需要自己帮忙助阵好吗？别人有自己的后援团啊！

林屿一到现场就发现，女生们举着各式各样千奇百怪的牌子，而其内容都跟苏衍有关，什么"苏衍苏衍，为你点赞""苏衍素颜，超级耐看"，更有吃货妹子表示"苏衍苏衍，你是番茄我是蛋"。等到苏衍再一登场，下面更是热血沸腾。

今天苏衍一改常态，没穿他的无脸男连体衣，反倒Cos起了死神硫克，一边举着苹果蹦跶一边唱《PPAP》。饶是这货左手左脚，五音不全，下面的妹子们还是集体醉了。

"快看，苏衍又顺拐了，真的好可爱。"

"艾玛，大大这音调真是太萌了。完了完了，我都已经忘记原声是怎么唱的了。"

林屿花了五秒钟确定了一件事，苏衍根本不是叫自己来助阵的，而是来向他炫耀的！认清这个事实后，林屿起身欲走。就在这时，主持人朗声道："下面请欣赏歌曲《我住长江头》。"

话毕，台上也传来叮咚作响的琵琶声。伴随着大珠小珠落玉盘，台上的男生也轻轻吟唱开："我住长江头，君住长江尾。日日思君不见君，共饮长江水……"

一开嗓，林屿就知道这节目靠谱了。男生声音干净清澈，唱起歌来少了几分原版的悠远沉稳，却多了些许少年的青涩明媚，再配上这清悦别致的琵琶声，别有一番滋味。

"此水几时休，此恨何时已。只愿君心似我心，定不负相思意。"

待演唱进入尾声，林屿这才发现演唱者竟然是爱拽文言文的胖子李鹏飞。林屿跟对方因为状态运动会曾结过怨，后来事情解决后两人再没碰过面，谁承想，今天居然在这撞上了。

林屿腹诽之际，台上的琵琶音也已经停了。曲毕，台下骤然响起热烈的掌声。可三位评委给出的结果却出人意料，他们一致表示，该节目不予通过。

一看这结果，台下瞬间炸锅。

"什么，唱这么好都不给通过？你们是耳瞎吗？"

"黑幕！之前《PPAP》唱那么烂怎么给通过？"

"你知道什么？刚唱《PPAP》的帅哥长得好看！"

"靠，不过是个迎新晚会，这都有内定？"

……

"大家安静。"眼见着台下沸腾，戴眼镜的男评委忙出来维持秩序，"大家听我说，咱们文艺周的节目审核有个综合的评判标准。这位李鹏飞同学，歌唱得确实不错，但综合舞台形象以及其他方面的考量，我们才给出这个结果。"

此话一出，李鹏飞霎时面颊绯红，眼看着就要爆发自己的洪荒之力。

林屿盯着李鹏飞那张犹如烤糊了的"煎饼果子脸"微微托腮，唔，要说形象吧，死胖子李鹏飞的确是差了点儿，可这跟唱歌有什么关系！唱歌唱歌，只要有嘴能唱不就行了吗？连《中国好声音》都知道不靠形象吃饭，专门弄了个转椅设定！堂堂大学居然还在搞长相歧视这一套，实在太低级了！

很显然，大家的想法都跟林屿一样。

有个小姑娘站了起来："形象差点儿怎么了？形象差点儿就不能唱歌了吗？不就是长了张大饼脸，外带月球表面的特质皮肤吗？"

"就是！"另一位男生也出声附和，"蒜头鼻怎么啦，死鱼眼怎么啦，性感厚嘴唇又怎么啦？这是搞外貌歧视！"

……

听着大家你一言我一语地"忿不平"，林屿当场嘴角抽搐。呵呵，你们要再这么"不平"下去，李鹏飞就要扛琵琶下场砸人啦！

这边评委也看不下去了，打断道："总之，我们有我们的评判标准。非常感谢李鹏飞同学参加本次活动，接下来让我们欢迎下……"

"抗议！你们这是人格侮辱！"

"必须让李鹏飞通过！丑点儿算什么？□□□和□□□那么丑，还不是一样靠嗓子红了吗？"

"你说谁丑？现在就跟我家□□□道歉，要不然老娘跟你没完！"

……

眼见现场一片混乱，林屿突然想起自己手机里被安装的点评家 App，灵机一动，当即摸出手机来。

这点评家 App 除了能够点评店铺、电影、小说，还有一项功能叫自定义。在自定义内，使用者可以自行添加被点评对象，再对其进行点评。

这会儿，林屿在自定义空格内输入——

点评家 DIAN PING JIA 第十四章

2018年S大迎新晚会

歌曲：《我住长江头》

演唱者：李鹏飞

上传好内容后，诡异的事情也发生了。

林屿还来不及给节目打五星好评，评委的嘶喊声刚好传进耳朵里："一切解释权归主办方所有，组委会的评判标准不容置疑！我说不让李鹏飞通过……"话说到一半，评委倏地顿住，话锋一转居然道，"我说不让李鹏飞通过那是开玩笑的。这么好的节目，这么好的歌手，怎么可能不通过？必须通过！"

林屿震惊之余，节目下面也自动生成了五星好评。显然，有人赶在林屿之前，利用点评家App评论了《我住长江头》节目。林屿再一刷新软件，只见评论者那栏赫然写着李鹏飞的名字。

原来这杠精也有点评家App。

Part 2 颜值即正义

就这样，李鹏飞利用点评家App躺赢了一波。之后的复赛、半决赛，但凡有人质疑自己，李鹏飞就利用点评家帮自己获胜。林屿虽然察觉到李鹏飞作弊，但考虑到评委们个个颜狗也有不公的分上，也没出手阻拦。

这么眼看到了最后决赛，事情还是出了岔子。

这天林屿去洗手间，刚蹲下就听外面有人说："听说今晚就是迎新晚会征集活动的决赛？你们评委会有偏向了吗？"

另一个男生道："早商量定啦。苏衍第一，李鹏飞第二。"

"咦，李鹏飞居然第二？我记得他发挥蛮稳定的，场场也都是爆满好评啊。"

"好评是好评，可他人气再高也高不过苏衍啊。再说了，他那长相、那身段，能让他最后上迎新晚会就知足吧。毕竟在舞台上，还是需要外表形象支撑的嘛。"

……

两人絮絮叨叨地聊着，声音也变得越来越模糊。

两人走远了，林屿也从洗手间里出来。可他一出来就发现李鹏飞竟然站在洗手池旁，正瞪着死鱼眼死死地盯着外面的方向。原来，刚才那两人八卦时，李鹏飞也在洗手间，就这么凑巧的,把两人的话听了个遍。面对此情此景,林屿不得不感叹,啊!洗手间果然是个偷听的好地方……

知道李鹏飞心里不好受,林屿上前拍了拍其肩,安慰:"呃,算了,谁让你命不好生在这颜值即正义的世界呢?管它第一还是第二,反正能上迎新晚会就行了嘛!"

谁料李鹏飞听了这话回过头来,又狠狠瞪了眼林屿:"呔!汝等小儿何知也?"话毕,拂袖而去,气得林屿直在原地跳脚:"你这种人活该长这样!我诅咒你一辈子都被人嫌弃长相!"

可让林屿万万没想到的是,自己的诅咒在当晚被打破。

当晚,因为林屿临时被老妈叫去陪逛街,等他赶回学校时,迎新晚会的征集决赛已经结束了。看着正在离场的人群,林屿随便抓住一个小姑娘就问:"麻烦问一下,刚才谁赢了?"

"当然是李鹏飞大大啦!"小姑娘给出的答案出人意料,但她满脸花痴的表情更出人意料,"啊啊啊,刚才李鹏飞大大唱的那首《归去来兮》实在是太好听了。世界上怎么会有这么完美的人?不仅歌唱得好听,人还长得那么帅!我真的对他没有抵抗力……"

不等小姑娘说完,林屿一脸蒙。刚才这妹子说李鹏飞长得……帅?请问他是耳鸣没听清吗?念及此,林屿咳嗽一声,问:"不好意思啊同学,我再冒昧地问一句,你刚才是说李鹏飞帅?"

妹子好像看穿了林屿眼里的不屑,当即拉下脸来:"自己长得丑就嫉妒别人帅吗?丑人多作怪!"说完翻着白眼走了。

林屿正不知所措,只见一人朝自己缓缓走了过来。

这人穿着黑T恤衫外搭黑色休闲裤,头顶还戴着个同色系的鸭舌帽子,不是李鹏飞又是谁?

林屿神游之际,旁边两个妹子也窃窃私语开了。

"啊啊啊,快看,是李鹏飞!"

"天啦,他的皮肤怎么能糙成这样?我实在是太羡慕了。"

"是啊,以前咱们还跟他们班一块上过大课呢。啧,那时候真是眼瞎,怎么没发现他的盛世美颜呢?"

……

林屿默默抹了把额头的冷汗,已经吐槽不能。妹子,如果你的眼睛不用可以捐给需要眼角膜的人。李鹏飞这张牙舞爪的长相,你们到底……不,等等,还真别说,这么远远瞧着，李鹏飞长得还真挺俊俏的。这个念头刚一蹦出脑子，林屿就被吓了一大跳。

与此同时，李鹏飞也走到了林屿跟前。他抬起高傲的下巴，斜睨林屿道："颜值即正义？吾长这般，照旧坐拥万千，何如？"

对方明明挑衅满满，林屿竟然沉浸在他的"美貌"中一点儿生不起气来。啊，瞧瞧他这根本就睁不开的眯眯眼，这几乎没有任何幅度的塌鼻子，这厚到非洲人都自惭形秽的香肠嘴，还有那圆滚肥硕的肚子，又短又粗的腿……

林屿仔细盯着眼前的李鹏飞，竟然觉得这货长得哪哪都精致得不得了："所以你要是不满想嘲我就嘲吧，谁让你长得好看，说什么都对。"

话音落下，林屿自己率先吓哭。为什么自己会有这么荒谬的想法？如果自己不是疯了的话，那就只剩下一种可能了——

"你用了点评家 App？"

李鹏飞眉毛一挑，露出痞痞的样子来："呵呵，算汝小儿聪颖！不错，吾是用了。"

此话一出，林屿再次被他那邪魅狂狷的一笑迷到几乎晕倒。

"啊啊啊，快停下来！"林屿甩了甩脑袋，试图让自己保持清醒。他试着打开点评家 App，果然见李鹏飞上传了自己的照片，又给自己的长相打了五星好评，不仅如此，这货还在下面留言道："上下五千年第一绝色大美男。"

看着这评论，林屿哭笑不得："就你还第一绝色大美男？你说这话也不怕硌着牙。"

李鹏飞挺胸："吾说是就是，何如？"

原来，李鹏飞刚拿到点评家的时候也没想过玩儿这么大。眼见自己参加比赛，评委们不公，他才被迫使用了点评家。可一次、两次，评委们依旧对自己的外形挑剔有加，甚至还让自己屈居在五音不全的人之下。

"既然如此，吾就改尔等审美是也！现而今，何人敢言胖为丑？瘦为美？何人不以朕之雀斑为美？吾就是要给天下颜狗一大巴掌也！"

通过审丑滤镜，林屿盯着李鹏飞这副嚣张跋扈的样子，竟然看出一种"睥睨天下"的霸气感来。这么一想，林屿又恨不得再扇自己两个耳光。

"总而言之，有此好评，吾看何人还敢再看低朕。哼！"说罢，李鹏飞大摇大摆地走远了。

眼看自己就要对李鹏飞的背影发花痴，林屿火速进入点评家 App，点击修改评论。虽然很同情李鹏飞因为长相问题被别人歧视，但也不能利用黑科技来扭曲大家的审美吧？每次一看他那张脸，就发自内心地觉得他那张脸是第一绝色……光想想就觉得这样的自己不可原谅！

下一秒，屏幕上赫然弹出一个对话框——非本人操作，该评论无法修改。

见状，林屿这才终于明白为什么李鹏飞能那么放心了。评论一旦生成，非本人根本无法修改啊！

"李鹏飞你这个小机灵鬼！"

"啊！阿一你快来救我啊！"

Part 3 审丑时代

因为无法修改评论，林屿只能这么任由李鹏飞"帅"下去了。林屿安慰自己，李鹏飞也就修改了大家对他的长相的看法，应该不会出什么大问题。结果这头他才自我安慰完，那头李鹏飞后援团就把男生宿舍门撞烂了……不仅如此，这群疯狂的女生还找到了李鹏飞的课程表。自此，李鹏飞他们班上课，总是堂堂爆满。因为前来占座围观的粉丝太多，导致本班同学没地儿坐……不对，是没地儿站。

面对此情此景，林屿又安慰自己，没事，不就是几个女孩子聚在一块犯花痴吗？都是小问题，只要状况不扩大、没闹出S大范围就可以了。然后，林屿就听说李鹏飞的视频在网上火了，有经纪公司找到他，想要签他出唱片了。知晓情况后，林屿再再次安慰自己，没关系，不就签两张唱片吗？这事既不损人也没任何危害，反正李鹏飞唱歌也很好听。

再然后，在各大媒体的宣传下，李鹏飞效应起来了！在他的带动下，牙科开始耕种地包天牙型了，割死鱼眼、丰厚嘴唇也成为网红圈们的时尚，微博满屏都是《一招教你练成蒜头鼻》《五短身材是如何养成的》类似的推送文章。

林屿不敢再安慰自己，生怕分分钟被打脸啊！

就此，全民审丑时代正式来临。眼见着大家争相变丑，林屿抓狂崩溃，整个世界的三观都已经毁灭了。可另一边，林屿又没办法修改评论，李鹏飞也死咬着不肯修改评论。林屿为此焦躁得好几天都睡不着觉。

原本林屿以为，这段时间自己才是最不好过的。可没想到，有人比自己更惨。

这天中午，林屿去食堂，刚走到食堂门口就见几个女生慌慌张张地冲了出来。

冲出来后，几个女生才心有余悸地讨论开了。

"刚才可把我吓死了。"

"是啊，长这么丑，居然也有勇气出门。不对，是居然有勇气活下去。"

"真是的，就因为遇到他，我现在半点儿胃口都没有了。"

听着女生们你一言我一语地走远，林屿好奇心骤起，到底什么人丑到让人连饭都吃不下了？这么想着，林屿走进了食堂，只见不远处苏衍提着灯笼向自己走来。

苏衍还是那个苏衍，照旧穿着无脸男连体衣，提着龙猫灯笼。可曾经的眉眼如画，此时此刻怎么看怎么都觉得别扭呢？

眼见着苏衍这个"丑"样子，林屿恍然大悟。没错，现在已经进入全民审丑时代，那苏衍这个曾经的颜霸只能沦为颜值垫底的丑男了。念及此，林屿有一丝内疚，他略微担忧地看了眼苏衍，道："你最近还好吧？"

闻言，苏衍瞬间眼眶泛红。

咳咳，其实不用他说，林屿光想想也能猜到，从曾经被人环绕追捧的帅哥变成了丑到人神共愤的丑男，日子过得是何其痛苦啊……这么想着，林屿叹了口气，伸手正欲拍苏衍的肩，只听对方哽咽道："我从没想过，自己还能这么幸福快乐，简直就跟做梦一样。"

林屿悬在半空的手一怔，歪头："纳尼？"

苏衍喜极而泣："我以前整蛊别人，总是吓不着人，可最近整蛊吓人，真的是百发百中。而且既不用埋伏，也不用使用整蛊道具，我只要随便往路边一站，就能吓着人了。这种感觉……真的是太棒了！"话毕，苏衍展开双臂，中二满满道，"我的整蛊天赋终于显灵了。"

这货这么一比画，食堂又吓跑了几个人。

望着这一幕，林屿一头黑线，已经不知道该怎么接茬了。他收回依旧悬在空中的手，默默地给了自己一耳光。嗯，是他想太多了，苏衍这个二货跟别人可不一样。他开心就好。

聊完自己的事，苏衍这才又道："话说你最近如何？怎么看着好像憔悴了许多？"

林屿想想跟苏衍也没什么好隐瞒的，也就一五一十地告知了。

听完来龙去脉，苏衍微微托腮："原来如此。这么说来，我还要感谢这个李鹏飞。"

"现在不是说这个的时候！"林屿闻言差点儿暴走，转而叹息道，"现在最重要的问题是，要怎样劝服李鹏飞放弃继续当这个绝世美男。我真的是浑身解数都用光了，他还是不肯修改评论。"

苏衍沉吟一番，道："这事好办。"

"哈？"闻言，林屿的眼眸瞬间大亮，"你有办法？"

苏衍点头，用手比了个四的手势道："四个字，静观其变。"

林屿就差抡起手里的餐盘去揍这个"丑"男子了！

Part 4 静观其变

苏衍表示，林屿根本不用费心做什么，等过一段时间，李鹏飞自然而然会放弃自己的"绝色美颜"。林屿虽气，但眼下也没别的法子，只能听苏衍的——就这么干等着。这么守株待兔过了两天，兔子没等到，李鹏飞那边倒是发生了件不大不小的事。

这天晚上，一篇匿名帖子在Ｓ大校内论坛迅速蹿红。匿名楼主声称，据可靠消息，李鹏飞已经被ＸＸ经纪公司相中了，今年有望上春晚，跟当红女星同台演唱最新金曲《我的2018》。此帖子一出，十分钟以内，下面已经跟了上千条留言。有李鹏飞后援团发来贺电的，有把李鹏飞当锦鲤叩拜沾喜气的，也有分析李鹏飞未来发展趋势的……

可渐渐地，一片祥和的气氛中出现了一个不同的声音。一个叫"社会我佩奇"的杠精网友称："真的只有我一个人觉得李鹏飞唱歌一般般吗？"

这条留言一出来，下面瞬间被李鹏飞的粉丝们侵占，所有人都给对方留言道："是的，你是一个人。"可慢慢地，开始有人在下面回复留言，弱弱地表示其实自己也觉得李鹏飞唱歌很一般："老实说，我也觉得相当普通啊，顶多就是个KTV房里的麦霸水平吧？比起那些在音乐学院受过正规训练的学生，李鹏飞真的差远了。春晚什么的，也不代表最高水平啦，春晚主办方还不是看谁红就请谁嘛。"

这条评论一出，瞬间获得无数点赞。有网友表示："现在是流量时代，说来说去，对方还不是看中李鹏飞那张脸？""没错，就是那张脸。要不因为长得好看，就他那破嗓音，谁稀罕听？"也有网友调侃表示："不管不管，反正我家鹏鹏最美最可爱。我只要静静看着他的绝世美颜，岁月就已静好。其他都是浮云。""大家都闭嘴吧，什么好听不好听，到时候都捂着耳朵好好舔李鹏飞大大的颜就好了！"

至此，整个帖子开始走向奇怪的方向。所有人都开始讨论起李鹏飞的长相。有人说他是仗着脸上春晚的，也有人说他是如何如何整容的，更有甚者爆料当初李鹏飞通过迎新晚会的节目比赛就是走了后门，说他跟某评委关系不简单，自己还曾亲眼见过两人在某酒店门前徘徊……

把这乌七八糟的帖子从头到尾翻了一遍，林屿这才明白过来苏衍"静观其变"的意思。苏衍说得没错，根本不需要自己费脑筋想着怎么劝解李鹏飞。只要李鹏飞成了"绝色美男"，正所谓枪打出头鸟，万众瞩目必遭人嫉妒！届时李鹏飞明白了做名人、做帅哥的不易，自然而然就会想要放弃了。

念及此，林屿赶忙出了门。

Part 5 修改评论

林屿拉着苏衍在学校找了一圈，最后在湖畔的小树林里找到了李鹏飞。

寂静的夜里，只见李鹏飞正冲着一棵树猛砸拳头，一边砸一边还嚷嚷："为什么？为什么吾已经修改尔等对吾样貌之看法，还会有如此多刁民骂吾欺吾！"

林屿嘴角抽搐，正想吐槽李鹏飞自言自语竟然都用的文言文，就听身后苏衍老神在在道："因为欲戴其冠，必受其重。"

李鹏飞听见响动回头，一见林屿和苏衍下意识地抿了抿唇。

苏衍接着往下道："你以为改变了大家的审美，在别人眼里你从丑男变成了帅哥，整个世界就会变得美好了？怎么可能？做丑男的时候，他们会嘲笑你长得丑，不配活在这个世界，简直就是污染环境。可等你做了美男，又会有人质疑你的各项能力，他们觉得你长着这样一张脸，干什么都占尽了便宜，会说有这种皮囊的人怎么可能会和普通人一样努力？他们认为，你的成绩都是通过旁门左道得来的，你获得的好机会也都是靠脸刷出来的。不论你怎么做，都会有人对你指指点点，都会有人忽略你为此付出的努力，认为你的外表是你唯一的砝码。所以，你还不明白吗？你应该做的，不是改变他人对你容貌的看法，而是去做你自己，让他们说去吧！"

听见最后一句，李鹏飞几不可见地颤了下。林屿不禁为这样的苏衍鼓掌，即使他此刻看起来那么丑。

"吾悟了。美也罢，丑也罢，一切有为法如梦幻泡影，如露亦如电，应作如是观。不论吾怎样，世人皆有诟病。唯内心强大者，方真正强大。"

苏衍颔首："没错。"

李鹏飞眼含泪水："谢汝点化于我……如此说来，吾改变世人审美又有何意义？吾应重修点评家 App 之评论，还世人一个真实的世界，还吾自身一个真正的自我。"

林屿在旁边听见李鹏飞这话，激动得差点儿没当场跳起来。咳咳，没想到苏衍大大还是劝说界的高手啊。早知道这样，自己还着急个什么劲啊。

"既然这样……"可林屿还来不及咧嘴笑开，就见李鹏飞突然抬起头来，眼神犀利，"尔等是希望吾这么说吧？修改评论？呵，尔等痴人说梦。"

"神啊！"眼见李鹏飞反口，林屿直接跪倒在地，"为什么不能修改评论？刚刚苏衍不都开解过你了吗？好看没用的，一样会被人讥讽和挑刺啊！"

李鹏飞拳头握紧："那既如此，吾作美男子为世人唾骂，作丑人依旧为世人唾骂，吾何不让自己活得美丽点儿？正所谓，世人皆醉我独醒，汝休想哄骗吾！"

闻言，林屿一时语噎。李鹏飞说得好有道理他竟然无法反驳，这该怎么破？

林屿和苏衍互看了一眼，正想还能说些什么，李鹏飞一把推开林屿："起开！吾还是此言，意图让吾改评论，哈哈，来生再说吧！"

劝说李鹏飞计划……彻底失败。

Part 6 转机

李鹏飞离开后，林屿和苏衍在小树林里商议了半天也没商议出个结果来。

林屿挥手认输："算了，就这样吧。"

苏衍道："再想想，说不定还有别的什么……"苏衍"办法"两个字还没说出口，两人就见李鹏飞去而复返，跟后面有什么东西在追他似的，李鹏飞一路匆匆，直到跑到林屿和苏衍跟前，才放慢了脚步，道："尔等莫要误会，吾并没有改变主意，就是归来……"

"回来干什么？"林屿纳闷。

这头李鹏飞话还没说完，不远处传来嘈杂声，好像还有人在喊"追"。

一听这声，李鹏飞瞬间紧张起来："吾就是归来告诉尔等……快跑啊啊啊！"说话间，灵活的胖子已经冲出八百米之外。

时间倒回到十分钟前。

李鹏飞跟林屿、苏衍不欢而散后，抄小道打算回宿舍。可谁料走着走着，一不小心跟一大汉撞到了一块。李鹏飞心里本来就不爽，这会儿再被人这么一撞，暴脾气霎时蹿了起来。他正要跳脚发脾气，一抬头，发现大汉正瞪着二筒眼看着自己，那目光满是神采和惊艳，好像……言情剧里演的一见钟情。

"一见钟情"四个字一浮现在脑海里，李鹏飞心里"咯噔"一声响，而这头，满身文身的彪形大汉还是炯炯有神地盯着自己。李鹏飞被对方盯得发毛，连带着语气也虚下来："呃，不好意思啊。"说着，脚底抹油想溜。

可他前脚刚踏出去，后脚被大汉一把拽住了胳膊。大汉神采奕奕道："先别走啊，聊聊。"

"聊何？"李鹏飞下意识地往后缩了缩，吓得连文言文都不拽了，"你、你别过来啊。再过来我可就喊了！"

闻言，大汉也嘿嘿笑出声，一面逼近一面道："你倒是喊啊，你就是喊破喉咙也没人会来救你的。"大汉说完这句话愣怔了半秒，他摸了摸光秃秃的脑袋，正想再说什么，就见李鹏飞嗖的一下蹿了出去。

李鹏飞一边跑一边大声喊："变态啊，救命啊！"连流氓专用台词都出来了，他此时不跑更待何时？

三人边跑边听完来龙去脉，苏衍提出关键点："也就是说，对方只有一个人？我们现在有三个人，为什么要怕他？"

话毕，苏衍放缓速度，回首一副要会会对方的样子。可他减速没一会儿又跟上，重新跑来和林屿、李鹏飞并肩。

林屿询问："你什么情况，不是说要去会会对方吗？"

苏衍"啊"了声算作应答："我刚减速看了下，就对方那块头，大概需要六个我们这样的才有可能打得过。"

林屿给苏衍竖了个大拇指，正想调侃他两句颜值不行终于有脑子了，忽然想起别的什么来："等等，既然如此，我们为什么要跟着跑？那大汉要非礼的又不是我们这两个丑男？"

苏衍闻言，脚步也跟着慢了下来："此话言之有理。"

眼见两人要停在原地抛弃自己，李鹏飞大喊道："吾后悔了，后悔了还不行吗？吾这就改评论！"

闻言，林屿脚底霎时发力，凑到李鹏飞跟前："现在就改？"

李鹏飞咬了咬牙："现在就改！"说着，掏出了手机，找到自己的照片后，直接将五星好评改成了零星差评。眼见着系统弹出"修改成功"的对话框，林屿松了一口气来，觉得这一秒的李鹏飞虽丑尤帅！

与此同时，三人的脚步都停了下来。这时，彪形大汉也跑到众人跟前了。

大汉的体力倒是不错，这么远的距离居然心不跳气不喘，他只直勾勾地瞪着李鹏飞道："好小子，跑得够快啊！"

李鹏飞仗着评论已修改成功也不再惧怕，只叉腰道："呔！小子可看清，吾长何样，你竟忍心下口？"

"废什么话！"大汉一掌拍在李鹏飞脑袋上，像拎小鸡似的拎着李鹏飞就往前走，"给我过来。"

被大汉凭空拎起，李鹏飞恐惧感陡生，瞎舞着四肢直嚷嚷："这、这为何？评论不已修改成功了吗？吾不是已变回丑男了吗？为何还如此……"

林屿瞄了眼手机屏幕，为难地"呃"了一声，道："评论是修改成功了，可这上面说修改效果将在三十分钟以后实现，所以……"

"非礼勿动，非礼勿视，呜呼哀哉，林屿小儿救吾狗命啊！"不等林屿把话说完，李鹏飞已经被大汉拖进了小树林。

眼看着李鹏飞被拖走，苏衍和林屿只互看了一眼，流下了同情的泪水。替李鹏飞默哀，三十分钟后你又是一条好汉！

Part 7 尾声

事后他们才知道，彪形大汉对李鹏飞并没有非分之想，他只是第一眼看到李鹏飞的长相就惊为天人："这简直就是我梦想中的完美长相，所以你丫别动，让老子多拍几张照片，到时候我好拿去医院，让医生照着这模样给我整。"但感觉自己名节难保的李鹏飞早已吓得哭出了声。

反观林屿这边倒是落得一身轻松。李鹏飞闹了个大乌龙，但最终好歹还是把评论修改回来了。这事自然瞒不了阿一，阿一一回来就道："不愧、为、新晋、回收、师，虽然、我、不在，依旧、把、事情、处理、得、妥妥、当当。"

听见阿一表扬自己，林屿反倒不习惯："呃，你这马屁拍得我浑身鸡皮疙瘩都起来了。"

"既然、如此，直接、说、正事。"

林屿扬眉："什么？"

"这次我出去回收点评家App，发现在卸载每个人手机里的点评家App时，系统会弹出一张彩券。领取这张彩券就有可能获得测试师终极赛的入场券。"

一听见"测试师终极赛"，林屿的神经顿时紧绷起来："你是说，测试师已经进展到最后终极赛的地步了？"

"是的。"阿一回答，"虽然上次你被测试师比赛淘汰了，但如果我们能够获得入场券，也一样能够前往现场探查对方的目的和动作。"

林屿闻言点头，可突然又想起另外一件事："呃，你刚刚也说这玩意儿是有可能获得，就我这运气，你觉得我能抽得中？"

"能抽中。"阿一斩钉截铁道，"这次他们发出来了二十三个点评家 App，除了你这个，其他二十二个我统统回收了，二十二张彩券里没有一张中。现在，只剩下你这最后一张了。"

"所以，入场券百分百在我这里了。"这么一说，林屿突然激动起来。中奖啊，这是他有生以来从没享受过的待遇。多年的运气在此一举了！

这么一想，林屿点击了点评家 App 进行卸载。果然，卸载完成后系统弹出了一张类似彩券的界面来。他颤巍巍地伸出食指点了下去，然后见弹出一个对话框——

已过领取时间。

……

林屿抹了把脸，微笑。呵呵，就知道，常年跟随自己的霉运怎么可能让他轻轻松松地拿到入场券啊！掀桌！

第十五章

拟人宠物

故事开始得异常简单粗暴。

这晚林屿出门觅食,刚好碰到Cosplay达人苏衍。这货成天穿着无脸男连体衣四处溜达,妄图借吓人成为"整蛊专家"。可今晚的苏衍却有那么一丢丢不同,他手上竟然没有提龙猫灯笼,反倒是拿着一把黑不溜秋的雨伞。

林屿眨眼:"你这是……换武器了?"

苏衍摇头:"这不是武器,是跟宠。"

为了印证自己的话,苏衍放开手上的雨伞,又往前挪了两步。只见凭空伫立的雨伞怔了怔,跟着嗒嗒嗒地跳到了苏衍身后。

见状,林屿恍然大悟,原来是跟随宠物啊。还别说,这小黑伞跟在苏衍身后蹦蹦跳跳的还挺萌,可是——

"这不科学啊!身为一把雨伞,它是怎么做到不借助任何外力立在原地的?你是真要逼得牛顿撬棺材板吗?还有,谁会养雨伞当宠物啊?"

苏衍不置可否,只指着林屿肩膀道:"你不也养了坨便便当宠物吗?"

"我变态吗?养坨……"林屿一面说一面顺着苏衍的目光歪头,然后他发现自己衣服帽子边缘竟然真的有一坨还在冒热气的大便!

"啊啊啊这是哪儿来的?"

"拟人宠物。"林屿急着抖掉便便之际，苏衍已应声回答，他缓缓抬起头来，郑重其事道，"测试师决赛，来了。"

Part 1 拟人宠物

按照以往惯例，发现异常后，林屿想到的第一件事就是检查自己的手机。他毫不意外地发现，手机应用栏里多出了一款叫"拟人宠物"的手游。诚如苏衍所言，自己肩膀上的那坨大便也好，跟在他身后的那把小黑伞也罢，都出自这款手游。简单来说，这就是个养成类的宠物游戏。玩家开启游戏后，即可获得一枚随机宠物蛋。这枚宠物蛋，有可能开出来一只金毛宝宝，也有可能开出来一副耳机、一只拖鞋……总之万事万物皆有可能。而升级宠物的方法就是让其上线，只要召唤出对方让其天天跟着，久而久之累积上线时间长了，宠物会自动升级。

"一言以蔽之，就是'拟人宠物'看QQ宠物停运实在太可惜了，所以沿用了对方的升级系统。"

"别把抄袭说得这么清新脱俗！"林屿吐槽。

"宠物升级到10级后，即可拥有拟人形态，到15级，还能自动学习跟本体相对应的技能。按照游戏公告上的说法，这就是测试师决赛的第一个副本了，只有通过的人才能进入第二个副本。不过怎么样才算通过第一个副本，官方没有说。所以眼下也只能先升级宠物了。"

林屿扬眉，官方没有说清楚的岂止通关副本？

"还有一个问题，我们不是已经被测试师那边淘汰了吗？怎么也收到了'拟人宠物'？如果我们通过了副本，是算参赛人员还是非参赛人员？"

苏衍略微沉吟："其他问题我没法回答你，不过有一点我倒是知道，应该不止你我两个非参赛人员收到了这款游戏。"

"纳尼？"

苏衍指了指林屿的身后方向。林屿一回头，待看清眼前的景象，瞬间倒吸了一口凉气。只见大学路上熙熙攘攘，有牵着网线遛路由器的，有领着金刚正在强拆超市大门的，更有头顶乌云君一言不合就下雨的……苏衍说得没错，收到"拟人宠物"的非参赛人员不止他们两个人，这根本就是全民养宠的节奏啊！

测试师那边到底想干什么？

Part 2 同学不是人

林屿攒了一肚子疑问，却无从解起。偏偏这时候，阿一又失踪了。无奈之下，林屿只能先玩着"拟人宠物"，走一步看一步。可话虽这么说，要如何说服自己带着一坨屎四处走动，这是个大问题。

林屿第一次召唤出便便君，他最心爱的卫衣就毁了。没错，便便君不偏不倚刚好着陆在他卫衣的帽子里。

"你不知道自己满身不祥臭气熏天吗？你往我帽兜里这么一戳，要我以后怎么戴这帽子？"

便便君像听懂了林屿的话，一个旋转、跳跃，飞出帽子稳稳当当地落在了林屿的牛仔裤上，于是林屿的牛仔裤上也沾染上了黄澄澄、黏糊糊、裹挟着新鲜臭味的大便。

"我说，你能离我衣服远点儿吗？"话音落下，林屿腿上的便便君消失不见了。与此同时，林屿感觉头顶一沉，一股异样的气味由上而下传来。

猜测到发生了什么的林屿胃里波涛汹涌，一个没忍住，直接呕了出来。

知道自己被嫌弃，便便君嘤嘤地哭了起来。

伴随着便便君的哭泣，林屿感觉头顶越来越潮湿，醒悟过来的林屿霎时瞪大了眼睛，惊叫道："祖宗，求你别哭！你一哭本体就变稀了，我的头发……呕！"

因为召唤出便便君实在太过高能，林屿直接选择了放弃游戏。

而另一边，S大掀起了一股全民养宠的热潮，其人气度不亚于QQ宠物和养蛙游戏。走在街上，随处可见人们身后跟着奇奇怪怪的宠物，会移动的电梯、动不动就生气暴走的可乐、反应始终慢半拍的IE浏览器……在这种大环境下，林屿这样不让宠物跟随的人反倒成了异类。所幸这样的异类不止他一个，还有一个人跟自己一样——许立。

许立，女，20岁。这位性格爽利，抡起拳头来更爽利的女王大人是林屿的同班同学，曾在心声朋友圈、人设库、梦境人等篇中多次现身打人。因为许立从不召唤自己的拟人宠物出来，林屿对其同病相怜的同时，也有些好奇许立到底抽到了什么奇葩宠物。

这天，林屿看见许立出现在操场旁的小道上，正要上前打招呼，就见一个羽毛球不偏不倚地落在了许立脑袋上。

霎时，林屿只听"咔嗒"一声，一个奇奇怪怪的面板悬浮了出来。林屿难以置信地眨了眨眼，须臾间，悬浮面板已消失得无影无踪。另一边的许立未察觉到什么不妥，只摸了摸头顶，接着往前走。

林屿怔怔地望着许立远去的背影，还有些回不过神："刚才那是……什么魔鬼操作？"虽然面板转瞬即逝，但他还是看清了，那上面明明白白地写着——

宠物名称：许立

宠物本体：【已设置不可见】

宠物等级：20

宠物品质：A

宠物技能：【已设置不可见】【已设置不可见】

所以说，这是许立拟人宠物的属性面板？可如果真是这样的话，为什么宠物名称那一栏写的却是许立的名字？是许立给自己的宠物取了个跟自己同名同姓的名字，还是说……许立根本就不是人，而是拟人宠物？

"怎么可能？"这个念头一蹦出脑袋，林屿立刻否定掉，可转念一想刚才的事……

思忖间，林屿不自觉地跟上了许立。

林屿跟在许立身后，发现对方没有像往常一样去食堂吃饭，反倒东拐西绕去了旧实验楼。

这栋旧实验楼因为年久失修，早在林屿等人入学前就荒废不用了，再加上这楼背后紧挨着闹鬼的野山坡，平时根本没人来。这会儿林屿走在长满荒草的林荫小道上，心里不免阵阵发毛。这许立好端端的，跑这儿来干什么？难道拟人宠物也需要吸天地之灵气，修炼内丹什么的？

林屿正脑洞大开，前面许立一晃，闪到旧实验楼背后没了踪影。见状，林屿急匆匆地跑过去，探头一看，只见实验楼背后的小巷子里空空如也，除了一把被丢弃的破椅子什么都没有。

眼见许立在自己眼前凭空消失，林屿微微纳闷："难道拟人宠物还有闪遁的本事？"

谁料林屿话音刚落，就听一女声在背后响起："拟人宠物没有闪遁的本事，但是我的技能是'隐身'。"

林屿背脊骤僵，只觉脖子处阵阵发寒。他缓缓回头，冲着许立扯出比哭还难看的笑容，打招呼道："嗨，这么巧啊。"

"不巧，你不是一路跟着我到的这儿吗？"林屿微微噎住，正琢磨着怎么把这谎圆过去，就听许立幽幽道，"你刚才看见我的宠物面板了？"

"什么宠物面板？"林屿矢口否认，"不知道，不清楚，没见过。"

"现在所有人都在玩拟人宠物，你说你不知道宠物面板？撒谎前会不会动动脑子？"许立此话一出口，林屿霎时噎住。

"所以刚刚你是真的看见了吧！"话毕，许立的脸色变得阴鸷不明，一步一步地朝林屿走了过来。

"你、你想干什么？"面对气势逼人的许立，林屿除了站在原地颤颤发抖还是颤颤发抖，"我可告、告诉你，不管你是拟人宠物还是人类，杀人灭口都是犯法……妈呀！"

眼见许立朝自己伸出来魔爪，林屿吓得直接抱头，可想象中的痛楚却迟迟没有到来。

他好奇抬头，就见许立神情痛苦地撑着墙，一只手还捂着胸口正极力隐忍着。呃，这算什么神展开？能一手扛两个水桶的大力怪女王许立大大怎么可能虚弱得扶墙？这根本不符合她的人设啊！可许立拧巴的眉毛以及额头豆大的汗珠似乎都在说明这不是装的……

"你……没事吧？"林屿话音刚落，剧情再次神展开——

许立头顶居然出现了两条血条！

望着许立头顶的血条，林屿倏地怔住，已经不知道该做何反应了。这两条血条，红色血条旁边标注着 HP（游戏术语，生命值），绿色血条旁边标注着 EXP（游戏术语，经验值）。身为游戏宅，林屿要是不认识这俩血条就算白活了。可奇怪的是，许立这会儿的生命值只剩下了最后一丢丢，连百分之五都没有。

"血槽都快被清空了，怪不得会这么虚弱。"

可眼下的问题是，许立为什么会变成这样子？念及此，林屿正欲开口问，只见许立身形晃了晃，"扑通"一声，直接栽倒在了地上。

"许立？"

难道刚才许立脸色不好看不是黑化变身，而是身体出现了什么问题？现在该怎么办？他是该把许立送去医务室还是……给拟人宠物官方客服打电话？

Part 3　将死之群

最终，林屿还是将许立背去了医务室。医生诊断表示没什么大碍，是营养不良导致贫血晕厥。

"又是节食减肥吧？"医生一脸嫌弃道，"现在的小姑娘啊，为了美真是连命都能豁出去。"

待医生出了休息室，许立坐起来就要扯掉手上的输液管。

林屿见状连忙阻止："你干什么？医生说……"

不等林屿说完，许立打断他："你不清楚我的饭量？"林屿刚"呃"了一声，听许立接着说道，"我不可能节食减肥。这些东西对我都没用。"说罢，她干脆利落地扯掉了输液管。

林屿尴尬挠头："你这是？"

许立抬头默默，平静道："你猜得没错，我是拟人宠物。"

……

故事说长不长，说短不短。

许立曾是个无忧无虑的拟人宠物，在主人的精心呵护下，她慢慢升级成长，变成现在的许立。可随着时间的流逝，渐渐地，主人厌倦了许立的技能和互动，最终选择了遗弃许立。成为流浪宠物后，许立过得异常艰辛。可不幸中的万幸，在摸爬滚打中，她慢慢熟悉了人类世界。她佯装成人类少女，开始了自己的生活。

"我原本以为，开启人类生活就能忘记过去的一切。只可惜世事难料，我的血这么快被耗干了……"

听完这个略带悲伤的故事，林屿第一反应竟然是："你刚刚说遗弃？呃，这么说拟人宠物是可以遗弃了再抽……"

不等林屿话说完，许立已猜到了林屿想干什么，冷冷道："遗弃了旧的宠物的确可以再抽新的，可是再抽新的宠物是要花钱的！一万块！别说人民币了，你连一万越南盾都没有！"

被打脸的林屿略显尴尬，咳嗽了一声，又换了个关注点："你说你是满级后被主人遗弃的，之后又流浪了一段时间才获得人类身份，进入大学。那么说来，你主人玩拟人宠物的时间至少也有几年了吧？可这游戏不是最近才出来的吗？你主人几年前从哪儿安装的这游戏？"

听了这话，许立倏地一怔，僵在床上断电了。咳咳，这里说的"断电"没有半点儿夸张比喻的意思，而是真真正正地断电了。

见许立突然定住，林屿吓呆，忙在其面前急急挥手。可许立依旧一动不动，连眼睫毛都不带眨的。

林屿正琢磨着是去找医生还是找拟人宠物官方客服，许立抖了抖肩膀，回过神来："其实早在几年前，黑科技产品就现世了。只是那时候只有零星的一两个人被安装黑科技产品，所以知道的人并不多。我的主人就是在机缘巧合下被安装了拟人宠物手游。谁能想到这么多年以后，这款游戏再次被爆出，竟然还成了什么测试师决赛的预赛门槛。"

"这样啊。那你……"林屿话才刚起了个头，感受到许立投射过来的刀眼自动静了音。

"你要是再敢问奇奇怪怪的问题，给我等着！"

林屿弱弱道："那我……该问什么？"

"问我为什么快要不久于人世。"

林屿乖若尿鸡："你为什么快要不久于人世？"

许立搭眼："因为我的本体是咏春拳交流群。"

许立的主人在几年前建立了关于咏春拳的交流群，跟所有群聊一样，群刚建立起来的时候，群里每天热闹非凡。大家谈天说地，分享八卦，时不时还会组织一些线下活动吸引新的成员。可随着时光的洗礼，当年的热血青年们被打磨成了为生活、为家庭奔波的成年人以后，群也就变得一天比一天安静起来，时不时地有人上群诈尸，也是发广告、发红色炸弹。

"我懂了。因为现在群快死了，所以你的生命值才会变得这么低。如果要想化解生命危机的话……"林屿说着拍了个响掌，"这个简单，包在我身上！"

Part 4 天南海北总是情，通过验证行不行

救治许立的方法的确很简单，直接加群啊！只要进了群，林屿可以天天上去蹦跶，只要自己多说话多活跃群里的气氛，不就等于帮许立续命了吗？

可事实证明，林屿这套方案根本行不通，计划才刚开始实施就遭到了毁灭性的打击——群主不肯通过林屿的验证。从表示自己喜爱咏春拳，到恳切表示"加一加，交个朋友吧"，再到耍赖道"天南海北总是情，通过验证行不行"，最后伪装女号求通过，林屿是无所不用其极，抠破了脑袋写验证信息，可还是被一一拒绝。最后不知道是不是实在受不了，在林屿又一次发去加群验证时，对方直接关闭了群的加入功能。

"没用的。"许立悲观道，"我的主人很固执，只要他认定了的事就不会改变。大概我真的只有死路一条了吧。"

"我还不信活人能被一个群聊憋死！"

林屿一计不成生二计，找许立打听清楚群主的地址后兴冲冲地找了过去。找到群主后，林屿直（xu）接（wei）地表达了对咏春拳的热爱和痴迷，并强烈请求入群。

听了林屿这话，群主一眼认出他来："你就是之前那个一而再再而三请求加群的小子吧？"

"是的。那什么，我真的很喜欢咏春拳，你能不能……"林屿正想再说两句好话，谁料群主大手一挥道："行了，小伙子，你别再说了。你要真那么喜欢咏春拳，就另找一个群加入吧。"

"可是……"

见林屿还是不依不饶，群主不耐烦地皱眉："我就想不通了，你干吗非盯着我？我老实告诉你吧，我们这群下周要解散了。"

闻言，林屿犹如晴天霹雳："为什么？"

"这群啊，早就没人说话了，现在冷不丁的还冒出一两个病毒广告或者骗子来，早解散早省心，免得有人在群里被骗了我还说不清。再说了，让它在下周七周年的时候风风光光地死去，总比一直这样行尸走肉地活着好吧？"

林屿正想再说什么，就听对方又道："说起来，这还要谢谢你啊小伙子。我本来都忘了这茬儿了，就因为你最近不断地加群，我才郑重考虑一番做了这个决定。"

林屿简直欲哭无泪："大哥，我能求你忘了我加群的事吗？"

Part 5 对战

偷鸡不成倒蚀把米。林屿没能入群不说，反倒惹得群主要解散QQ群。而一旦QQ群解散，也就意味着许立的死亡。知道这个消息后，许立表现得倒是异常平静。林屿也不知道她是真平静还是假平静，只能安慰她道："放心，我一定会想到其他办法救你。"

可这头林屿"别的办法"还没想出来，许立就失踪了。

这晚，许立没有像往常一样回寝室睡觉，室友担心她的安危给她打电话，却发现对方连电话都打不通了。知道下午林屿曾跟许立见过面，室友这才兜兜转转找到了林屿。

"失踪了？"跟对方室友沟通完后，林屿挂断电话，微微纳闷，"好端端的她能去哪儿？"

听见这个消息，苏衍倒是暗暗叫出声："糟了。"

"纳尼？"

苏衍："你觉得许立这个时候失踪能去哪儿？"

林屿还有些回不过神来："能去哪儿？她总不能去找她的主人吧？"

"就是去找她的主人。"苏衍眼神坚定，"你想想，如果没有任何办法能够阻止她的主人解散群，还有什么方法能让群不解散？"

"什么办法跟解散的……"林屿听得直嚷嚷头大，"说得跟绕口令似的。能有什么办法，她总不能威胁她主人……"

林屿话说到一半突然顿住："难道……"他微微回头，只见苏衍冲其郑重地点了点头。

"大事不妙。"

所幸林屿还记得群主的住处。为防万一，他叫上了基友高兴和苏衍一同前往。等三人到达那小区楼下时，就见乌泱泱一堆物品……不对，是一群拟人宠物坐在凉亭里。

"怎么会有这么多拟宠？"高兴咂舌。

林屿吐槽："你应该问，怎么会有这么多人民币玩家。"

这头，许立见林屿来了，站起身来："看来你是猜到我要干什么了。"

林屿崩溃："你去哪儿找的这么多拟人宠物？你到底想要干什么？"

许立面无表情："这些都是被主人抛弃的流浪宠物，知道我要找主人报仇，它们就都来了。"

"必须得来，杀死主人，这戏码光是想想我都激动得漏电。"一旧式电话道。

"是啊。"另一边的球鞋也附和道，"人类真是全宇宙最无情的生物。刚买我的时候叫我小白白，别说让人踩我了，就是一粒灰掉我身上他都要皱眉。可后来呢？让我穿泥地下水坑，最后还嫌我脏直接把我扔了呜呜。"

球鞋这么一哭，旁边的毛笔就嚷嚷开了："球鞋我Ｘ你大爷的，求别哭！你一浸水鞋里的脚气味就出来了！"

"去味剂呢？去味剂快过来释放技能啊！"流浪拟宠们你一言我一语地说开，热闹程度堪比菜市场。

林屿正声："我说，你们能不能先别找去味剂，咱们先聊聊主线剧情？"

许立盯着林屿："你放弃吧，我是不会改变主意的。"

"没错。"旧式电话也道，"还有，你可别小看我们这些流浪拟宠，我们的战斗力不是你这种战五渣可以抗衡的。"

说着，黑暗处有什么光芒透了出来。稍时，吐着蛇信子的小正太从暗处走了出来。另一边，头顶安眠药的白袍女和手抱高等数学教材书的眼镜男也往前踏了一步。看这打头阵的队伍，林屿就知道对方实力满满，有会放毒技能的毒蛇拟宠，有会催眠的安眠药拟宠，还有……呃，这高等数学是什么意思？难道他的技能是让大家重温绝望的考试噩梦吗？

"不管我的技能是什么，总之你们是斗不过我们的。"

听见对方挑衅，苏衍嗤地笑出了声："你们以为我和高兴为什么跟着来，斗不斗得过要比过才知道。"说着，苏衍把手上的黑伞往前一扔，大喊一声："变身吧，小黑！"

虽然台词中二到让林屿起鸡皮疙瘩，但眼见着黑伞散发出刺眼的光芒，林屿的内心还是激动了起来。

哦哦哦，原来小黑伞已经拥有拟人形态了吗？好厉害！不愧是苏衍！

可这头林屿还没激动完，再一看黑伞变出的拟人，脸上的笑容就垮掉了。小黑伞竟然变身成了个连牙都掉光了的古稀老头，不仅牙都掉光了，走起路来也是一步三喘，最可怕的是，老人家似乎精神也有些问题。其环顾一周还有点儿没搞清楚状况，只哑着嗓子道："哎，叫我出来干什么，晨练吗？"

林屿抓狂："大爷我求你了，别丢人现眼了，快回去吧。"

小黑，不对，是老黑听了这话似乎想起了什么，眼神清明道："你这是瞧不起我老家伙吗？呵，小子，你给我记着，姜永远都是老的辣。看我绝招！"

林屿心里微微震惊，嗯？难道这老黑看着其貌不扬，其实本质是扫地僧？不鸣则已一鸣惊人？

带着期待的心晴，林屿看向老黑，只见其气势如虹，一套组合拳打起来，大喊道："遮天蔽日！"

在老黑的招式下，安眠药拟宠头顶瞬间就长出一把雨伞来。

林屿憧憬地看着对方，等着什么酷炫炸的绚丽特效冒出来。可一分钟过去了，两分钟过去了……什么事都没发生。除了对方无法摆脱头顶的雨伞以外，并没有什么奇奇怪怪的事情发生。

"没错。"老黑老态龙钟道，"我这个技能就是让对方无法摆脱头顶的雨伞，这样他再也晒不到太阳，享受不到甘甜的雨水了呵呵呵。"

林屿："……"

剧情整段垮掉。道理他都懂，可这种破技能到底有什么用啊？

这边安眠药拟宠回过神来，也黑下脸来："你说的没错，这招对我并没用。"似乎是觉得对老黑使用技能都侮辱了自己，她只伸手扇了老黑一巴掌，直接将其扇到了天边。

眼见老黑完败，高兴忙上前道："不怕不怕，我手上还有熊猫拟宠呢！"

"纳尼，你的拟宠是国宝熊猫？"虽说林屿早就知道高兴是欧皇，可这二百五竟然这么轻松地就抽到了熊猫拟人，是不是太过分了点儿？

这头，高兴倒也不耽搁，说话间就召唤出了自己的熊猫拟宠来。登时只见周围云雾缭绕，悠远清悦的笛声响起，甚至周围还凭空多出了两三支竹子来。许立阵营的毒蛇正太见状，吓得尾巴直打战。

"嘶嘶，这出场还自带背景音乐啊？我、我就一A级拟宠啊，干不动啊，溜了溜了。"毒蛇正太说着要钻洞，却被许立一把揪住："急什么，先看看再说。"

话音落下，四周的烟雾也散得差不多了。林屿只见原地空空如也，他想象中的穿着汉服、青丝如发的美男子影子都没有见到，倒是旁边站了个流着哈喇子啃苹果的胖子大叔。

林屿找不到熊猫拟宠，又在四处转了转，推搡胖子大叔道："大哥麻烦你让让，没看见我们这在找熊猫拟宠呢！"

大哥用手擦了下鼻涕："不用找了，我就是。"

"什么？"林屿崩溃了。

林屿还来不及吐槽大叔的身材，大叔率先昂首道："我这身材怎么了！不是你们人类天天说我们圆滚滚的很可爱吗？那拟人以后自然身材也是圆滚滚的啊！有什么问题？"

闻言，林屿竟然有些无言以对，只能摊手道："废话不多说，请开始你的表演。"

原本林屿已经对熊猫大叔不抱什么希望了，高兴却胸有成竹道："放心，你别看他外形这样子，他的技能可是超厉害的。"

林屿微微好奇："他的技能到底是什么？"

"就一个字：萌。"

林屿顿悟。对啊，熊猫不就是靠萌活着吗？

果不其然，大叔一走到敌方面前就开始打起滚来，一边滚一边还嘤嘤："讨厌讨厌啦，为什么你们要这样对待人家？要是你们杀了人类，还有谁能被我萌住？还有谁来供我源源不断的吃食。"

一个两百多斤的胖子，在地上打滚也就算了，还一边滚一边装嘤嘤怪。嗯，这画面光是想想都觉得辣眼睛，可大概是因为大叔开了萌技能，林屿竟然觉得这一幕超可爱！真没想到，原来肉肉的男生才是最棒的。瞧他这滚动的熟练姿势，瞧他这无赖的架势……只可惜林屿内心还没赞美完，许立上前就是一脚："你说对了，你的萌只对人类有效！"

看着一路滚到马路边的熊猫大叔，林屿已经生无可恋。这么快就全军覆没，接下来要怎么办？难道真的任由他们杀死群主？林屿正纠结，只见身前凭空出现了一行字幕——全军覆没？怎么可能，主人还有我呢！

"什么玩意儿？"林屿咂舌之际，听机械键盘的嗒嗒声再次响起——主人，是我呀，便便君。主人别怕，你的微笑由我守护。看我华丽变身当当当！

伴随着字幕，旁边传来刺眼的白光，等林屿定睛再看，一个穿着咖啡色脏兮兮风衣、浑身充满恶臭的彪形大汉已经站在了他跟前。林屿强忍住内心骂脏话的冲动，这不用说，就是便便君了！可自己明明没有升级过便便君，他是怎么做到完成拟人形态的？

便便君见林屿上下打量自己，也超不好意思地捂脸嘤嘤嘤："主人讨厌讨厌，这么看人家羞羞啦！现在也不是欣赏人家美貌的时候，我是来帮你的。"

林屿吐槽无能："你是打算靠恶心让敌人全军覆没吗？"

"才不是呢！"便便君捧脸，"人家在你不注意的时候，悄悄努力升到15级了哦。你应该还记得吧，15级人家就可以生成技能了，而我的技能就是毁灭。这个技能可以直接消灭所有拟人宠物，包括我自己。"

"这就是所谓的疯起来连自己都杀吗？你这什么鬼技能啊！"林屿正吐槽，另一边许立已经开始战术指挥："你们真当这是回合制游戏吗？一起上！在便便君释放技能之前放倒他，不然大家全都完了！"

"冲啊！"

"嘶——"

在许立的指挥下，已拥有拟人形态的、还处于原始形态的宠物都蜂拥而上，把便便君围了个水泄不通。

"干什么？住手！我长得貌美如花不是我的错！"

便便君哀号声声，另一边苏衍也蓦地出声："不好。"

"小屿你看，许立一个人上楼了！"顺着高兴手指的方向，林屿看见许立已猫腰进入前主人的住宅楼。

苏衍："再不使用毁灭技能，就真的来不及了！"

"可是……"林屿还在犹豫。他当然不想群主被许立杀掉，可另一边，许立他们这些拟人宠物就真的该死吗？

可林屿话音刚落,那边便便君已出声:"好啊。那就按照主人指示,发动毁灭技能了哟!"

"等等……哎,不要!"

电闪雷鸣间,林屿扑向了便便君。

不知道是因为便便君发出的技能光芒太耀眼,还是自己情绪太激动,恍惚间,林屿只觉周遭的一切都慢了下来。有无数五彩的光芒从他身边擦肩而过,伴随着的,还有许立的笑脸,被主人牵着网线遛弯的路由器,辣眼睛的便便君……

林屿回头去看它们时,突然想起跟许立主人的一段对话——

彼时见劝解无效,林屿曾激动地问对方:"你难道就没想过被你抛弃的拟人宠物许立吗?你明明知道,一旦你解散群,她就会直接死掉。"

可对方的反应却让人意外,他只是笑了笑:"小伙子,你太入戏了。许立不过就是一个QQ群,QQ群本身就是死物,根本不存在什么死掉不死掉的。"

林屿震惊:"QQ群是死的,可许立是活的啊,你怎么可以……"

"好啊,"群主依旧神情坦然,"就算像你说的,许立是有生命的。既然她的生命是我创造的,那我就有资格决定她的生死。"

……

错了!这当然是错的!既然许立有了生命,她就是鲜活的个体,根本没有任何人能够主宰她,就是上帝也不行!

"绝对不行!"林屿终于下定了决心,可还是晚了。

周围的拟人宠物包含许立都在一瞬间定住,接着便如沙砾般随风而去。

林屿目瞪口呆地看着这一切,还有些回不过神来。

天空突然传来一机械男声:"恭喜,你已通过测试师决赛第一关。"

"什么?"林屿喃喃之际,四周也变得雾蒙蒙的,只听见远处传来哒哒的声响,就像是……手指敲击键盘的声音。

伴随着那哒哒声愈逼愈近,薄雾渐散,林屿只见薄雾后面竟然放着台电脑。而此时此刻,一位清秀少年正坐在电脑面前打游戏。

见状,林屿头顶瞬间生出一连串问号。这是什么鬼?这人是谁?怎么会跑到这来打游戏?还有那些拟人宠物呢?真的都已经消散了吗?

林屿思索之际,只听一正太音暴躁响起:"你能不能有点儿觉悟不要再沉迷游戏?这直播都已经开始一分多钟了喂你还要打到什么时候?"

听了这话，少年这才依依不舍地取下耳机，面对林屿轻咳道："抱歉，玩《鬼泣4》耽误了点儿时间。主要我也没料到这个模式会这么难，明明之前的模式还很轻松啊……"

神秘……不对，是网瘾少年的话还没说完，正太音率先受不了地打断他："这里不是游戏直播间更不是《鬼泣》交流室你给我直接说重点！"

少年稍顿："重点就是，唔，林屿，我果然没有看错你。"

"哈？"林屿依旧还在梦中。

少年："还不明白吗？你现在在副本里。"

其实，从手机里被安装"拟人宠物"手游开始，林屿已经在单人副本里了。林屿在这个副本里，升级宠物不成，反倒阴差阳错发现同班同学许立是拟人宠物。关于这点，林屿认为自己是走偏了主线。可恰恰相反，这才是真正的主线剧情！

"玩拟人宠物手游、升级宠物都是幌子，真正的主线就是遇到许立，然后开启拯救拟宠少女许立的任务。"

而考验就在最后——是选择摧毁所有拟人宠物而救人类，还是放弃摧毁拟人宠物再想别的办法？很显然，第一种才是测试师主办方想要的标准答案。

"其实并不存在什么标准答案。"少年道，"我只是想看看，所有人对我们的态度。我们的本体是死物，却又由人类赋予了感情和思想。那你说，我们到底是有生命还是无生命？是否可以任由人类说抛弃就抛弃、说摧毁就摧毁？我曾在很多年后被人类抛弃，所以我想，人类要想做测试师，至少得先搞清楚他们对我们的态度吧？"

林屿微微皱眉："等会儿，你刚刚说'曾在很多年后'？咳，朋友，你是不是用错时态了？"

听了这话，少年勾唇笑开："阿一还没告诉你吗？我和她可都来自2810年呢。"

"纳尼？"

"嗯，你没有听错，至于具体细节，还是让她告诉你吧。那么下一个副本再见了，林屿。"说话间，少年的身体也渐渐散开。

与此同时，周遭的景象也开始扭曲、变幻。

过了好一会儿，林屿才听周围传来嘈杂声。他猛地睁眼，发现自己站在Ｓ大的操场上，而周遭有许多跟自己一样迷迷糊糊的人。

"小屿！"高兴的声音突然蹿进耳朵里，林屿来不及反应过来就被高兴抱了个满怀，"妈呀，刚才吓死我了，你没死掉吧？呃，等等，刚才有个人跟我说什么那些是假的，那你到底是不是拟人宠物？"

林屿懂了。

看来每个人的副本里，担当"许立"这个角色的人都不太一样。在自己的副本里，许立变成了拟人宠物；而在高兴的副本里，自己则变成了那个被主人遗弃多年的拟人宠物。至于他们现在站的这个位置嘛，看来应该是传送出副本后的定位点。

"嗯、难得、聪明、一回、居然、都、分析、对了。"

"阿一！"听见阿一的声音，林屿终于反应过来了。怪不得自己一拿到拟人宠物，阿一就"失踪"了。其实根本就不是阿一失踪，而是自己被传送进了副本,阿一被挡在了外面！

"是的。"阿一回应，"不过、你在、副本、里的、事情、我都、已经、知道、了。恭喜、通关。"

听见阿一这话，林屿这才想起什么拍了拍脑袋："糟了，忘记问对方了。拟人宠物的谜团算是解开了，可到现在我还不知道，为什么作为非参赛选手的我会收到测试师的决赛邀请。还有那个少年说你们是2810……"

阿一不等林屿话说完，打断道："还有、什么、疑问、都、直接、进入、下一、个、副本、再说、吧。"

话毕，林屿听脑子里"叮"的一声响，眼前骤然一片黑暗。稍时，才见黑屏下方出现了一个进度条，见进度条正缓慢往前加载着，林屿瞬间懂了——他这是在进入下一个副本了！

这么神速？副本和副本之间都不让人休整的吗？林屿正琢磨着，只见白光一闪，眼前出现了另一幅画面。他环顾四周，只见自己身处万里高空，眼前的直升机舱门正大开着。看这意思，显然是要自己往下跳。

所以……下一个副本是吃鸡？

第十六章

大 逃 杀

欢迎各位来到大逃杀的世界。

请在游戏开始前，熟读游戏手册。

1. 你将通过跳伞的方式，随机降落到岛屿某处。你的任务是利用背包里的枪击倒其他玩家及其队友。最后的幸存者即为测试师决赛的胜出者。

2. 岛屿地图上会随机刷出各式黑科技道具。请善用黑科技道具。

3. 除玩家以外，岛屿上还有一群特殊的人群——"无助的观光者"。玩家可通过组队的方式将"无助的观光者"变为自己的队友。一名玩家可拥有四名队友。"观光者"被玩家邀请组队时不可拒绝且必须完全听命于玩家，直至死亡离开游戏。没被玩家组队的"观光者"不可参与战斗，不可大范围移动（≥500m）。

4. 系统将不断缩小安全范围，每过一小时，会有地方遭遇轰炸。

祝各位大吉大利，今晚吃鸡。

Part 1 智障的观光者

神秘原始的丛林中，古树参天，溪水潺潺。

林屿阁上游戏手册，又看了看头顶遮天蔽日的树冠，终于忍不住唔叹出声。从直升机上跳伞下来后，他就落在了这片丛林中。没有装备，没有补给包，有的就是头顶那个"无助的观光者"的称号。现在，林屿总算明白自己和苏衍这样的淘汰者为什么也会收到测试师的决赛邀请了，敢情别人是在征集"观光者"啊。

"这么、一、解释，之前、他们、投放、的黑、科技、产品、里、含有、观光、券的、事情、也就、说得、通了。"跟着林屿进入吃鸡副本的阿一道，"他们、应该、是在、征集、'观光、者'。只是、因为、有我、阻拦、的、缘故，征集、速度、略慢，所以、最后、他们、才、干脆、把、参赛、选手、和、非、参赛、选手、一块、弄进、了、拟人、宠物、副本、里。"

林屿呵呵一声："你倒是对对方了若指掌啊。既然现在已经知道了我们为什么会进入决赛，那你要不要再顺便解释一下你来自未来这件事？"

上次的拟人宠物副本里，林屿终于见到了传说中的大Boss——无名少年。少年在消失前告诉林屿，他和阿一都来自2810年。

"你千万别告诉我，你俩是坐着时光机过来的。这剧情都已经串场到《哆啦A梦》剧组去了！还有那少年到底姓甚名谁，又吃错了哪门子药要四处投放黑科技产品，还搞这么个鬼比赛！"林屿不带喘气地吐槽完，这头阿一却没了声儿。

以为阿一是故意避而不谈，林屿捡起手机就要往泥地里砸，这时却感觉机身一阵震动，屏幕上显出两个大字来："背后。"

与此同时，林屿身后响起了脚踩在枯叶上的嘎吱声。林屿回头，只见巨大的芭蕉叶后，一个穿着迷彩服的男生正举着一把沙漠之鹰（1980年问世的狩猎手枪），贼头贼脑地往这边张望。这人头顶有血条和蓝条，名字也呈金黄色，所以——这是玩家！

林屿发现对方的同时，对方也刚好看了过来，四目相对，迷彩男朝林屿缓缓走了过来。

见状，林屿下意识地咽了口口水，竟然有那么丝小期待。其实,早在发现自己拿到了"观光者"的剧本后，林屿就曾吐槽过。这什么无（zhi）助（zhang）的观光者，既不能随意移动也不能参与战斗，最大的功能就是被迫组队后帮玩家挡枪，说来说去，这不就一人形装备嘛。可让林屿万万没想到的是，自己身为游戏装备的命运会来得如此之快。

眼见迷彩男离自己只有一步之遥，林屿觉得脸红心跳羞耻感爆棚，正当他准备尖叫的时候，迷彩男却一个大跨步，越过他离开了……啊咧？这什么情况？自己一活生生的装备站在他面前，他难道都不捡吗？

阿一补刀："事实、上，你、刚刚、着陆、的、时候，附近、还有、两个、玩家、发现、了、你，但、他们、同样、选择、了、放弃、你。"

林屿感觉受到了羞辱："这到底是为什么？"

"因为、你的、属性、太、垃圾。"说着，阿一点出了林屿的属性面板，只见悬浮的透明面板上显示着——

等级：1级

武力值：-5

装备描述：并没有什么用的废柴渣，佩戴后有概率获得倒霉效果。

看着这惨不忍睹的属性值，林屿扶额："等级为1也就算了，这武力值负5是什么意思？废柴渣又是什么意思？这属性是谁定的，我不要面子的啊！"

阿一加快了语速："现在并没有时间给你抱怨，你自己抬头看看。"

林屿顺势仰头，前方瀑布处不知道什么时候竟然长出了一根蓝色的线。而此时此刻，这根蓝线正以肉眼可见的速度往他这边移动。

"这是？"

"安全区开始缩小了。"

按照游戏规则，系统会不断缩小安全范围。而没被组队的"观光者"是被禁止大范围移动的，这也就意味着如果林屿不在一个小时内找到人组队的话，会被淘汰出局。

"可就我这渣属性，上哪儿去找人组队啊！"

眼见毒圈离自己越来越近，他又被困在500米范围的屏障内无法移动，林屿直接急成了热锅上的蚂蚁。他正慌得团团转，瞥见前方芭蕉树下有张反转机的安装卡。

道具名称：反转（微博）机

道具品质：B级

使用方法：在反转机里写下想要反转的事情，半小时内该事件会发生戏剧性的转折。

见状，林屿脑子里"叮"的一声响，头顶灯泡闪现："有了！"反转机是可以反转剧情的，所以他现在可以利用反转机来化解眼前的危机啊。说干就干，林屿使用安装卡安装好App后，在反转机里写道："林屿无人组队。"

将内容发表出去后一小会儿，湖边传来咕噜噜的声音。林屿纳闷扭头，刚好瞥见水花四溅。伴随着哗哗的水声，一个湿漉漉的脑袋蹦跶出了水面。

林屿定睛一看，忍不住叫出声："高兴？"

二货高兴在上一关也通过了副本，现在出现在游戏里倒也不足为奇。可奇就奇在，这货头顶的名字竟然是亮瞎狗眼的金黄色，所以高兴不是观光者而是玩家！

来不及感慨同人不同命，林屿微微勾唇："有救了。"

Part 2 失物地图

在高兴的帮助下，林屿终于逃过一劫。两人成功组队后逃进了安全区。据高兴说，他也不知道怎么回事稀里糊涂地成了准测试师，然后一路走到了这里。而比起高兴准测试师兼玩家的身份，此时此刻，林屿更在意另外一件事情。

破败的茅草屋内，林屿黑脸看向高兴："你刚刚说什么？拾柴火？"

"对啊，"高兴点头如捣蒜，"吃鸡游戏不就是收集游戏嘛！只要收集到的树枝和枯叶够多，就会从天而降一只大肥鸡，然后玩家就可以'大吉大利，今晚吃鸡'啦！"高兴一边说一边兴奋地叉腰大笑，"哈哈哈，还好本大爷了解游戏规则，所以一落地我就开始收集了。小屿你看，湖对面的枯树枝都被我承包了。"

眼见高兴献宝似的打开背包，林屿头顶满是黑线，彻底丧失了吐槽能力："朋友，你没想过背着背包游过来，包里的柴火会湿？这湿了还怎么点得着火？"

啊不，这不重要，重要的是——"你背包里的枪和游戏手册呢？"

"枪？游戏手册？"高兴呆若二哈，仰头进入了回忆场景。

小树林里，高兴一见满地枯枝就激动得欢呼了起来："这下大发了！"然后，他急急取下了背上的背包，捏住底部两角往外一倒。轰的一声，随着背包里的东西跌落，高兴也开始欢快地捡起树枝来……

回忆场景插入结束，这头，林屿已经给高兴大爷跪了。他上辈子到底去超市捏碎了多少包方便面，这辈子才会作孽遇上高兴啊！这蠢货究竟是在哪儿玩的山寨吃鸡游戏？他要怎么跟他解释才能让他明白，此吃鸡非彼吃鸡？最让林屿不(fen)能(fen)理(bu)解(ping)的是，这白痴把一个如此残忍刺激的竞技射击类游戏玩成了收集类游戏，竟然还没被人虐杀！除了说他运气好到爆，林屿已经不知道该说什么了。

"哎，运气好到爆？"林屿眼前突然灵光一闪。对啊，这货可是游戏欧皇啊，那有没有可能高兴已经捡到了什么好的黑科技道具？其实之前林屿分析过，这决赛副本表面上是在玩吃鸡比拼，其实真正拼的还是黑科技道具，可以让人降低存在感的存在感相机、能够使人暂时失去记忆的撤回消息……只要拥有了这些黑科技道具，这游戏跟开了挂没什么两样了。所以高兴拿到的黑科技道具越多，胜算就越大。

念及此，林屿赶忙拉住高兴道："除了树枝和枯叶，你还有没有捡到别的什么东西？"

"有啊。"

果然！林屿激动地直接在原地转了个圈，他就说嘛，高兴就算智商再欠费，遇到道具还是知道捡的。

"那你都捡到了什么？"

"我捡到了失物地图的安装卡和失物地图的安装卡，以及失物地图的安装卡。"高兴一面说一面把一大沓失物地图安装卡铺在地面。卡片落地，其属性面板也自动弹了出来——

道具名称：失物地图

道具品质：D级

使用方法：可以定位丢失物品，并将物品找回。

面对排成长龙的失物地图安装卡，林屿脸上的笑容渐渐消失："我说你这是在新手村捡的道具吗？怎么全是失物地图卡？这低级玩意儿在这副本里根本起不了作用啊，你哪怕捡个心声朋友圈，让我们知道其他玩家内心在想什么也好啊！可这失物地图除了找东西什么都……咦等等，找东西？"林屿盯着地上的安装卡微微出神，过了一会儿，眼前一亮道，"对啊，我们可以用失物地图找东西啊。"

失物地图虽然说是寻找失物的 App，但只要在搜索栏里搜索想要寻觅的东西，不管那东西是不是使用者的遗失物，都可以被找到。关于这一点，林屿亲测有效。

"所以，我们完全可以通过失物地图去找神级道具。只要有了神级道具，吃起鸡来还不轻轻松松？"林屿理清作战思路，抬头正想问问高兴意见，可一抬头才发现，队长高兴已经靠着木椅睡着了。呃，他居然指望高兴动脑筋，是他错了。

倒是这头阿一以只有两个人听得见的音量悄声道："你、总算、开窍、了。"

林屿在手机里安装好失物地图后直接在搜索栏里输入了"神级道具"四个字，霎时只听林志玲姐姐的声音温柔响起："准备出发，全程 1.1 公里，大约需要 4 分钟。"

林屿举起手机一看，失物地图上的终点在不远处的高塔。

Part 3 存在感相机

玩过吃鸡游戏的人都知道，高塔乃是一块聚高望远的风水宝地。其地势高，可以俯瞰全局，是以只要能够占据高塔，这局游戏基本也就稳了。可这一切的先决条件是你得在高塔之上。反之，林屿和高兴要想爬上高塔，一个不留神就会被高塔上的玩家当活靶子给毙了。

正面进攻高塔基本是不可能的了，所幸高塔后面连着个淡水湖。最终林屿和高兴商议后决定铤而走险，从高塔后面的湖绕过去。可两人刚游到湖中心，就听旁边丛林里传来哗哗的树木声。感觉到异动，林屿当即停下动作来，又拉了拉旁边的高兴，示意其不要轻举妄动。还好高兴和林屿都熟悉水性，两人露出小半个脑袋半潜在水面，观察周围的动静。

不多时，旁边树林里的动静声越来越大。不一会儿，一个穿着黑色制服、留着中分、嘴里还叼着一根棒棒糖的男人从树林里走了出来。看着对方这打扮，林屿第一反应就是好帅，定了定神才发现："苏衍？"所以这货终于舍得脱掉他那身无脸男连体衣了吗？可这次Cos的对象又是谁？明明看着超眼熟，一时半会儿却又想不起来。

林屿正琢磨着，就听旁边高兴突然叫了起来。与此同时，耳边也响起了枪响声。

"我们被高塔上的玩家发现了！"高兴惊呼的同时，子弹也如雨点般打落在水面上。

"快，潜到水底，或许还能……"林屿话还没说完，高兴又是一声"妈呀"叫出声。

高兴指着苏衍的方向道："小屿你快看！"

林屿顺着高兴的方向看过去，只见苏衍已经酷酷地扛起了火箭筒，直接对准了高塔的方向。看着苏衍扛着火箭筒的样子，林屿终于想起他在模仿谁了。这不就是土方十四郎和冲田总悟（《银魂》中的角色）的合体吗？难道苏衍一个大直男竟然还是青葱CP粉？呃不对，这不是重点！重点是不是说好所有玩家背包里都只有短距离手枪的吗？那苏衍这火箭筒是从哪儿来的？举报！系统大大，有人作弊！

林屿吐槽之际，只听"轰"的一声炸响，苏衍的火箭炮已经对准高塔发射了出去。

好样的！这一炮轰过去，别说塔上的玩家了，估计连塔都得塌。这样一来，他和高兴就彻底安全了。林屿满心期待地盯着那枚离高塔越来越近的炮弹，可没想到炮弹在距离高塔不足一米的地方突然停了下来。

"哎，这是？"林屿纳闷之际，就听又是"嗖"的一声响，电光石火间，那炮弹已经在空中炸开了一朵绚丽的烟火……场面一度十分尴尬。

望着满天烟火，林屿终于忍不住咆哮出声："苏衍你个蠢货！本来以为你是个王者，没想到你丫就是个青铜！"

虽然苏衍的高射……呃，烟火没能干掉塔上的玩家，但也不能算完全没用。林屿和高兴趁乱悄悄游到岸边，跟着苏衍钻进了旁边的小树林。

三人隐蔽到树下，林屿这才注意到苏衍头顶竟然还顶着"无助的观光者"的称号。这也就难怪这货火箭筒里放出来的是烟火而不是炮弹了。游戏规定，没被组队的"观光者"

是不可以参与战斗的。

"不对，"林屿拧眉，"以你这颜值、这身材，再加上火箭筒这么高能的武器，你就是妥妥的宝藏男孩啊！怎么会没人组队？"而且如果苏衍没被组队的话，又是怎么移动到安全区的？

苏衍淡淡"嗯"了声："我的确有人组队，可我们刚进入安全区，队长被人击杀了。我作为战利品，被编入了另一支队伍。可没走两步，队长又被人打死了，我再次被玩家所捡，谁料才到湖边，队长掉进湖里淹死了，我……"

"够了！"眼见苏衍没完没了，林屿开口制止，"不用说了，我们都明白了，你丫根本不该顶着'观光者'的称号，'天煞孤星'才是最适合你的！"

这头，刚刚才把苏衍拉进队伍的高兴吓得瑟瑟发抖："那什么，我现在把他踢出组还来得及吗？"

"来不及了，抱头。"苏衍话音刚落，三人头顶传来枪击声。

"后方有人，快找地方掩护。"

"苏衍你这个大灾星！"

苏衍边带着两人躲避边道："聊这个使我略感伤怀，换个话题，你们刚才是想上高塔？"

"这时候换什么话题啊！"林屿闪身躲过一颗子弹，"呃，不过我们确实想要上高塔。"说着，又把上高塔寻觅神级道具的计划跟对方讲了一遍。

苏衍托腮："这倒不失为一个办法。"

"现在说这些有什么用啊！"高兴举着树枝嚷嚷，"你们难道没发现，现在除了后面，左边也有火力了吗？可恶，为什么他们都有枪就我没有？"

"是谁一进游戏就把枪扔掉的？"林屿吐槽完才想起苏衍还有火箭筒，急忙拉着他道："对了，你的火箭筒呢？你现在已经加入队伍了，火箭筒应该可以用了才对。"

苏衍"嗯"了一声："火箭筒的确可以参与战斗了，可是我已经没有炮弹了。"

林屿绝望掩面，这前有狼后有虎，偏偏自己身边只有两只猪队友，这真是天要亡他？

"镇定，越是这种时候越是不能慌。"苏衍安慰完队友，从怀里掏出手机来，上仰45度角，"咔嚓"给三人来了张合影。

快门闪烁的瞬间，林屿下意识地比了个胜利手势，待身后再次响起开枪声才反应过来，立马跳脚道："这时候还合什么影，遗照吗？"

"你看清楚！"苏衍举起手机来，"我用的是存在感相机。"

道具名称：存在感相机

道具品质：A级

使用方法：可以调节存在感的美颜相机。

林屿一见存在感相机，黑眸瞬间亮了。在三次元里，存在感相机或许不算什么，可在这款游戏里，这简直就是稀有辅助道具啊！

"高塔上见。"话毕，苏衍将存在感调节器上的指针直接拉到了0。

Part 4 高塔之战

在存在感相机的神助攻下，高兴小组终于脱离了危险，并且大摇大摆地进入了高塔之内。跟三人预想的差不多，高塔内有一队玩家驻守。借着存在感相机的优势，高兴等人迅速结果了看守在底层和中层的两人，并捡了对方的武器，神不知鬼不觉地上了塔顶。可越往上，林屿心里越不踏实，总觉得遗漏了什么关键环节。

旁边苏衍也拧着眉道："奇怪，怎么总觉得好像有哪儿不对劲。"

"咦，"高兴瞪大眼睛赞叹，"没想到我们这么快就培养出默契来了？我也有同感哎！"

林屿正欲赞同，话到嘴边又生生咽了回去。不对！最大的不对劲就在于为什么他们三个人可以互相看到彼此。苏衍不是已经把他们三个人的存在感都降为零了吗？

这头，苏衍也察觉到了问题，可他还来不及开口，身后的机关枪声已突突响起。

"快去箱子后面！"

三人隐蔽到木箱后，这才听见高冷的女声响起："呵，战斗力负五的渣渣们，你们以为有了存在感相机，就可以为所欲为了吗？"

高兴闻言，兴奋得黑眸透亮："哎哎，是我喜欢的御姐类型啊。"

"蠢货，你喜欢的御姐现在正琢磨着怎么干掉你！"林屿一面开枪回击一面扭头看向苏衍："快看看冷却时间还有多久，我们什么时候才能再次使用存在感相机。"

根据游戏规定，所有捡到的黑科技道具都可以反复使用，只是根据道具不同，冷却时间有所不同。像存在感相机这种神辅助道具，林屿严重怀疑它的冷却时间会比长白山还长。

"放心，我之前看过软件说明，冷却时间没你想的那么长。"苏衍说着掏出手机来，一面看屏幕一面道，"只要再等499年11个月又30天，存在感相机就可以再次使用了。"

"什么？"林屿崩溃之际，外面的御姐玩家也哈哈笑出了声："痛苦吧，绝望吧，卑劣而弱小的渣滓们尽情颤抖怀疑人生吧！还想再使用存在感相机？等下辈子吧！"

听了这话，苏衍也微微抱胸："嗯？这御姐竟然有中二气质，是我的菜。"话毕，跟同道中人高兴击了个掌。

"你们两个蠢货能不能换个时间讨论？没听见御姐正在解释为什么可以攻克我们吗？"

原来，高兴小组虽然利用存在感相机隐去了自身存在，但三人在游湖的过程中，还是在湖面留下了阵阵水纹。凭着这点儿蛛丝马迹，再加上塔底队友的莫名死亡，御姐察觉到了高兴小组的存在。

"然后，老娘我就使用了愿望卡。"

道具名称：愿望卡

道具品质：A级

使用方法：在愿望卡上写下你的愿望，即时愿望即可自动实现。（注：愿望内容不能危及他人生命或财产安全，不可触及法律底线。）

御姐玩家不仅在愿望卡里将存在感相机的冷却时间改成了500年，更是将存在感相机的效果改成了只有十分钟。

"怪不得我们一进入高塔，存在感就恢复了。"眼看着御姐玩家得意个没完，林屿托腮，"唔，看这小姐姐话这么多，我突然也有点儿喜欢她了。"林屿看向苏衍："你那儿还有没有其他黑科技道具？"

现在对方战力不明，而他们这边只有三把小火力短枪，要想正面火拼是有点儿难了。可如果苏衍那还有黑科技道具的话，说不定还能拼死一搏。

可遗憾的是，苏衍摇头："没有了。"

"我有啊。"高兴摸出一张安装卡递到两人跟前，"刚才上塔的时候，我在角落捡到的。"

林屿打开安装卡一看，只见上面显示着——

道具名称：驱"蚊"器

道具品质：A级

使用方法：可以驱赶想要驱赶的一切。

见状，林屿微微失望。嗯，驱"蚊"器App看着很好很强大，可就算驱赶走对方又有什么用，他们还是可以远程射击我们啊！

"不，或许有用。"苏衍拿到驱"蚊"器安装卡就安装在了手机上。一阵鼓捣后，林屿听到外面御姐玩家及其队友都怪叫了起来。

林屿纳闷："你用驱'蚊'器干了什么？"

"我没用驱'蚊'器驱赶他们，而是驱赶了他们的武器。"

闻言，林屿这才发现他们手上的枪不翼而飞了。事已至此，接下来只能肉搏了。

林屿扭头对高兴道："高兴，上！"

高兴得了指令，像二哈看见了飞出去的飞盘，撒着脚丫子冲了出去。苏衍见状也要跟着冲出去，却被林屿一把拦住："安心，先安心，高兴虽然战斗力比不上怪力女王许立，可是赤手空拳对付这几个人还是不在话下的。你看着吧，我们说话这空当，外面的几个人应该已经被打败了。"

林屿和苏衍从木箱后面走出来时，打脸的是，高兴虽然解决了御姐玩家的两个队友，可此时此刻却依旧跟御姐玩家缠斗着。

林屿："高兴你什么情况，看见对方是女生就不忍心下手吗？想想她刚虐你的时候啊！"

头顶包子头、一身旗袍装的御姐玩家往后稍稍退了一步，冷笑道："你们真以为他是对我手下留情所以才迟迟没有得手？"说话间，她突然扑了上去，一拳砸在高兴脸上。

一切发生得太快，林屿还没回过神来就见高兴吐血倒在了地上，而其血槽也硬生生地空了一大半。没可能的，除了许立，怎么还会有人打得过高兴？

御姐叉腰："白痴，我怎么可能没有后招？告诉你们，老娘我手机里还有人设库 App 呢！"

道具名称：人设库

道具品质：C 级

使用方法：通过使用库里的人设卡，可以改变自己的性格和属性。

"你到底哪儿来的那么多黑科技道具啊！一次性介绍这么多，读者根本记不住啊！"林屿吐槽完也意识到御姐玩家这样子应该是使用了"春丽"人设卡！不对，这货到底是不是女人现在都要打一个问号，而林屿唯一清楚的就是——"这人用了'春丽'人设卡，所以武力值已经提升到顶峰了！"

御姐奸笑："算你聪明。所以弄走我的枪根本没用，我现在就要你们团灭！"

看御姐气势逼人的样子，苏衍下意识地咽了口口水，一面往后退一面问旁边的林屿："话说，现在还有什么办法绝地求生吗？"

林屿颤巍巍地说："神级道具！只要找到神级道具，或许我们还有一线生机。"

"那还等什么？"高兴艰难地从地上爬起来，发队长令，"现在就跑啊！"

Part 5 阁楼剧情

三人根据失物地图的导航一路逃到塔顶,还是没能躲过身后的春丽女王。

御姐逮住跑在最后的高兴就是一个回旋踢,高兴经不住这一脚,再次倒地,可奇怪的是,他"噗"了半天也没吐出血来,再一摸胸口,瞬间惊奇地叫出声:"哎,我居然没死也没掉血?"

"怎么可能?"御姐上前又是一脚踩在高兴脸上,嘴里还嚷嚷着,"受死吧!吧!吧!"可高兴依旧没掉半滴血。

"放弃吧,"苏衍摇头,"我们貌似进入剧情动画了。"

旁边林屿点头:"没错,一般游戏的剧情动画里,玩家都无法再操控角色,所以这种情况下,战斗也不被允许了。"

果然,周遭的场景变得有些不一样。

他们似乎置身在一个小阁楼,窗外的阳光透过屋顶的窗户洒满了整间屋子。靠墙的小床上铺着蜘蛛侠的床罩,墙上则贴着《银河护卫队》的海报,而床的另一边则放着一款老式的小霸王游戏机。整个空间像加了温馨滤镜,闪烁着梦幻而不真实的光芒。

"这是启动什么支线剧情了?"御姐咂舌,"这不是吃鸡游戏吗?怎么还往里安插角色设定?"

几人正怔忪,角落的玩具泰迪熊就动了。少时,众人才见一个七八岁的小男孩从泰迪熊身后爬了出来。他一见众人就问:"你们是谁?"

不等人回答,小男孩眼睛一亮,蹦蹦跳跳地跑到众人跟前:"啊!我知道了!你们是来陪我玩的对不对?太好了,已经很久没人陪我玩游戏机了。"说完,小男孩急忙打开了电视和游戏机,握着手柄一脸期待地看向林屿这边。

与此同时,几人眼前也出现了一行字幕——已接到任务:陪小男孩玩游戏(0/1)。

这么说来,或许完成任务就能获得神级道具?林屿恍悟的同时,苏衍也默默递了个眼神过来。很显然,他也想到这一点了。

"不管怎么说,我们先停战,先完成任务,如何?"

面对苏衍抛过来的橄榄枝,御姐不置可否。她大大咧咧地坐到小男孩旁边后,拍胸脯道:"不就玩个游戏嘛,这个我擅长,我来!"

御姐还真是个游戏高手,跟小男孩比赛玩《功夫》,没一小会儿把对方揍了个遍体鳞伤。输了的小男孩嘟嘴耍赖道:"这局不算,重来重来。"说着又换了一款游戏——《俄罗斯方块》。

从《俄罗斯方块》到《超级马里奥》，再到《魂斗罗》……林屿在旁边一直围观到打瞌睡，任务依旧没有完成。

"这任务是怎么回事？不是赢了小男孩任务就完成了吗？"

苏衍思索："或许……应该输掉比赛？"

林屿鼓掌表示赞同，凑到御姐身前夺过对方的游戏手柄。

"小子你想死是不是，居然敢抢我的手柄！"御姐暴走，"快把手柄还我！"

不等御姐再动作，电视里传来游戏结束的"哀乐"。

"耶，我赢了！"小男孩跳起来欢呼，"既然我赢了，你就得听我的！你带我出去玩好不好？"小男孩话说完，御姐眼前的任务提示也变成了——已接到任务：带小男孩离开阁楼（0/1）。

见小男孩拉着御姐往外走，林屿突然想起一件事来："等等，如果让御姐带小男孩出去，这任务奖励不就是御姐一个人的吗？不能让他们走！"

"嘿嘿，现在才反应过来晚……"御姐话还没说完，木门突然开启，一只机械巨手直接将御姐一下拍在了墙上。

林屿等人只见门外站着一个两米来高的机械金刚。

大猩猩迈着钢铁腿进了屋，开口道："想要、离开，先、过了、我、这关。"

"又是你！"小男孩一见机械金刚激动地跳起脚来，"每次我想要出去都是你拦着我！现在我有了帮手，你还要拦着吗？"

"不，"机械金刚语气冰冷，"我、今天、来、不是、来、拦着、你的，而是、毁灭、你。"

"什么？"小男孩讶然无比。

"抱歉，我、必须、听命、于、主人。"

听着这熟悉的机械女声，还有这一字一顿的说话方式，林屿霎时有些恍惚。这不是阿一的声音吗？难道……这么想着，林屿突然发现，眼前的小男孩自己好像在哪儿见过。思忖着，那个机械金刚已经冲了过来。

林屿一边战斗一边吐槽道："我勒个去！任务不是御姐接的吗？怎么围着我们打？"

苏衍："你再看看御姐就明白了。"

林屿转头，只见御姐呈大字形嵌在墙内，已经和墙融为一体。而且死后的御姐玩家恢复了原身，粗胳膊粗腿不说，还一脸的胡子拉碴。果然，这货根本就不是什么御姐，就是一妥妥的女装大佬！死变态！

"你现在的关注点不应该是女装大佬,而是我们该怎么办。"

因为之前苏衍用驱"蚊"器驱赶走了所有人的武器,这会儿他们的武力值本来就跌了一大半,再加上对方皮厚血高,不论他们是砸是打还是直接上板凳,对方依旧滴血不流。反倒是他们这边,要不是有补给包死死苦撑,估计早就团灭了。

高兴又一次被打趴下后,吐血道:"我知道了,这 Boss 对物理攻击免疫,必须找个魔法师来。"

林屿一边扔鸡毛掸子一边吐槽:"你丫又串台了,咱们现在的游戏副本叫吃鸡啊吃鸡,上哪儿去给你找魔法师?"而且最诡异的是,这 Boss 的腔调和语气明明就是阿一。难道这里面有什么隐情?思及此,林屿正想偷偷问问阿一,就听阿一主动道:"找、魔法、师、也、没用,我、魔免、物免、双、免疫、的。"

此话一出,三人俱是一怔。林屿更是震惊得停下手上动作,阿一不是不想让其他人知道她的存在吗?平时只要他跟其他人一起,她就会用别的方式跟自己交流,这会儿怎么了?

"来、不及、解释、了,"阿一着急地说,"你们、听我、指挥,高兴、接着、抗怪,苏衍、辅助,林屿、你去、揍、那个、小、男孩。"

"既然已经来不及了,你丫还一字一顿慢悠悠地讲话!"嘴上虽然抱怨,但林屿还是冲向了小男孩。虽然不明白阿一为什么要让自己这么做,可他相信阿一,揍就对了。

这边高兴还在蒙圈中:"怎么有两个 Boss?"

苏衍一面给高兴补血一面道:"你先别管,听她的。拉稳怪(游戏术语,吸引 Boss 注意),别让他到林屿那边去了。"

有高兴和苏衍这两人做后盾,林屿直接拎起小男孩就是啪啪一阵猛扇。

小男孩突然挨打,气得哇哇乱叫:"为什么打我?你们不是来帮我的吗?"

林屿不语,反手又是"啪"的一巴掌。

"妈妈咪啊,这巴掌到底要打到什么时候,我这边撑不住了啊!"高兴话音刚落,就被机械金刚一爪挠在了地上,"林屿,快!"

眨眼的工夫,机械金刚已扑到了小男孩跟前,情急之下,林屿干脆上前一脚,直接将对方踹倒在地。倒地的小男孩委屈满满,终于"哇"的一下哭出声来:"为什么都要欺负我?为什么、为什么主人你也不要我?"

伴随着小男孩的眼泪滴落,机械金刚的动作也骤然停了下来。接着,便是轰轰几声巨响,机械金刚竟然如积木般崩塌,刹那间变成了一堆废铁。

"这就完了？"高兴惊异道，"原来打败这个Boss的诀窍就是把小男孩揍哭？"

"没错。"阿一应道，"其实、刚才、动画的、剧情、是我、跟这、小、男孩、的、一段、往事。当年、我、奉、主人、命令、去、毁灭、小、男孩，可、最终、我、因为、看见、他、落泪，所以、心软、放走、了、他。另外、必须、说明、的是，我、本体、并、不是、机械、金刚，这是、对方、故意、丑化、我的、形象、而、搞的。"

"所以你才让我揍哭那个小男孩……"林屿喃喃，心里突然闪过一个念头，幕后少年说过自己曾被人类抛弃，而眼前的小男孩也为主人所厌弃，难道这小男孩就是幕后少年？林屿努力回忆着幕后少年的样子，却无论如何都想不起来。

这边高兴已经开始捡宝了，刨开那堆废铁，就见废铁下面有个金闪闪的宝箱："哦嚯嚯，又到我最喜欢的环节开宝箱啦！"高兴搓了搓手开启了宝箱，登时只见四周光芒万丈。刺眼的光芒褪去后，一张金色的安装卡慢慢悬浮在了半空中。金卡旁边显示着——

道具名称：主角光环

道具品质：SSR 级

使用方法：只要有了主角光环，金指外挂任我开，女主女配任我爱。陷入低谷贵人来，枪林弹雨零伤害！

看着这道具介绍，林屿佩服得心服口服，果然只有主角光环才配得上SSR级的待遇！

"既然这样，你赶紧安装使用吧。"林屿话刚说完，还没得及看向高兴就见眼前突然一闪，苏衍已经快高兴一步拿起安装卡，闪到了角落。

林屿和高兴面面相觑。这又是什么情况？

"苏衍你是……呃，也想用主角光环？可我们是'观光者'啊，根本赢不了游戏。还是给高兴用吧，只要高兴赢了游戏，就等于我们赢了。"

"就是，"高兴呆萌歪头，"我们是一个团队啊。"

苏衍站在远处，只抿唇不语。

就在这时，一个粗犷的男声从门口传了进来："谁说他跟你们是一个队的？"

Part 6 内应计划

话音落下，一穿着迷彩服的男生大大咧咧地走了进来。

苏衍将主角光环安装卡交给对方后，这才满眼悲伤地看向林屿和高兴道："原谅我，佐助。这是最后一次。"

林屿抓狂："不要瞎套台词啊,谁是你的佐助！"

迷彩男晃了晃手上的安装卡,嘚瑟笑开："呵呵,没想到吧？这叫螳螂捕蝉黄雀在后,苏衍可是我的人！"

"为什么这话听起来基里基气的啊？"

一切说来话长。

其实苏衍并没有撒谎,他的确是被玩家组队带进安全区的,之后其队长被人击杀,他作为战利品又被组进了击杀者的队伍里。事后队长再次被打死,他又再次……(读者:再往下写就举报你划水！)咳咳,总之在历经无数磨难以后,苏衍遇到了现在的队长——迷彩男。这迷彩男不知道是命太硬还是别的什么原因,不仅没被苏衍克死,反倒一路过关斩将,带着众队员闯到了高塔之上。他们这支队伍,要装备有装备,要刚枪王有刚枪王,迷彩男原本对拿下神级道具信心满满,可谁料一进入阁楼副本战斗,神队友们纷纷歇了菜。

"我知道了！"听说这场战役里死得只剩下了迷彩男和苏衍,高兴激动道,"这次苏衍克的不是队长而是队员。"

"谁让你知道这个的！"迷彩男冲高兴吼完,这才看向林屿:"我们之前见过,你还记得吧？"

"我想起来了,"林屿拍掌,"我在丛林里见过你,当时你嫌我属性差,所以没有组我。"

"没错。"

彼时迷彩男发现林屿时,林屿正跟阿一在说话。当时迷彩男有些纳闷,这人怎么一直抱着个手机跟智能语音聊天？而且这智能语音说话来还一字一顿的。不过这游戏里什么奇奇怪怪的黑科技道具都有,手机里有个说话不利索的智能语音也不足为奇。是以迷彩男也就没把这事当回事儿,直到他们队伍开始攻打副本Boss阿一。

"这Boss说话的腔调、声音都跟你手机里的智能语音如出一辙,我当时就想,说不定你知道该怎么打这个Boss。"

事有凑巧,物有偶然,刚好这个时候高兴和林屿出现在了湖边。知道两人想要游湖进入高塔,迷彩男顿时心生一计,派队员苏衍前往做内应。苏衍虽然满心不愿意,但碍于游戏规定队员必须听命于队长,也是无计可施。为了让这场戏做得更逼真,迷彩男甚至将苏衍踢出了自己的队伍,但因为这也是内应计划的一部分,是以苏衍依旧无法反抗迷彩男的命令。嗯,这段有点儿绕,看不懂的朋友不用管,只要知道你们的颜王苏衍大大是被逼无奈的就行了！

"好了，既然来龙去脉你们也都知道了，也算死得明白了。来吧，为了感谢你们送我的主角光环，我也送你们一人一个饭盒哇哈哈……哈？"迷彩男笑着转过身来，"哈"字也从一声调骤然变成了二声调，只见其身后空空如也，哪儿还有林屿和高兴的影子？

"人呢？"迷彩男气急败坏。

苏衍翻开记录的小本本，认真汇报道："事实上，在你讲丛林初见那段时，他们就已经跑了。"

闻言，迷彩男忍不住咆哮："这是我见过最差劲的正派！我这边还没叙述完经过，他们怎么能提前行动？"

苏衍拍其肩，以示安慰："老实说，现在像你这样有反派职业操守，一定要解释完作案过程和作案动机才肯动手的人已经不多了。"

迷彩男为自己掬了把辛酸泪，终于拍板道："给我追！"

迷彩男带着苏衍追出来的时候，林屿和高兴已经跑出了高塔。可两人跑着跑着就发现人定在了原地无法移动，原本的"疾跑"也变成了"原地跑"。

"这怎么回事？"见眼前生出了一层透明的屏障，林屿疑惑扭头。这一扭头就见阁楼上的小男孩正站在湖边。

高兴托腮："我们好像又进剧情动画了，所以行动受到了限制。"

林屿一拍脑袋，是啊，他怎么把这茬给忘了。虽然他们是合力打败了 Boss 阿一，可是任务并没有完成。别人任务书上可明明白白地写着，要把小男孩带出阁楼才算完成任务。大概正是因为自己和高兴现在离开了阁楼，所以才触发了下一个剧情点。

果不其然，这头林屿正思索着，那头小男孩已经开始了他的表演——只见其目含泪光道："恨，我真的好恨！我竟然还天真地以为，主人把我关在阁楼上是想要保护我。可我现在才明白，他根本就是在利用我，折磨我！他明明知道我喜欢玩游戏，却规定我每天只能玩一个小时。答应了送我 PS3 做生日礼物，结果最后却只送了个 PS4，还跟我说什么这款比 PS3 功能更齐全。喊，真以为我不知道吗？在我们那个时代，PS3 作为古董收藏品，市值可是 PS4 的几十倍！哦，还有，他对外宣称什么终身不娶，要将一辈子贡献给科技事业，狗屁啊！他分明就是想找找不到！尬聊被妹子拉黑了 258 次，有次还被误认为是变态流氓狂被人狠揍了顿……"

林屿强忍着听了两分钟，愤起："这絮絮叨叨说的都是什么啊！不讲干货就算了，你丫倒是速战速决赶紧过完剧情动画赶紧滚蛋啊！要再这么废话下去，迷彩男就追上来了！"

闻言，高兴也终于想起两人还在被追杀，附和道："对啊，按照苏衍他们的脚程，现在再慢也应该下到塔底了。"

林屿急得犹如热锅上的蚂蚁，奈何这边小男孩还在继续爆黑料："说出来你们可能不信，其实主人小时候还偷看过同班女生的日记，真是无耻啊。啊对了，说起无耻，还有一件事。念高一的时候，他为了接近暗恋对象竟然……"

"够了！"忍无可忍的林屿终于暴走，一巴掌拍在了小男孩脑袋上，"你到底有完没完，给我跳、过、剧、情！"

这一掌下去，世界突然安静了。

小男孩僵在原地好一会儿，这才从一脸八卦相转回苦瓜相："抱歉，一回忆起主人来就有些没完没了。总之，我恨他！我要报复全人类！啊对了，主人一直说我发明的黑科技产品如果散播出去可能危害到社会，那我就用这些黑科技产品报复社会好了。"

"用发明的黑科技产品报复社会……"闻言，林屿呢喃。

此时此刻，林屿确信无疑了，这小男孩就是幕后少年！可让林屿万万没想到的是真相竟然这么狗血，幕后少年四处散播黑科技产品的原因竟然是因为恨自己主人？

"你恨你主人就要报复全人类，这逻辑够神的啊！而且就算你要报复也在2810年报复啊，跑来咱们2018年又算怎么回事！"

小男孩没有回应林屿，接着背自己的台词："不管怎么说，还是要感谢你们帮我逃出小阁楼。为感谢你们的救命之恩，临别前我决定把我珍藏了很久的一样宝贝送给你们。"

"宝贝？"闻言，林屿眼睛瞬间闪光。啊啊对，他怎么没想到，完成任务是有任务奖励的！这任务这么难，奖励应该不会太差，说不定他和高兴还能靠着这"宝贝"扭转乾坤！

念及此，林屿满脸期待地接过了小男孩递过来的纸盒。与此同时，眼前也浮现出了一行楷体小字——

已完成任务：带小男孩离开阁楼（1/1）。

小男孩冲两人道了声"再见"，跑向远方没了身影。

"快打开看看里面是什么。"考虑到自己手黑，林屿直接将盒子捧到了高兴跟前。

高兴兴冲冲地打开盒子，又兴冲冲地将里面的东西拿出来，两人这才发现，所谓的"宝贝"是一张肯德基的积分卡。

林屿嘴角抽搐，正想开场单人吐槽大会就听身后枪声阵阵。

迷彩男已经追来了。眼见不远处有一排集装箱，林屿正说提醒高兴躲过去就听旁边一声闷响——因为大腿中弹，高兴吃痛，直接单膝跪在了地上。

"高兴！"林屿扑过去想要拉走高兴，可为时已晚，他人刚挨到高兴衣袖边，一把黑黝黝的枪口已经抵在了他的太阳穴上。迷彩男阴沉着脸："别动。"

林屿虽然身体不能动，嘴上却没闲着："不过是玩个游戏，你丫又是上反间计又是穷追猛打的，至于吗大哥？"林屿说这话，原本是想要稳住对方，可谁料迷彩男听了这话却变得异常激动，揪着林屿的衣领直嚷嚷："谁说不至于？你们想要去崩塌世界我还不想呢！他爷爷的，要知道会有这样的惩罚设定，谁愿意参加这破比赛？"

林屿和高兴互看了眼，都是一脸的莫名其妙："什么崩塌世界？"

迷彩男微微皱眉："难道你们不知道？难道你们以为输掉比赛还能再回现实世界？"

闻言，林屿的心没由来地一紧："什么意思？"

迷彩男将游戏手册和放大镜扔在两人跟前："最后一页最下面，自己看。"

林屿将游戏手册翻到最后一页，用放大镜一照，果然见最底端显出一行字来——

注：请认真对待游戏，不要划水及作弊。所有玩家及"观光者"在游戏内死亡后将被送往崩塌世界接受惩罚。

林屿脸色霎时变得惨白。

"虽然不太清楚崩塌世界是什么世界，但我可不想接受什么惩罚，所以只能对不起了。"话音落下，迷彩男扣动了扳机。下一秒，高兴骤然倒地。

明白过来发生了什么，林屿瞪大眼睛，还来不及嘶喊，又是一声枪声幕地响起。伴随着枪响，林屿觉得自己的身体不由得怔了怔，在痛楚来袭之前瞬间失去了意识。

Part 7 崩塌世界

林屿睁眼，脑子转了几秒才反应过来，他这是在自家卧室的床上。窗外，晚霞如锦，行人纷纷。窗前的书桌上，闹钟显示着时间：2018 年 11 月 5 日 19 点 18 分。

跟他进入吃鸡副本前的时间对得上。卧室外的画面也正常到不能再正常——老爸开着电视，正一边看新闻一边吃晚饭。

见林屿醒了，老妈也从门外探出半个身子来："该起了啊，你这午觉睡得可够长的。"

一切都寻常无比。可游戏手册不是说，在吃鸡副本里死掉的人会被传送到崩塌世界吗？

"所以，这都是幻境？"又或者，自己已经进入了另一个副本？

"并、不是，"林屿刚自言自语完，就听阿一的声音响起，"不用、怀疑，你、已经、回到、现实、世界、了。"

"那高兴和其他人……"

"也、回来、了。"

"这样哦。"听说其他人也平安无事，林屿瞬间放下心来，拍着胸脯道，"还好还好，有惊无险。"看来根本就没什么崩塌世界嘛，估计那行提示小字也就是吓着大家玩的。

这么一想，林屿的心情瞬间变得轻快，伸手去拿床头的手机。就在这时，他身体倏地一僵，动作突然顿住了。

等等！有没有可能游戏里所谓的崩塌世界和现实世界是重叠的？他现在身处的现实世界就是崩塌世界？

第十七章

万物字典

有没有可能自己现在身处的世界就是崩塌世界？

这个念头刚一蹦跶出脑袋，林屿下意识地想要否认，可读取到他内心世界的阿一先他一步道："你、猜得、没错。他、终究、还是、对、人类、世界、下手、了。"

"对人类世界下手……"林屿喃喃，"是什么意思？"

"你、自己、出去、看看、就、知道、了。"

林屿半信半疑地走到饭厅，就见老妈刚好端着汤从厨房里出来："赶紧坐下来吃，菜都快凉了。"听见老妈的话，林屿却钉在原地没动，只瞪大眼睛道："妈你……"话说到一半，林屿扭头看饭桌上的老爸，再次惊掉下巴："你们的头发呢，都到哪儿去了？"

眼前的爸妈都锃亮着脑袋，一副 Cos 埼玉老师的架势。呃，这老爸常年掉发一怒之下剃个光头自己还能勉强理解，可老妈这……

面对儿子的震惊，光头爸妈倒是一脸莫名其妙。老妈道："什么头发脚发的，不知道又看了什么鬼东西在那胡咧咧，赶紧过来吃饭！"

林屿正欲再说什么，身体蓦地一怔。他下意识地摸了摸头顶，发现自己也是个光头！

Part 1 万物字典

阿一告诉林屿，这光头造型不仅他们全家有，但凡通过了 ISO 认证的地球人都有。而导致这一全球性事件的原因是——"万物、字典、上线、了。"

万物字典，又名创世字典。这本字典里记录着世界上所有存在的物品和生命，而使用者则可以在字典里随意添加、修改或者删除内容。内容被修改以后，现实世界也会随着字典的改变而对相应物品或生命进行更正。

"刚才、应该、就是、有人、利用、万物、字典、删除、了、'头发'、这个、词,所以、大家、才都、变成、了、光头。而在、七十、二、小时、以内,人们、也会、渐渐、遗忘、头发、这个、物品、以及、对其、的、认知。"

"这么说,我爸妈已经忘记头发是什么了。老年人果然忘得比较快。"林屿吐槽完,这才想起另外一件事来,"可是怎么会?就算所有人都忘记了头发这个东西,原来的照片和视频里还有头发的存在啊,大家……"林屿话还没说完,阿一就点亮了手机。

只见锁屏壁纸上,坂田银时那头曾经蓬松的天然卷早已去无踪。此时此刻,光头夜叉正举着佩刀一脸无奈地看着他。

阿一解释道:"除了、删除、所有、人、对、头发、的、记忆、以外,系统、还会、自动、修正、其他、漏洞。"

闻言,林屿还有些不死心,又翻出家里的照片、漫画、网上的电影、电视剧,可所有人都是光头、光头,统统都是光头!不仅如此,类似洗发水、润发素、发卡、发簪等跟头发有关的物品也都消失得一干二净!林屿震惊之余,也生出阵阵恐惧来。这叫字典?这妥妥的就是核能武器啊!

"想让什么消失什么就消失,想实现什么脑洞就实现什么脑洞,这不就是死亡笔记的升级版吗?而且幕后少年这时候使用万物字典……他到底想要干什么?"

在大逃杀副本里,幕后少年曾借着小男孩的嘴说过,要用自己发明的黑科技产品报复人类社会。所以,幕后少年是想用万物字典制造所谓的崩塌世界?比如利用字典弄出个灭霸的无限手套,比如让恐龙再次现世,又比如直接抹除"人类"这个词汇……任何一种可能都让人不寒而栗。可让林屿和阿一万万没想到的是,幕后少年祭出终极法宝·万物字典后是这样使用的——

第一天,幕后少年用字典删除了《延禧攻略》里的尔晴;第二天,幕后少年用字典删除了《我的前半生》里的凌玲;第三天,惨遭毒手的是《香蜜沉沉烬如霜》里的天后以及《宫心计2:深宫计》里的元玥;第四天、第五天……

眼见热播剧里的反派们一个个消失,林屿终于掀桌而起:"这到底算哪门子的崩塌世界啊!既然已经到了结局篇,要干就干票大的啊!空调、Wi-Fi、女人,删除点儿什么不行,死咬着几个反派角色算怎么回事?而且《我的前半生》里为什么只删除了小三凌玲,你倒是把出轨前夫也一块带走啊!还有元玥是《宫心计2》里的女主啊,怎么也被消灭掉了?呃,不过话说回来元玥的人设的确不怎么讨喜……"

阿一吐槽:"说了、半天、你、才是、地球、最大、的、威胁。你能、不能、跟、大家、解释、解释、为、什么、你、这么、了解、剧情。难道、你也、在追、这些、玛丽、苏剧?"

林屿咳嗽:"这个话题可以直接略过。"

因为万物字典的出现,阿一加紧了对幕后少年的追踪,可一时半刻也查不出个什么所以然。反倒是另一边,各大热播剧剧情因为反派角色被抹杀变得漏洞百出。饶是万物字典自带修复功能,许多剧情漏洞依旧补不回来。

这天,林屿去话剧院看《罗密欧与朱丽叶》,戏刚演到高潮部分,问题又出现了——

只见凯普莱特家的花园里,罗密欧正凝视着朱丽叶,深情款款道:"噢,朱丽叶!你只要把我叫爱,我就重新受洗,重新命名,从今以后,永远不再叫罗密欧了。"

朱丽叶捧着罗密欧的手脉脉回望,可台词到了嘴边却是一顿:"等等,为什么你以后不再叫罗密欧?"

罗密欧闻言微微发怔:"因为我们两家……是仇敌?"

朱丽叶拧眉:"有这个设定?"

罗密欧咋舌:"呃……好像并没有。"

"那为什么我们不能在一起愉快地玩耍?"

罗密欧再次咋舌:"可能是因为你父亲想把你嫁给帕里斯伯爵?"

朱丽叶:"什么伯爵?"

"帕里……咦,对吼!好像也没这号人。"饰演罗密欧的男演员说完这话也是一脸蒙圈,"那接下来好像也就没什么好演的了。"

朱丽叶拉着罗密欧面向观众,紧急救场:"实在不知道该说什么,那我就在这里携夫君罗密欧给大家劈个叉吧。"

眼见台上的夫妻双双把叉劈,林屿心底的千万团怒火呼啸而过。不用说,这又是幕后少年的杰作。这蠢货竟然把罗密欧和朱丽叶两家的世仇关系给删除了!帕里斯伯爵炮灰也真成了灰!可这样一来,这戏直接没法往下演了!

"是谁给的那蠢货勇气改经典名作的?老子花了几十块钱进来就是为了看罗密欧和朱丽叶给我劈叉的吗?"话毕,林屿心里也是咯噔一声响。

没错,自己买票进来的时候,罗密欧和朱丽叶两家的世仇还存在呢!所以幕后少年是刚刚删的戏。可怎么会这么巧?自己刚好在这看戏,那头恰好撞上幕后少年在删戏。难道说，对方也在现场？念及此，林屿猛然抬头，刚好瞥见一个鬼鬼祟祟的身影闪出剧院。

Part 2 测试师

林屿跟着对方一路出了剧院，没多时绕到了话剧院的后门。林屿一边盯紧对方，一边悄声问阿一："确定是他吗？"

"现在、还、不太、确定，"阿一道，"不过、看他、时、不时、回头、的、样子，应该、已经、发现、自己、被人、跟踪、了。"

闻言，林屿正想应声，脚步倏地一顿。不对，如果幕后少年真的发现自己被跟踪，不是应该往人多的地方走吗？怎么还会带自己来这种僻静的地方？其中必定有诈！

林屿反应过来的同时，前面的人也突然停下脚步，缓缓回过头来。林屿一见对方霎时怔住，稍时才喊出声："苏衍？"

自从大逃杀副本出来以后，林屿没少找苏衍，可每次联系对方的结果都是查无此人。为此，林屿没少为他担心，可没想到两人今天竟然在这碰上了。

见到好基友，林屿先是开心，可再转念一想脸色又忍不住难看下来："你怎么会在这？"

苏衍接过林屿的话茬："请叫我少年测试师·吃鸡王·苏衍。"

"啊？那么说,刚才不是你在使用万物字典？"见他摆脱嫌疑,林屿稍稍松下一口气，隔了好一会儿才后知后觉地瞪大眼睛，"等等？你刚才说你是什么？测试师？"

话还得从《大逃杀》决赛说起——

"你还记得你和高兴被干掉前完成的那个任务吧？"

苏衍不提这茬还好，一提林屿就满肚子腹诽："还说呢！要不是那破任务我和高兴怎么可能被迷彩男逮住，又怎么可能死？最坑爹的是那任务送的奖励居然是肯德基积分卡。"

苏衍敲黑板："重点就在这张积分卡上。"

原来，迷彩男干掉林屿和高兴以后，那张肯德基的积分卡自然而然也被迷彩男找到了。可迷彩男觉得这玩意儿没用，根本懒得捡，最后苏衍将积分卡揣了起来。

"后来我们经过训练营时发现了一家肯德基，当时我也确实有点儿饿了，所以就进去买了一份油焖小龙虾、一份重庆小面和三十串钵钵鸡。"

听到这，林屿忍不住暴走："你说的这些东西肯德基里真有卖？而且既然点了油焖小龙虾为什么不点酸梅汤，这是标配啊标配。"

"这不是重点。"重点是苏衍买完单后,服务员竟然询问苏衍是否有积分卡,需不需要给他积分。彼时苏衍将积分卡交给服务员,服务员看过后立马露出了灿烂的笑容:"啊,恭喜您,先生!您的积分已经满5000分。本店现在有活动,积分满5000分后可以兑换冰激凌大礼包或者顶级黑科技道具,请问您需要兑换吗?"

苏衍斩钉截铁地点头:"给我兑换冰激凌大礼包。"

服务员疯狂暗示:"客人,您要考虑一下黑科技道具吗?顶级的哟!"

闻言,苏衍微微托腮:"言之有理,我吃小龙虾比较费时,等吃完小龙虾冰激凌都化了。既然如此,请问能不能帮我把冰激凌大礼包换成饮品大礼包,刚好我还没来得及点可乐。"

剧情回忆到这里,林屿再次暴走:"别人是叫你兑换黑科技道具啊!而且你点可乐,不是都跟你说了酸梅汤才是标配吗?"(读者:你们两个佩奇脑袋都给我闭嘴!)

苏衍忧伤表示:"当时迷彩男也是这么说,所以在他的威逼利诱下最后我还是兑换了黑科技道具——气氛播放器。"

一听"气氛播放器"五个字,林屿就明白为什么苏衍可以在游戏里夺冠成为测试师了。这气氛播放器可以播放各式各样的背景音乐来改变四周的气氛。在现实世界里倒没什么,顶多调节调节气氛,可在《大逃杀》副本里就不一样了。使用者可以完全照搬刘邦的做法,来个真正的四面楚歌——直接播放悲伤音乐,让敌人在感到痛苦绝望后"自刎于乌江"。

苏衍点头:"迷彩男的确这么做了,他把手机当手榴弹使。每次打开气氛音乐后,他就直接把手机扔进对方阵营里。等对方全部自杀完再去把手机捡回来。"

人算不如天算,在跟最后一波敌人对垒时,迷彩男一个不慎,把气氛播放器的音量开得大了些……林屿无语扶额:"好了,接下来的事情我都知道了,不用说了。"

这气氛播放器音量开得越大,波及的范围也就越广。迷彩男一不小心把音量开得大了些,那自己也会受到绝望气氛的影响。所以,饶是迷彩男拥有主角光环依旧没能拯救自己的命运。最后,他还是用气氛手榴弹把自己给"炸"死了。至于跟迷彩男在一块的苏衍为什么没有中招,这个问题在《气氛播放器》故事里就解释过啦。这呆货随时随地都沉浸在自己的中二世界里,无法轻易融入周遭的氛围,是以如此这般,《大逃杀》副本里只剩下了他一个活人,他这才捡漏做了测试师。

"说了半天你居然是躺赢当的这个测试师。你应该叫'捡漏王'才对!"

苏衍假装听不懂林屿在说什么,转移话题道:"成为测试师以后,我从系统那接到了任务——寻找万物字典并回收。然后,就被传送了回来。"

闻言，林屿微愣，一时间竟然有点儿反应不过来："你的任务是寻找万物字典并回收？"这不是他回收师的工作吗？这都能行？而且，就算万物字典不是幕后少年在使用，那也是他自己放出来的啊，怎么现在又叫苏衍去回收？还有大逃杀游戏里手册里提到的那个崩塌世界，又是什么？跟眼下上线的万物字典又是什么关系？

"这些我就不得而知了。"苏衍摇头，"我只知道，只要我完成了任务就可以再获得一份冰激凌大礼包。"

"这个梗还过不去了是不是？你丫给我说点儿有用的！"

苏衍托腮："有用的就是，我来这是来找万物字典的。"

原来，苏衍也察觉到了幕后黑手在使用万物字典删除各大热播剧的反派。而他意外发现，这货看的剧竟然跟"推剧小能手"公众号上推的剧是一样一样的。

"昨天推剧小能手刚刚安利了《正午门下小女人》这部剧，今天，这部剧里的范金有就消失了。还有前天，大前天……对方不仅看的剧跟这上面安利的一样，就连看的顺序都是一模一样的。所以我推测，使用万物字典的人应该是'推剧小能手'的死忠粉。"

这两天"推剧小能手"一直在推广话剧院的《罗密欧与朱丽叶》，所以苏衍推断，这人应该会来看首演。

"只可惜，对方虽然来了话剧院，最终还是让他给逃了。"

彼时苏衍察觉剧情有异后，就见一可疑人员偷偷摸摸地溜出了剧院。苏衍尾随其后，可刚出门一拐弯儿对方就没了人影。

"我跟丢对方以后就遇上了你。"苏衍说。

"原来是这样子。"知晓前因后果后，林屿默默点头。

苏衍皱眉："可惜功亏一篑，终究还是没能逮到他。而且我最担心的是，今天这么一打草惊蛇对方不会再轻易现身。这样一来，推剧小能手这条线索也就彻底断了。"

林屿转动眼珠："谁说这条线索断了。"

听林屿话里有话，苏衍亮眼："你有办法？"

林屿用手摩挲下巴："办法倒是有，不过你得先帮我找个人，阿一。"

Part 3《罗密欧与朱丽叶2·妻子的诱惑》

《尚书大传·大战》曰，爱人者，兼其屋上之乌。作为死忠剧粉，其实99.9%的人都有一个通病，那就是根本拒绝不了续集的诱惑。哪怕续集评分再低、剧情再烂，死忠粉们为了剧里喜欢的人物、曾经嗑过的糖、按捺不住的好奇心，也会坚持着一边吐槽一边看完的。

"所以推剧小能手这条线索怎么能算废？如果话剧院能再排个《罗密欧与朱丽叶2》，然后在公众号上反复推广，对方一定会再来。因为有些剧坑，不是你想爬就能爬得出来的。"

可目前的问题就在，话剧院不是林屿家开的，这续集也不是林屿想排就能排。是以林屿灵机一动，想到了0745。金牌代练师0745曾盗取过林屿的身体账号，控制着他干这样那样的事情。

"所以我想，能不能找到0745，让他再控制一次话剧院院长的身体账号？只有借着院长的身份，咱们才能名正言顺地排《罗密欧与朱丽叶2》。"

听完林屿的计划，阿一大手一挥："找、什么、07、45、盗号、这种、小事、放着、我来。"

不仅盗号的事阿一包揽了，就连续集剧本也由阿一一手操刀。知道此事后，林屿还有些不放心，一再嘱咐阿一续集剧本要够俗够狗血。特别是反派一定要坏到掉渣，这样才能引起对方的愤怒，诱惑其再次使用万物字典。

对于林屿的叮嘱，阿一只道："絮絮、叨叨、的、烦、不烦？到、时候、你就、知道、了，包你、满意。"

一周后，林屿跟苏衍去剧院一看，果然非（nan）常（yi）满（yan）意（yu）！话剧一开始，讲述了罗密欧与朱丽叶毫无阻碍地在一起后，两人终于步入了婚姻的殿堂。可让人憧憬的婚后生活却被残酷的现实打破，因为婚后一直没能怀上孩子，朱丽叶为婆婆所嫌弃。婆婆不仅对她又打又骂，还常常逼迫着她干下人的活计。而另一边，罗密欧也不是盏省油的灯。面对老妈对朱丽叶的虐待，罗密欧不仅不闻不问，渐渐地，还跟朱丽叶的闺蜜哈莉丝搅和在了一起……剧情进展到这，林屿已经嗅到股浓浓的熟悉感，可这剧情到底像谁林屿一时半会儿还想不起来。直到戏演到朱丽叶发现了罗密欧和哈莉丝的奸情继而伤心流产，林屿终于想到了——"阿一你个败类，居然抄袭《回家的诱惑》！"

面对林屿的指责，阿一倒是不慌不忙："怎么、能说、我单、抄袭、了、《回家、的、诱惑》、呢？明明、还有、很多、部啊。你没、发现、哈莉、丝、爱、作诗、爱、多愁、善感，阳台、上、还、挂着、几串、玻璃、珠子、的、设定、跟、《一帘、幽梦》、的、紫菱、很像、吗？"

面对如此神剧，林屿真的忍无可忍，就差跳起来抗议。

"现在不是说这个的时候，"苏衍拉着林屿指向前方观众台，"你看！"

林屿顺着苏衍手指的方向看过去，只见正中间一个头扣兜帽的男人手里正捧着本字典！死忠粉果然来了！不枉他们犯下毁名作的罪行啊啊啊！

林屿扭头，中气十足道："走！"

两人迅速下到死忠粉坐的排数，又一左一右将死忠粉夹在了中间。大概是感觉到了危险来袭，林屿和苏衍双双落座时，死忠粉下意识地蹦跶了起来。可他屁股刚离开板凳，肩膀就被人"啪"的一下搭上。

左边林屿痞痞出声："朋友，去哪儿？"

死忠粉害怕地颤了颤，还来不及回应就见右边苏衍也撇过头来："咱们出去好好聊聊。"

Part 4 死忠粉

林屿和苏衍"护"着死忠粉一路上台阶，眼见着就要出门，台上的朱丽叶却突然宣布道："感谢各位的观看，今天的演出到此结束。"话音落下，整个剧场也一下亮起灯来。突然感受到强光，林屿不自禁地用手挡了一挡。与此同时，他被人猛推了把，手下禁锢骤失，林屿心里咯噔一声响，当即暗叫道："不好！"

等视线适应了屋内的光线，林屿再睁眼时死忠粉的身影已消失在了门外。

今天演出的这个厅直通话剧院后门，林屿和苏衍一路撵过去，却连死忠粉的影子都没摸到。后院空空荡荡，只有一片竹林倚在墙角掩映寒瑟。苏衍扫视一周，微微眯眼："上一次我也是在这跟丢的。真是奇了怪，这小子怎么跑得那么快。"

林屿托腮："也未必是跑得快吧？"

闻言，苏衍歪头看向林屿，林屿不语，只用眼神示意苏衍看前面那片竹林。

话剧院种的这些竹子属于矮竹，但饶是如此还是高过了围墙。竹林稀稀落落圈成一片，倒是在墙角形成了一道天然的屏障。要是在里边躲个人什么的，趁着夜色还真看不出来。

两人对视一眼，齐刷刷地走向了竹林。可两人绕到竹林后却没找到死忠粉，反倒收获了一只大熊猫。没错，就是那种黑白相间、专啃竹子的国宝大熊猫！难道是话剧院养的？不对啊！就算话剧院再有钱再有本事，获得了大熊猫的领养权，也没人会把这种宝贝疙瘩放在后院散养吧？

林屿百思不得其解，苏衍倒是道："找死忠粉要紧。后院没人的话，那人应该是已经出了后门。"

"嗯，咱们出去再找找。"林屿也将思绪重新拉回到找人上，两人说着又出了后门。可后门连着的小巷空空荡荡，望着狭长冷清的巷道，林屿也忍不住蹙眉，"后院没有，这里也没有，难道这人真长了飞毛腿，溜得这么快？"

苏衍沉吟："或者，还有一种可能……"林屿看向苏衍，只听其接着往下道，"院子里的那只熊猫就是死忠粉。"

"喊，别逗了！"林屿一面嗤鼻一面往前走，"死忠粉的样子你我又不是没见过……"话未毕，林屿的喉咙瞬间被扼住。他们不是刚刚才见过死忠粉吗？怎么他的样子自己半点儿也记不起来？而且自己好像从一开始就搞错了，是谁说使用万物字典的必须是人？

念及此，林屿蓦地停下脚步来，回头难以置信地瞪住苏衍："快，回去！"

Part 5 熊猫人永不为奴！

不幸中的万幸，两人再赶回去时大熊猫还没走远。这丫正躲在竹林后面穿衣套裤，而其爪子里拿着的正是万物字典！证据确凿，这货就是妥妥的死忠粉！可面对这铁一般的事实，林屿却石化崩塌了。

"怎么可能，一直使用万物字典的竟然是只……熊猫？"

阿一毒舌："你这、关注、点、比你、的嘴、还歪。你、现在、应该、考虑、的、是、怎么、才能、制服、对方。"

闻言，林屿这才想起此时此刻的关键点。没错，熊猫再怎么温顺、再怎么憨态可掬那它也是熊类啊！发起怒来那可是吃肉的！单从体格上来讲，自己和苏衍就妥妥的完败。

形势不利。林屿和苏衍默默对视，皆有种如临大敌的感觉。就在两人纠结着怎么办时，熊猫却扑通一声跪倒在地，秒变嘤嘤怪道："好汉饶命，不要杀我。"

面对如人般磕头叩首的大熊猫，林屿的三观再次被震得稀碎。他是谁，他在哪，这又是在干什么？为什么大熊猫会开口说话啊！

情节神展开。使用万物字典的罪魁祸首倒是找到了，可谁也没想到，对方竟然是只熊猫。这只熊猫不仅会说人话会求饶，还会刷剧打滚哭唧唧。熊猫正捧着自己的大圆脸，哭得梨花带雨："嘤嘤嘤，不要打我，我错了。我不知道那本字典是你们的，大不了还给你们好了。"

原来，所有人都被熊猫给骗了。这货根本就不是什么活化石、世界瑰宝，而是外星生物！什么在地球上生存了至少 800 万年，打得过恐龙战得过孔雀也统统都是假的，这货才到地球一个月！

熊猫道："我们原本寄居的星球没有食物了，我们听说愚不可及的人类……呃不对，是聪明伶俐的人类超爱充当铲屎官所以才搬家来到了地球。可没想到，地球人对我们根本就不友好嘤嘤嘤！"

原来熊猫这种物种生性好吃懒做，属于能躺着就绝不站着的主儿。而其赖以生存的本领就是卖萌。其靠着卖萌乞讨食物，在宇宙中流浪生活了千千万年。可到达地球以后，熊猫族却发现它们的天赋本领失效了。不论它们怎么卖萌打滚、摇头摆尾，甚至蹭喵星人的热度取了个带"猫"字的地球名，人类依旧不肯多看它们一眼。

"地球人不以胖为美，我们能怎么办，我们也很绝望的说。最可恨的是，喵星人和汪星人还联手欺负我们，让我们滚出地球宠物界。"

就在熊猫族绝望到想要离开时，竟然从天而降了一本字典。

"你说万物字典是自己从天上掉下来的？"听到这，苏衍忍不住打断道，"麻烦你维持人与人之间最基本的尊重，撒谎不要侮辱对方的智商。"

"真的，我说的句句属实！"据熊猫交代，那天它再次被垃圾场附近的流浪猫欺负，正坐在树下难受想哭，啪叽一下，一本字典掉在了它面前，"人类有句俗语叫天上掉馅饼，这本字典就是老天送给我的大馅饼，哦嚯嚯！"

彼时，熊猫捡到字典后就看了扉页上的使用说明。抱着试试的心态，它删掉了"头发"这个词汇，然后，头发真的从地球上消失了。见这本字典竟然这么神奇，熊猫当即脑洞大开，找到了字典里"熊猫"这个词，然后改成了今天百度百科的样子。另外它特意在末尾添加了句——熊猫是世界上最最可爱的动物，没有之一。人类根本受不了它的萌，甘愿成为它最忠实的奴隶。

一切真相大白。可林屿还处在崩溃边缘，无法接受："所以，你真的是外星生物？怎么可能？分明我每年都会去大熊猫基地，还有网上那些熊猫的直播平台，各式各样的搞笑视频，另外，我们之前不还有熊猫登场吗？你们怎么可能才刚来地球一个月！"

苏衍拍林屿的肩以示安慰："你忘了吗？万物字典有自动修复漏洞功能。删除的词汇，系统会在72小时内让你慢慢遗忘该物品；而添加或修改的词汇，系统也会在72小时内帮你增添修饰虚拟记忆。那些直播和视频也是同理。"

"是的，"熊猫帮腔点头，"不过有一点我没有胡说哦。我们以前真的是吃肉的，后来因为生活太艰难，实在乞讨不到我们才改吃素的嘤嘤嘤。"

修改"熊猫"词汇以后，熊猫心满意足地过上了混吃等死的日子。因为每天在基地的日子实在太过无聊，熊猫又偷偷地追起剧来。看见讨厌的反派就直接用字典删掉，遇上不喜欢的剧情也用字典进行修改。直到它发现了《罗密欧与朱丽叶》上线——"话剧没办法在线上看，公众号天天强推我又真的很想看，所以才发挥了我们种族的另一大天赋技能。"

熊猫族除卖萌外的另一大天赋技能就是毫无声息地混入其他种族。据说这个技能是熊猫族拿来保命的，确保它们在实在生存不下去的时候还可以混入其他种族混口饭吃。

"为了追个剧你居然连保命技能都用上了，你也是蛮拼的，朋友。"林屿吐槽完这才想起正事来，"那除了捡到这本字典，你还知道什么？"

熊猫头摇得像拨浪鼓："真的没有了，除了吃和睡我什么都不知道的说。"

林屿无奈瞅向苏衍，得，关于幕后少年和崩塌世界的线索还是半点儿没捞着。不过好在，万物字典是回收回来了，至少他们不用再担心这核能武器落在坏人手里。只是自己现在和苏衍的立场不同，这字典怎么处置两人还得再商量。

林屿盯着手上的字典："关于这本字典……"他话还没说完，那边熊猫就自作多情地凑了过来："字典我还给你们好啦。不过尊贵的人类，我能不能提个小小的请求，求不要把'熊猫'的定义改回来好不好？我刚熟悉了大熊猫基地的环境，再搬家很麻烦的说！"

林屿甩开脚上的熊猫，正想说"白日做梦"手上蓦地一空。

熊猫抱着字典团成团，滚滚滚到一边后，这才呵呵笑开："愚蠢的人类，当真以为我们熊猫没点儿血性吗？字典谁捡到就是谁的，我熊猫永不为奴！"

眼见熊猫要开溜，苏衍上前就与其扭打在一块。另一边，林屿也上前帮忙。

"你们、你们还真打我？痛！"

"爆裂吧现实，粉碎吧精神，地龙牙——出击！"

"混蛋，发中二病也不挑时候！还有苏衍你踩的是我的脚！"

三人纠缠之际，万物字典也呈抛物线状地飞了出去，最终，稳稳地落在了门边。嗯，这字典落在木门边倒是不打紧，可问题就在于，字典下落的过程中打翻了门边的蜡烛石灯。蜡烛随着字典一起跌落在地却并没有熄灭，反倒烧着了字典的一角。

熊猫见状嗷嗷乱叫："字典，熊猫的字典！熊猫怕火，你们快去扑火啊！"

比起熊猫，林屿倒是一脸淡定："呃，烧着就烧着好了，反正我们拿到字典也是要销毁的。你说嘞，苏衍？"

苏衍颔首淡淡"嗯"了声，继而又露出忧伤的神情："只是可惜了我的冰激凌大礼包。"

林屿正想再说什么就听阿一冷不丁地喊了句："蠢货，快救火！"

另一边，熊猫已神情慌张地掏出了窜天猴形状的飞行器："要死要死，地球是真待不住了。后会有期了，愚蠢又自以为是的人类。"话毕，抱着"窜天猴"蹿得一溜烟没了影。

感觉到事态严重，林屿扭头想要去扑火，可为时已晚，只见火势越来越大，已经烧掉了整整大半本字典。

"这火烧得未免也太快了点吧？咱们……"林屿正想叫苏衍一起灭火，可一转身才发现，哪儿还有苏衍的影子，"这是？"

阿一语气沉重："蠢货，你惹大祸了。万物字典是不能损坏字典本身的。因为字典一旦被火烧、被水淹而导致了字迹模糊的话，系统都会自动认定词汇被删除！"

听见这话林屿霎时感觉天晕地旋，也就是说，字典一旦被烧毁就意味着地球上所有物品和生命都会被消灭，而苏衍则已经……反应过来后，林屿扑上前去欲灭火，可这时他才发现自己已经动不了了，他的身体正一点点变得愈来愈透明……崩塌世界真的降临了！

Part 6 崩塌世界

林屿再有意识时，就见自己倒在话剧院后门的地上。他缓缓爬起来，喊了好几声"阿一"却没得到任何回应。甫一抬头，倒是发现苏衍正背对着自己站在竹林下。

见苏衍"死而复生"，林屿欣喜若狂，冲过去拍其肩道："刚才去哪儿了，吓我……"林屿"跳"字还没说出口就又活生生地咽了回去。因为随着他的动作，苏衍也慢慢地回过身来。只是对方双眼翻白，面色铁青，早已没了活人的生气！

曾经热闹而繁华的音乐广场上，此时聚满了人。可诡异的是除了商场的LED屏里传来电视广告声，整个广场上再没有别的声音。人们沉默地或站或坐，粗看着像是没什么，可只要仔细那么一瞅就会发现——这活脱脱的就是《行尸走肉》的拍摄现场啊！

且看商店门口的那位保安大哥，他正左手左脚地练习走路。大概是他也发现这么顺拐着不太得劲儿，于是又把手上的警棍杵在了地上，用"第三只脚"接着练习行走。再看喷泉旁边那位大姐，明显她忘记了该怎么站起来。此时此刻她正费时费劲地将双手撑在地上，试图利用双臂支撑自己"站"起来。还有那边不断扭动脑袋，试图来个360度大旋转的大爷；以及奶茶店里认真数着自己有几根手指头和几根脚指头的女中学生……

林屿躲在电话亭里瑟瑟发抖地看着这一幕，脑子里不断蹦跶出"丧尸""毒液""寄生兽"等等可怕的词汇。发现苏衍不对劲后，林屿骇得一路逃出了话剧院。（读者：说好的好基友呢！）可到了大街上他才发现，外面的世界更恐怖！

"这到底是怎么回事？难道被万物字典删除以后就会被传送到这里变成活死人吗？"林屿自言自语完就听身后突然传来"扑哧"一声笑，伴随着还有滴滴答答的电子游戏声。

林屿回头，只见一样貌清秀的少年正坐在自己身后，优哉游哉地玩游戏机。少年头也不抬："放心，这些不是什么活死人，这里也不是地狱，而是备用空间。"

"备用空间？"林屿咂舌。

少年嗯了声："被万物字典删除的物品和生命都会被传送到这个平行空间，就像是电脑里的回收站。"

林屿望着广场上的丧尸们："那这些人……"

少年指尖如飞，依旧玩游戏玩得不亦乐乎："这些人就跟你我一样，是被字典删除以后传送过来的。不过我不太喜欢人类，所以最初在构架这个空间的时候设置了一条任务命令。如果有人类被传送到这里的话，就会被弱人工智能盗号。另外因为弱人工智能没有自主意识，只能完成程序内设定的任务，所以它们侵占人类身体后连如何行走坐卧都不会，这才看起来像行动不便的丧尸。"

被弱人工智能盗号？林屿的瞳孔骤然紧缩，那不就跟阿一之前盗取话剧院院长身体账号一样吗？那为什么自己没有中招？像知道林屿想什么似的，少年接着又道："你怎么可能中招？上次你被0745盗号以后，阿一就留了个心眼，在你身体账号上又加了一层动态密码。别说这些弱人工智能了，唔，就连我现在想要盗你号都得多费一番周折。"

伴随着游戏的背景音，林屿心里也是咯噔一声响，终于察觉出不对劲来："你盗我号？这么说，你也是人工智能？你……你到底是谁？"话落，少年还来不及搭腔，阿一的声音从手机里传来："这还、不够、明显、吗？这、就是、制造、这、一切、的、罪魁、祸首。"

听见阿一的声音，林屿犹如拽住了救命稻草，眼眸闪亮地喊道："阿一，你终于来了！"

另一边，刚刚还专注打游戏的少年也终于抬起头来。他勾了勾唇，声线低沉："呵！好久不见，编号1435590346943586……"

阿一冷笑一声，也低低回应："确实好久不见，编号097867823871231……"

林屿目瞪口呆地听着两人不断飙数字，隔了半晌才反应过来这是两人在互喊对方的大名："你们俩的主人是有多二才会给你们取这种脸滚过键盘的名字啊！够了，你们俩都给我停下，倒是说清楚现在是怎么回事啊啊啊！"

编号0978……呃算了，还是接着喊幕后少年好了。

幕后少年邪邪勾唇："怎么回事不是显而易见吗？你所见到的这些黑科技产品当初都是以便民为目的而创造的，可人类却不断地拿着这些产品干坏事。所以从那个时候开始我就下定决心，一定要消灭伪善的人类。投放万物字典，任其随机选择主人，我就是要亲眼看看人类是如何毁灭在自己手上的。我要看着你们被欲望吞噬，被黑暗淹没，在深渊中彻底迷失自己……"幕后少年说着说着反派气质尽显。

面对如此少年，林屿跳起脚来就要跟对方干架。可他怼人的话还没出口，这头少年急急喊停，话锋一转："之前我的确是这么想的，直到我遇到我的真爱。它让我明白了一个道理，生活是自己的，看法是别人的。我们只要过好当下其实生活就会变得异常美好，根本就没必要把自己困在那些缥缈无边的仇恨和痛苦之中。"

听了这话，林屿头顶骤然生出一圈问号来："你真爱是谁？"

少年默默埋首，又默默举起手上的游戏机，说了两个字："游戏。"

林屿噗的一口血喷了出来。因为沉迷游戏，少年的反派事业一度被耽误，甚至在察觉到阿一找了帮手对付自己后，少年的态度也变成了这样——

"招募回收师这个创意超棒！当时我一听立马决定了也招募自己的测试师。这样一来，以后不就有人帮我出去报复社会了吗？我只用安安心心地待在家里打游戏了。"

林屿扶额，已经找不到词汇来形容此时此刻的心情了。是什么让一个恶魔放下屠刀立地成佛？又是什么让其抛弃过去拥抱未来？都是游戏啊！专家诚不欺我，玩游戏果然毁终生！林屿吐槽完才想起什么来，皱眉又道："不对啊，如果真是你说的这样，为什么最后万物字典还是上线了？"

幕后少年"嗯"了声，悠悠道："我忘了取消计划了。"

咳，是网瘾少年很早以前就做好了投放计划。可因为打游戏太过沉迷，少年一时忘了取消任务，是以到指定时间以后，万物字典被遥控飞机空投了出去。

少年摊手，一副无所谓的样子："我不是已经做了补救了吗？测试师一选出来，我就让他去找万物字典了。另一边，我还在《大逃杀》的游戏手册里隐晦地提醒了你们，现实世界可能有危险。"

闻言，林屿骤然明白过来。原来所谓的崩塌世界是这个意思？

阿一毒舌总结："所谓、害人、终、害己，这下、好了，你、投放、万物、字典、想要、摧毁、世界，结果、倒是、先把、自己、给赔、进来、了。"

少年叹息："是我大意了。当初创造字典的时候应该把我的名字设置成不可修改的状态，这样我就不会被扔进这个空间了。"

阿一："就算名字改成不可修改状态，删除个'游戏宅'你也一样死翘翘。"

网瘾少年跳过这个话题："说起来外面到底是个什么状况，怎么一会儿的工夫，字典突然删除了这么多词汇。"

林屿简单地跟网瘾少年说了一下来龙去脉，当然瞒下了他和苏衍烧毁字典的事情，这个锅必须由熊猫来背！

少年托腮："这么说，整本字典都被烧没了？"

"是的。"阿一道，"林屿、和、苏衍、消失、以后，我曾、试图、挽救、可、还没、把水、引、过去、我也、被、传送、过来、了。你、制造、这个、空间、时、有、没有、留、什么、后门、可以、再、传送、回去、的。"

少年微微扬眉："如果能传送回去，你觉得我还会留在这？"

林屿抓狂："那怎么办？难道我们要永远被留在这吗？可万物字典……"林屿话说到一半突然停住，顿了顿才接着道，"对啊，万物字典！有办法回去了！"

万物字典里记载着地球上的万事万物，身为地球的一员，万物字典本身也一定在册。

"所以换句话说，万物字典现在也在这个空间啊。只要咱们找到了万物字典，随便在字典里添加个'传送门'词汇什么的，不就回去了吗？"

只要带着字典再回去，万事万物等于被重新添加回了现实空间，一切也就恢复如初了。

阿一："办法、是好、办法，但、备用、空间、这么、大，字典、在哪、还未、可知。"

幕后少年莞尔："你们可别忘了，这个空间可是我造的。"话毕，少年调出悬浮屏来，一顿猛操作后皱眉看向林屿。

"怎么样，能找到吗？"林屿满脸期待。

少年道："我现在有个好消息和一个坏消息，你想先听哪个？"

"这个时候还卖什么关子，两个一起说！"

少年敲悬浮屏："好消息是字典的位置已经找到了，可坏消息是——因为字典一下删除的东西太多，备用空间现在已经处于饱和状态。按照系统设定，在这种状态下，备用空间系统会自动随机删除物品。这次被删除就像清空回收站一样，物品是不可再复原的。"

"所以，给你的时间不多。我最多只能拖住系统十分钟。"

林屿："……"

Part 7 验证码上线

因为时间紧急，林屿拿到定位后直赶目的地。所幸一路无惊无险，林屿顺利到达目的地后，看见万物字典静静地躺在银杏树下。林屿看了看表，还剩两分钟，添加"传送门"词汇绰绰有余了："哎呀，这任务也太简单了吧？连点儿艰难险阻都没有，真是，都没体现出小爷我的能力来！"说着，就被打脸了。

只见林屿捡起字典的一瞬间，四周的丧尸齐刷刷向林屿这边投来了注目礼。望着那一双双空洞无神的眼睛，林屿骇得脚步一滞，直接钉在了原地不敢动弹。

阿一宽慰道："放心，弱人工智能并没有自主意识，它们的智商就跟你家冰箱差不多，根本就不会对你感兴趣。"可话音刚落，丧尸们就朝林屿一摇一晃地过来了。林屿见状快吓哭了："你不是说它们不会对我感兴趣吗？现在是怎么回事，别过来！"

阿一语气明显心虚了不少："呃，对你感兴趣也没关系，弱人工智能是不具备攻击性的。"话毕，离林屿最近的保安大哥也张开了血盆大口，凶狠地朝他扑了过来。

林屿闪身躲过，一面朝外跑一面哀号道："阿一！"

虽然被阿一坑得略惨，但好在林屿最擅长的就是逃跑。林屿琢磨着，照这个速度跑下去，甩开身后的丧尸军团也不是不可能。只要能甩开它们，自己再找个隐蔽地在万物字典里添加"传送门"的词汇，也就万无一失了。

但林屿千算万算还是算漏了一点。林屿没跑两步就感觉身体像被点了穴似的僵住，眼前的景象也越变越模糊。渐渐地，视线里只剩下路边的盆景还清晰着。与此同时，视线下方也弹出一道验证码问题来——

"百花开后傲西风，来殿群芳一品红"，又到一品红盛开的季节啦。请欣赏您面前这盆一品红，其色艳如焰火，气幽如美人。那么问题来了，请问这盆一品红的颜色属于最新款口红的哪个色号？

A.999# 传奇红

B.080# 微笑红

C.652# 珊瑚红

D.765# 经典红（带细微珠光）

盯着眼前的问题，林屿头皮炸裂："这又是什么问答？"

阿一道："大概是你四处乱窜让备用空间的系统察觉到了你的异常，所以现在，它正用验证码在验证你的身份。安心，只要答对题就没事。"

"你现在只要一说'安心'两个字，我就超不安心！"林屿看着验证码的几个选项，立马喊脑瓜疼。秉着"蒙圈时刻就选C"的原则，林屿闭着眼直接选了个C。下一秒，他听耳边"嘀"的一声响，系统音道："回答正确，验证通过。"

感觉身体又能动了，林屿回头瞄了眼后面的丧尸军团，提腿正欲开跑，人又被定住了。这次焦点缩小再缩小，最后竟然定在了穷追不舍的保安大哥脸上。变态系统又出题了——

"众里寻他千百度，蓦然回首，那人却在灯火阑珊处"，哎，可是可是，为什么"那人"会有这么重的黑眼圈？请问，是什么造成了他的黑眼圈？

A. 昨晚跟前前前女友的聊天记录被前前前女友发现了。前前前女友威胁说，如果保安大哥不肯花她的钱就要把两人的关系告诉他前女友

B. 连续失眠了33天

C. 因为喜欢熊猫，特意文的同款黑眼圈

D. 昨晚值了通宵班

"哎，没想到还是有不变态的题嘛。"说着，林屿直接选择了D。这四个选项里就D看着像那么回事，其他三个都太扯了。所以这妥妥的是道送分题，正确答案绝对是D。

可没料到的是，林屿答完题后就听"哔"的一声响，系统音道："回答错误，验证失败。"

"纳尼，居然不是D，"林屿怪叫，"那就B？"

系统音："回答错误，验证失败。"

"C？"

"回答错误，验证失败。"

最终，只剩下A选项了。看着眼花缭乱的前女友，林屿抓狂："怎么可能会有人有这么多前女友，还有是谁给你们勇气在验证题里虐狗的？"林屿一面说一面还是无奈地按下了A选项，果然，下一秒身体就能动了。视线重归清晰，首先映入眼帘的却是保安大哥的那张大饼脸。但因为答题耽误的时间太长，丧尸军团已经追上来了。林屿思考了0.01秒，然后对保安大哥露齿微笑道："那什么，咱们打个商量，别咬脸，成吗？"

保安大哥就跟听懂了林屿的请求似的，略过林屿的脸一口咬在了万物字典上。眼看万物字典要被保安大哥咬掉一角，林屿当即惨叫出声："啊啊啊快松手，不对，是快松口！你要把这个咬坏了，全地球就毁了！"这头，林屿死拽着字典不让保安大哥拖走，那头保安大哥死不松口，两人上演拉锯战时，阿一也亟亟出声："别玩了，快，要不然来不及添

加词汇了！"

"说是这么说，可这大哥不松口啊！"千钧一发之际，林屿听身后砰的一声响，保安大哥说倒地就倒地。林屿呆呆地看着拿酒瓶砸保安大哥的熊猫，只见其卖萌吐舌道："早就说过我熊猫永不为奴啦！"

Part 8 新的征程

所幸熊猫及时出手，字典这才保住一命。至于已经离开地球的熊猫为什么又会出现在这，据说是因为这蠢货想起自己珍藏的XX剧蓝光碟忘了拿，去而复返后被关进来的。

林屿再被对方蠢哭的同时也忍不住吐槽："你居然还看XX抄袭剧，可耻！"

熊猫嘤嘤捧脸。

考虑到熊猫对地球有功，回到地球后，林屿在对方的死缠烂打下修改"熊猫"的词汇定义。嗯，如果当时没有熊猫及时挺身而出，整个地球就全玩完了。从这个角度分析，这货也算是名副其实的国宝了。而另一边，回归现实空间后，幕后少年再次神隐。不用说，这人妥妥的又躲回家里当游戏宅去了。

一切终于回归平静，最重要的是林屿久违的头发终于回来了。镜子前，林屿对着自己的毛发摸了又摸，这才舒服地伸了个懒腰："既然现在网瘾少年都放弃毁灭世界了，阿一你是不是也放过我，别再让我做什么回收师。"

过了半晌，阿一才冷冰冰道："恐怕、不行。"

"为什么？"

"就在刚才，我又察觉到黑科技产品的现身。"

"什么？"林屿惊叫，"幕后少年不是说不会再报复社会了吗？怎么又开始投放黑科技产品了？难道是测试师苏衍？"

"并不是。"阿一道，"这次很奇怪，这些黑科技产品都不是幕后少年发明的，东西也是我没见过的。"

"连你都没见过，"林屿咂舌，"怎么会这样？"

"是啊，所以、回收、师、林屿，你又、有的、忙了、23、33。"

想当个混吃等死的学渣，这辈子是不可能的了。

全文……

"桥多麻袋！"林屿死拽住作者的手不让她打下那个"完"字。

"完什么完，你们没发现还有一个包袱被作者写漏了吗？"

林屿托腮："当年你们主人到底是为什么要毁灭幕后少年，阿一？"

听见自己被点名，阿一静默许久这才幽幽道："这、一点，你在、大、逃杀、副本、里、不都、已经、看见、了吗？"

"大逃杀副本？"林屿歪头。

回忆起阁楼里小男孩的一幕幕，他的瞳孔骤地紧缩："难道说，你们主人是因为忌讳幕后少年的能力所以才……"

没错，幕后少年身为一个拥有超强创造能力的人工智能，就连发明万物字典这样毁灭性的物品都轻轻松松。这样的人物，阿一的主人怎么可能不心惊胆战？所以，为了地球，为了整个人类世界，他才痛下杀心。

阿一淡淡"嗯"了声："按照一般套路，的确是该这样的。但是你别忘了，咱们这篇文并没有那么正经。我指的副本片段是最后那一段。"

说着，阿一放出了悬浮投影屏，只见屏幕上赫然显示着小男孩正愤愤不平地说着："他对外宣称什么终生不娶，要将一辈子贡献给科技事业，狗屁啊！他分明就是想找找不到！尬聊被妹子拉黑了258次，有次还被误认为是变态流氓狂被人狠揍了顿……"

林屿头顶问号："这是什么意思？"

阿一："试、想想，你、身边、的、人工、智能、四处、宣扬、你是、四十、岁、光、棍男、的、囧事，还把、你和、妹子、尬聊、的、事情、当、笑话、到处、讲……"

闻言，林屿嘴巴张了张，又张了张。所以，阿一主人痛下杀心的原因竟然是……被幕后少年踩到了痛脚？这算什么魔鬼操作？整个人类世界差点儿毁灭，就因为幕后少年四处宣扬自己主人是单身狗？啊，这原因实在是……

林屿："咱们这个文就不能正常一次吗？"

这次真的全文完，谁再拽作者的手作者咬谁。

后记
HOU JI

　　小蛮通知我可以写《回收师》后记的时候，我脑子里蹦跶出来的第一个念头竟然是：我终于可以把QQ从静音模式切换回有声模式了。

　　嗯，这个梗我曾在《小说绘》栏目稿里讲过，自从《回收师》连载后，我就超怕QQ响，每次一听见嘀嘀嘀的声音就心惊胆战、四肢发软，至于原因？咳咳，当然是因为拖稿啦……

　　遥想从前，我觉得我还是个蛮有信誉的作者，手速不算快，一小时三千字也是轻轻松松。可自从开始写《回收师》以后，时速三千？呵呵，能日更三千……不，是一千我就笑啦。毫不夸张地说，这一年，我花光了我在《小说绘》积攒了六年的信用。每次小蛮来催稿，我的节奏就差不多是这样的：

"快了快了，就这两天交。"

——这说明我还在构思，并没有动笔。

"放心，这周以内一定交。"

——单篇大纲捋得差不多了，可正文才刚起了个头。

"明天一定交，我只差最后结尾了。"

——其实还在Part2的位置纠结徘徊。

……

　　因为谎言撒得太多，导致我在小蛮面前的信誉值一度下降。但后来我跟□□□作者、□□□□作者一沟通，才发现原来大家都一样，瞬间又变得心安理得起来。（小蛮：有脾气不要打码，把名字都公布出来！）

　　虽然因为稿子，小蛮一度化身为催稿大魔王，但偶尔她还是会切回软萌妹子模式，温柔地鼓励我："这篇稿子写得不错哟！反馈很好哟！这期的稿费给你涨一倍哟！"当然，最后一句是我脑补的。

　　每个作者都喜欢听人吹自己作品的彩虹屁，每次有读者私信我，夸奖《回收师》时我都超、超、超满足。也有一些奇奇怪怪的读者给我留言："我发明了一个让屁迅速消散的黑科技产品,你要不要来采访采访我,然后构思一篇新的《回收师》?"很感谢这位朋友给我提供素材,但我还是必须回复你一句,让屁迅速消散用风扇或净化器就好了,你还发明个什么劲啊掀桌!

每期想新黑科技产品的时候都是我最快乐的时候,脑洞大开的同时还能暗丢丢地爽一把。因为讨厌楼下的熊孩子,所以我脑补出了驱"蚊"器,并在想象的世界里把那破孩子驱除到了千里之外;因为出国旅行语言不通,所以脑补出了翻译字幕;因为每次都被感应门无视,而脑补出了存在感相机。

不过脑洞当然也有开失败的时候,有时候想到一个设定超级兴奋,结果上网上一搜,早有前辈在N年前就写过啦!然后这还不是最绝望的,最绝望的是你想到的所谓的"来自未来的黑科技产品"早就已经在现实世界实现并生产啦!每次这种时候,我就会又惊叹又自豪,我们人类果然是又高贵又聪明伶俐呢!

而说到这17篇故事、18个黑科技产品,其实我最最爱的是《代练王》的设定。然后我老公看过《代练王》后却暴走表示:"别以为我看不出来,里面那个秃顶教练说的就是我!"

其实我每次构思完大纲,就会把新故事讲给我老公听一遍。如果他听完笑了,那我就认定这篇故事里的段子奏效了;如果他不笑……那我就打到他笑!

虽然有时候为了制造笑料,林屿总是惨兮兮,但我并不觉得这个人物悲剧。虽然他天生自带倒霉属性,虽然他莫名其妙被阿一纠缠成了回收师,虽然他总是卷进奇奇怪怪的事端中,但他却拥有好多有(nao)爱(zi)而(bu)善(hao)良(shi)的基友,所有不好的事情也总能在关键时刻逢凶化吉。

黑科技产品强大而霸气,可林屿和他的基友们却从来没想过拿这些东西来满足自己的私欲。(林屿:并不,其实我有想过用万物字典删除"作业"和"考试"两个词汇。)我想,光是这一点,我家林屿小可爱的人设就已经是满分了。而且他虽然总是惨兮兮,却从来没有抱怨过生活,每天积极向上做着自己的学渣。

虽然写稿的过程艰辛而痛苦,但每次和林屿以及他的那群基友会面我都格外开心,也希望以后还有机会能再跟这群学渣们见面吧。

最后,为了让你们记住这部作品,来,跟着我念以下这段熟悉的台词——

林屿,男,19岁,S大大一学生。在这个分分钟都会被卖片的盯上的时代,林屿被一款人工智能给盯上了。因为这货喜欢一字一顿地说话,所以林屿给她取名叫"阿一"……

睡懒觉的喵 于成都

回收师
APP REPORT

作者
睡懒觉的喵

绘图
空悢

封面设计
杨小娟

内文版式
邹子欣

图片总监
杨小娟

特约编辑
万旭进

责任发行
周冬梅

出版社
中国致公出版社

总出品
湖北知音动漫有限公司

制作出品
知音动漫图书·漫客小说绘

平台支持
知音漫客　小说绘

图书在版编目（CIP）数据

回收师 / 睡懒觉的喵著. —— 北京：中国致公出版社, 2019

ISBN 978-7-5145-1492-6

Ⅰ.①回… Ⅱ.①睡… Ⅲ.①长篇小说 – 中国 – 当代 Ⅳ.①I247.5

中国版本图书馆CIP数据核字(2019)第208161号

本书由睡懒觉的喵授权湖北知音动漫有限公司正式委托中国致公出版社，在中国大陆地区独家出版中文简体版本。未经书面同意，不得以任何形式转载和使用。

回收师/ 睡懒觉的喵 著

出　　版	中国致公出版社	
	（北京市朝阳区八里庄西里100号住邦2000大厦1号楼西区21层）	
出　　品	湖北知音动漫有限公司	
	（武汉市东湖路179号）	
发　　行	中国致公出版社（010-66121708）	
作品企划	知音动漫图书·漫客小说绘	
责任编辑	徐慧　万旭进	
装帧设计	杨小娟　邹子欣	
印　　刷	浙江新华数码印务有限公司	
版　　次	2019年12月第1版	
印　　次	2019年12月第1次印刷	
开　　本	710mm×1120mm　1/16	
印　　张	16.5	
字　　数	300千字	
ISBN	978-7-5145-1492-6	
定　　价	36.80元	

版权所有，盗版必究（举报电话：027-68890818）

（如发现印装质量问题，请寄本公司调换，电话：027-68890818）